I0723914

LA FIANCÉE DU RANCH

LE RANCH DE SILVER STONE, TOME 3

VIVIAN AREND

Ceci est une œuvre de fiction. Les noms, les personnages, les lieux et les incidents sont le produit de l'imagination de l'auteur ou sont employés de manière fictive, et toute ressemblance à des personnes, existant ou ayant existé, des entreprises, des événements ou des lieux ne serait qu'une coïncidence.

A Rancher's Bride / La Fiancée du ranch

Copyright © 2018 par Arend Publishing Inc.

Correction de la version originale par Anne Scott

Relecture de la version originale par Lynda Ryba, Ang_e Ramey

Traduit par Myriam Abbas et Valentin Translation

Conception de la couverture © Damonza

Tous droits réservés. Aucune partie de ce livre ne peut être utilisée ou reproduite sous quelque forme ou par quelque moyen que ce soit sans la permission écrite dans le cadre de brèves citations.

1

Pour la énième fois ce jour-là, Luke Stone rencontra le sol, qui lui donna une bonne claque.

Le contact initial lui coupa le souffle, mais la douleur qu'il ressentit à la hanche, là où il avait déjà un bleu, fut le comble. Il poursuivit son mouvement, roulant instinctivement pour se retrouver à quatre pattes. Rester allongé sur le dos dans la neige froide de janvier et grogner de douleur n'était pas une option, à moins qu'il ne veuille une empreinte de sabot imprimée sur une partie vitale.

Tout tournait encore autour de lui quand il leva une main en l'air pour indiquer qu'il respirait encore et qu'il était plus ou moins en vie.

Le signal qui donnait à ses frères la permission de le huer.

— Je te jure que tu as rebondi, cette fois, frangin, affirma Walker en traversant le manège pour lui tendre la main.

Il remit Luke sur ses pieds, ne tentant même pas de cacher son sourire narquois.

Luke épousseta la neige et la poussière de son jean, se forçant à sortir une réponse bon enfant, même si c'était difficile avec tous les visages qui le regardaient d'un air amusé. Même son petit frère, Dustin, affichait un large sourire.

Tous trois s'étaient pointés pour le regarder travailler avec la nouvelle jument qu'il avait proposé d'entraîner. C'était la manière dont ils avaient toujours fait les choses au ranch de Silver Stone... depuis la mort de leurs parents, ils travaillaient ensemble, jouaient ensemble, se battaient ensemble.

Et, oui, riaient ensemble, se moquant les uns des autres à l'occasion.

Caleb avait deux ans de plus que lui et était aux commandes depuis ce jour fatidique. Luke ne cilla pas quand son frère aîné lui lança un clin d'œil par-dessus son épaule avant de suivre la jument pour la lui ramener et qu'il réessaie. Et Walker, bien que plus jeune que Luke de quelques années, était un champion de rodéo sur taureaux. Il avait mérité le droit de se moquer de quiconque tombait du dos d'un animal.

Mais Dustin ? Pas question.

Luke pointa un doigt vers le jeune homme de vingt ans.

— Marre-toi. Tu ne tiendrais pas deux secondes sur elle.

Le jeune homme fut assez intelligent pour ne pas protester.

— Ça reste amusant de te regarder atterrir sur les fesses.

Son large sourire était moqueur mais à cent pour cent familial, et quand Dustin passa par-dessus la grille pour se joindre à Caleb alors qu'il ramenait Chili Pepper, Luke décida qu'il laisserait le gamin s'en tirer facilement cette fois.

Walker posa une main sur son épaule.

— Prêt à arrêter pour la journée ?

Luke haussa les épaules, regardant la pouliche attentivement alors que ses frères lui faisaient faire le tour du manège.

— Je n'arriverai pas à l'entraîner si j'abandonne la première fois qu'elle m'éjecte.

— La première fois ? Les maths n'ont jamais été ton point fort, le taquina Walker gentiment avant de croiser les bras et de l'examiner d'un œil expérimenté. Tu as mal, Luke. Je vois à la manière dont tu bouges qu'un de tes atterrissages a frappé un peu trop fort.

— Peut-être. Ça n'a pas d'importance... je peux continuer encore un peu.

Walker semblait sur le point de dire autre chose, mais il secoua la tête, jetant un coup d'œil à sa montre.

— Tu seras couvert de bleus demain, mais en fait, tu dois t'arrêter parce que nous avons tous d'autres choses à faire. Et tu connais les règles... Tu ne travailles pas sur une monture sauvage sans assistance.

Caleb et Dustin les avaient rejoints à ce moment-là, la jument se tenant innocemment à l'extrémité de la longe. La rétive créature qui l'avait désarçonné une douzaine de fois à la suite n'était maintenant que douceur et angélisme. Elle s'avança et rapprocha la tête tout près, lui heurtant le ventre pour le pousser vers l'écurie.

Luke passa les bras autour de Pepper et lui tapota les naseaux.

— Ombrageuse bête.

— Tu vois ? Même elle sait qu'il est temps de jeter l'éponge, dit Caleb en poussant un grognement satisfait, le regard fixé sur quelque chose à l'extérieur du manège.

Luke se retourna et découvrit les enfants de Caleb traversant le chemin enneigé depuis la maison.

— Il est temps pour toi de t'arrêter, en tout cas, admit Luke.

— Ivy m'attend aussi, ajouta Walker. Il y a une soirée rencontre pour une collecte de fonds pour le conseil de l'école organisée tout de suite après le Nouvel An, alors je dois aller mettre un costume et une cravate.

Tous les quatre grognèrent en même temps, trois d'entre eux compatissants. La fiancée de Walker était la directrice adjointe de l'école primaire du coin, ce qui signifiait qu'elle était très impliquée dans toutes sortes d'activités de la communauté.

Leur grand frère Caleb était heureux en ménage avec Tamara, et même si elle mangeait des crackers et buvait du soda au gingembre, ils étaient ravis d'avoir bientôt un autre enfant en plus des deux fillettes espiègles qui approchaient du manège.

Luke était content que ses frères aient trouvé des compagnes qui les rendent heureux. Mais tout de même, il avait un peu l'impression d'avoir un couteau planté dans le ventre, étant donné l'échec de sa relation, qui s'était terminée quelques mois plus tôt.

Même Dustin gloussa de joie alors qu'il partageait ses projets pour la soirée.

— J'ai un rencard ce soir.

— Vraiment ? fit Walker avant que son ton ne se fasse sérieux. J'ai entendu dire que tu allais à la maison des parents d'Ivy. Est-ce que tu vois une de ses sœurs ?

Dustin écarquilla les yeux une brève seconde avant de répondre avec une parfaite nonchalance :

— Ce ne sont pas tes affaires, si c'est le cas.

Luke et Caleb se lancèrent un coup d'œil, échangeant des regards signifiant « Oh mince, il n'a pas fait ça ! »

— Est-il suicidaire ? demanda Caleb à Luke d'un ton pince-sans-rire.

— Mort cérébrale. Il ne l'a pas encore remarqué mais le corps va bientôt suivre.

Walker leur jeta un coup d'œil, ses lèvres tressaillant avant que son expression ne retrouve son sérieux.

— Crache le morceau, ordonna-t-il à Dustin.

Leur plus jeune frère roula des yeux.

— Primo, vous n'avez aucun sens de l'humour. Je pense que je dois vous le signaler au cas où vous vous feriez de fausses idées. Deuzio, ce ne sont vraiment pas vos affaires, mais puisque vous avez l'air prêts à me découper en rondelles, non, je ne sors pas avec une des sœurs Fields. Pas parce qu'elles ne sont pas géniales, mais deux d'entre elles sont bien trop âgées pour moi et Rose est une bonne amie. Mais la meilleure amie de Rose, Kandi avec un K, est carrément chaude.

Luke allait développer un tic nerveux à l'œil à force d'essayer de garder une mine impassible tout en appréciant l'échange de regards en coin avec Caleb et Walker.

— *Kandi ?*

— ... avec un *K*. Oooh, c'est mignon... commença Walker.

Mais il se trouva interrompu lorsque ses nièces grimpèrent sur la barrière, criant pour appeler Caleb.

— Papa, papa, papa.

— Papounet. *Paaapouneeet.*

Caleb donna une tape sur l'épaule de Luke.

— Les sommations ont été prononcées. Je vous verrai demain.

Walker s'en alla dans une direction, Dustin et Caleb dans une autre, et soudain Luke se retrouva seul dans le manège avec Chili Pepper poussant ses poches, à la recherche de friandises.

— On dirait que tous les Stone ont des rendez-vous sexy ce soir, se taquina Luke, à ses frais.

Il glissa une main le long du cou de Pepper et la tapota alors qu'il la menait vers sa stalle.

— Toi et moi, on s'en sort bien. Seulement, il faut que nous parlions de cette habitude que tu as de vouloir imposer ta volonté. Ça ne me dérange pas de partager les rênes de temps à autre, mais quand un gars dit qu'il veut commander, il est sérieux.

Il tourna sur place alors qu'il ouvrait la barrière, et le plancher qui craquait sous ses bottes resta silencieux un bref instant. Suffisamment longtemps pour qu'un léger ricanement atteigne ses oreilles.

Il poussa un profond soupir et secoua la tête d'exaspération alors qu'il levait les yeux vers le fenil.

— À force d'écouter aux portes, tu vas avoir des problèmes un jour, Kelli James.

— Peut-être, mais en attendant, c'est follement éducatif.

Elle apparut, glissa par-dessus la balustrade et posa son derrière en jean sur le rebord du grenier. Ses bottes de cow-boy usées pendaient en direction du sol, se balançant nonchalamment alors qu'elle souriait. Ses cheveux brun foncé étaient noués en deux nattes tombant sur ses épaules et ses yeux marron brillaient d'espièglerie.

Luke appuya une épaule contre le box.

— Puisque tu es là, rends-toi utile. Prends deux brosses et tu pourras m'aider à brosser Pepper.

Ce que cette femme aurait dû faire était de se lever et de se diriger vers le mur latéral où se trouvait l'échelle. Pas Kelli. Elle hocha rapidement la tête puis se lança, tombant d'une hauteur qui aurait pu suffire à briser son cou d'inconsciente, étant donné qu'elle faisait presque trente centimètres de moins que lui, avec son mètre quatre-vingt-huit.

Luke se projeta en avant involontairement pour la rattraper. Peu importe qu'il l'ait vue faire ça des douzaines de fois au cours des années, cela le prenait toujours par surprise. À la dernière seconde, elle attrapa le tuyau attaché à un mur et l'utilisa pour se guider vers le sol.

Elle se réceptionna avec un sacré impact, mais au moins ses pieds, non pas sa tête, furent-ils les premiers à atterrir.

Il se mordit la langue et refusa de lui donner le plaisir de jurer ou de la réprimander. Elle savait déjà qu'il pensait que c'était un geste imprudent.

Kelli avait le pied léger... il devait le reconnaître. Et elle ne traîna pas lorsqu'elle attrapa ce dont elle avait besoin.

Luke se dirigea dans la direction opposée afin d'aller récupérer du fourrage pour la jument, jetant un peu d'avoine dans une musette avant de rejoindre Kelli aux côtés de Pepper.

Elle lui tendit une brosse.

— Des ordres, patron ?

Il détendit délibérément sa mâchoire pour s'empêcher de grincer des dents.

— Tu es particulièrement agaçante, ce soir, dit-il calmement. Je ne suis pas ton patron, et tu le sais. C'est Ashton.

— Tu es quand même plus aux commandes que je ne le suis, alors techniquement je peux t'appeler « patron ». *Patron*, répéta-t-elle en lui lançant un coup d'œil critique avant de lui donner un coup sec sur les fesses avec les poils raides de la brosse. Et cette bonne journée vient de devenir encore meilleure parce que tu as du crottin sur le cul, et pas moi.

Luke soupira. Il ne s'était pas sorti indemne de tous ces moments à rebondir sur le sol à cause du manque d'enthousiasme de Pepper envers lui en tant que cavalier.

— Ce sont les risques du métier, marmonna-t-il avant de se mettre au travail. Mais je suis content que tu aies passé une bonne journée. Qu'est-ce que tu as fait ?

Kelli entreprit de lui raconter sa journée, passée à aider leur contremaître Ashton à gérer une partie plus bagarreuse du troupeau. Tandis qu'elle parlait, ses mains continuaient à bouger, les poils de la brosse passant sans heurt encore et encore. Assurée et ferme, comme toujours.

Elle faisait partie du ranch de Silver Stone depuis presque aussi longtemps qu'ils le dirigeaient sans leurs parents. Et ça ne le surprenait pas d'apprendre qu'Ashton lui donnait d'autres tâches plus délicates, même si parfois cela l'inquiétait qu'elle soit au milieu du troupeau avec des animaux assez gros pour l'écraser d'un mouvement irréfléchi.

Mais même à ce moment-là, alors que Pepper changeait de position, Kelli glissa vers l'avant, presque comme si elle dansait avec la jument. Elle passa un bras autour de son encolure et utilisa l'élan de Pepper pour atteindre son garrot.

— Je pense que demain tu devrais me laisser t'aider, dit Kelli fermement.

Luke cligna des yeux, se demandant d'où avait surgi cette remarque.

— M'aider ? À quoi ?

Kelli finit de faire le tour et vint se tenir près de lui, souriant d'un air narquois comme si elle connaissait un secret.

— Est-ce qu'on a dépassé l'heure du coucher pour toi ? le taquina-t-elle. Il est affreusement tard pour un vieux comme toi.

Il croisa les bras sur son torse et la foudroya du regard.

— Ne sois pas impolie. De quoi parles-tu ?

Pepper choisit ce moment pour se plaindre. Alors que lui et Kelli se tenaient encore dans le box avec elle, aucun d'eux ne lui accordait d'attention. Comme tous les chevaux du monde qui voulaient vous critiquer, elle dit ce qu'elle avait à dire en se déplaçant et en pressant son poids considérable vers eux.

Luke s'écarta du chemin en tournant sur lui-même avant de se retrouver piégé contre les panneaux de la stalle. Quant à Kelli, elle passa sous le ventre de la jument, ressortit de l'autre côté et grimpa jusqu'à se retrouver assise sur la cloison supérieure.

Ils échangèrent un grand sourire.

Puis Kelli eut cette expression dans les yeux. Celle qui disait qu'elle s'apprêtait à demander une faveur ; également connue comme *le tourmenter jusqu'à ce qu'il cède.*

— Je veux t'aider avec Pepper. Tu sais que je peux le faire. Je parie qu'elle adorerait que je l'entraîne.

Luke examina Kelli de plus près. Cette femme toute menue était perchée sur la barrière en bois comme une sorte de fée d'écurie. Après huit ans à travailler à Silver Stone, elle faisait autant partie du ranch que le reste de l'équipe, et lui était aussi familière que ses frères. Elle *était* douée avec les chevaux. Très douée.

Étant donné que l'objectif en entraînant Pepper était d'en

faire une bonne monture pour la fille du propriétaire, qui pesait probablement à peu près autant que Kelli...

Seulement, il était encore responsable.

— Oui, tu pourras m'aider, mais pas tout de suite.

L'excitation sur son visage apparut et disparut aussi vite alors qu'il parlait.

— Qu'est-ce que ça veut dire ?

— Ça veut dire que tu as du travail à faire pour Ashton, alors tu ne seras pas disponible tout le temps, de toute façon. De plus, bien que tu assures que Pepper t'aime bien, elle n'est pas prête pour que plusieurs personnes montent sur son dos.

Kelli hocha la tête, avec une expression d'acquiescement pensif.

— Mais tu me laisseras t'aider quand elle arrivera à l'étape suivante ?

— J'adorerais avoir ton aide, lui dit-il honnêtement.

— Super.

Elle fit un flip arrière dans la stalle vide derrière eux et, encore une fois, Luke sentit son cœur tressauter étrangement.

— Bon sang, meuf, marmonna-t-il, en tapotant Pepper pour lui dire au revoir avant de rejoindre Kelli dans le couloir principal.

— Je te promets que je ferai du bon travail, lui assura Kelli.

— Ne te dérobe pas face à tes autres tâches en essayant de m'aider plus tôt, l'avertit-il.

Elle leva à nouveau les yeux au ciel.

— Tu parles, dit-elle d'un ton sarcastique. Tu penses vraiment qu'Ashton me laisserait m'en tirer comme ça ? Même si tu penses que je suis assez bête pour essayer, ce que je ne suis pas.

Il n'aurait pas été surpris de la voir lui tirer la langue comme sa nièce Sasha.

Mais non, même si parfois elle semblait plus jeune que les « vingt-six ans » qu'il avait vu sur ses fiches de paie, Kelli n'était pas encline au mélodrame. Cela faisait probablement partie des raisons pour lesquelles il l'appréciait tellement.

Parmi tous les ouvriers qui avaient travaillé à Silver Stone à travers les années, Kelli tout particulièrement était solide comme un roc. Un bon sens de l'humour, une bonne éthique de travail...

Sérieusement douée avec les chevaux. En ce moment même, elle lançait des baisers à tout le cheptel alors qu'elle avançait devant lui, marquant des pauses pour dire bonjour et offrir des caresses et des sucreries à chaque animal qu'elle dépassait.

Puis elle prit la direction de son logement du côté ouest du dortoir. Luke lança un coup d'œil autour de lui, mais il n'y avait en gros que lui et les chiens du ranch qui attendaient de voir s'il allait faire quelque chose d'excitant.

Il leur offrit une caresse sur la tête et les gratta derrière les oreilles mais continua d'avancer, s'éloignant de la maison principale du ranch et se dirigeant vers le logement qu'il construisait depuis deux ans. La maison qui avait pris tellement de temps parce que sa fiancée Penny avait été nulle pour prendre des décisions et s'y tenir.

Leur relation s'était enfin écroulée fin août, à son grand soulagement inavoué. Il ne savait toujours pas ce que Penny pensait vraiment du fait qu'il avait rompu leurs fiançailles, mais il doutait qu'elle se languisse de lui. Ils n'avaient pas eu ce genre de relation.

Malgré tout, c'était étrange de penser qu'il avait presque terminé une maison. Au cours des quatre derniers mois, comme il n'avait pas eu besoin de passer du temps avec sa fiancée, ni de lui faire tout approuver, ni de modifier des choses parce qu'elle avait changé d'avis, il avait enfin pu en terminer plein.

C'était étrange la manière dont ça fonctionnait. D'avoir du temps libre, et personne d'autre à qui demander son avis. Cela faisait avancer le travail beaucoup plus vite.

C'était la seule chose positive qu'il pouvait voir…

Et ce n'était pas la direction qu'il voulait que prennent ses pensées. Il ne voulait pas s'attarder sur le fait qu'il avait passé beaucoup de temps et dépensé beaucoup d'énergie dans une relation qui avait échoué.

Il ne voulait pas trop se demander pourquoi il construisait une maison sur des terres qui, à moins que les choses s'arrangent, pourraient ne plus appartenir à la famille Stone d'ici à la fin de l'année.

Luke passa la porte de son débarras extérieur presque terminé en tapant du pied. Il était affamé. De plus, Walker avait raison. Son corps lui faisait mal de la tête aux pieds après avoir été désarçonné bien trop de fois.

Il était également dégoûtant, comme Kelli avait été si prompte à le lui signaler. Mais le grondement qui émergea de son ventre annonça que ce serait d'abord la nourriture, puis une douche. Ensuite, il devrait trouver quelque chose à faire pour passer le reste de la soirée.

Ce n'était simplement pas normal que le reste de ses frères aient de la compagnie avec qui passer la soirée et pas lui, c'était *lui* le charmeur de la famille, bon sang !

Luke traversa la cuisine, brancha son téléphone et alluma son ordinateur portable. Il attrapa un reste de pizza dans le frigo, tira du pied un tabouret et se laissa tomber dessus pour vérifier ses e-mails. Il mangea une tranche de pizza froide pendant que le reste chauffait dans le micro-ondes.

C'était incroyable la quantité de spams qu'une personne recevait chaque jour. Il avait marqué deux messages de ses sœurs comme « à lire » une fois qu'il aurait nettoyé la pagaille quand son œil tomba sur un objet bien plus intéressant.

« *Triple Crown Gala.* »

Il éclata de rire, et il faillit s'étouffer avec le morceau de pizza qu'il avait dans la bouche.

— Ouais, moi à un gala. Elle est bonne, celle-là.

Sauf que quelque chose tiltait dans son cerveau. Pourquoi cela lui semblait-il familier ?

Le message provenait d'un ami de confiance. Bertram Cooper était un intermédiaire. Il trouvait des chevaux pour des acheteurs, ou suggérait des placements d'étalons ou des opportunités de dressage. Silver Stone avait de la chance de pouvoir considérer Bert comme un ami, et c'était lui qui avait négocié certaines de leurs meilleures ventes au cours des années, alors Luke ouvrit le message, la curiosité, la méfiance et cet écho d'importance dont il n'arrivait pas à se souvenir précisément se disputant la vedette.

Avec le sens de l'humour tordu de Bert, il avait probablement arrangé à Luke une soirée d'ailes de poulet à volonté et le faisait marcher.

Pourtant quand le micro-ondes bipa une deuxième fois, l'avertissant que le temps était écoulé, Luke continua de l'ignorer parce que l'e-mail n'était pas une plaisanterie, une blague ou une bêtise.

Bertram avait eu vent d'un événement spectaculaire qui se passait dans le coin et avait dégoté une invitation pour Luke. *C'était* bien un gala. Un rassemblement de vendeurs et d'acheteurs, uniquement sur invitation, de l'élite des éleveurs de chevaux d'Amérique du Nord.

Il ne s'agissait pas seulement de chevaux et d'argent qui changeaient de mains, mais des rencontres avec épouses et familles, et...

L'esprit de Luke s'emballa devant les possibilités. Depuis un petit moment, le ranch de Silver Stone traversait une période difficile. Ils étaient loin d'être tirés d'affaire, même si Walker avait rempli les caisses de la famille l'automne précédent avec d'incroyables prix de rodéo. Le ranch devait passer à l'étape supérieure, qui devrait impliquer les chevaux sur lesquels Luke travaillait avec assiduité depuis des années.

C'était leur meilleure chance, et cette invitation ressemblait à un ticket d'or qui lui serait tombé tout cuit dans le bec.

Il examina les informations un peu plus minutieusement, frissonnant devant le coût de l'événement. Dieu merci, c'était organisé à quelques heures de là au pays Kananaskis[1], ce qui signifiait qu'ils pourraient y aller en voiture au lieu d'être obligés de prendre l'avion pour le Texas ou le Kentucky.

Quelques calculs rapides et il fut clair qu'une seule nouvelle vente annulerait le prix astronomique, et ce gala n'allait pas déclencher une transaction unique, ces événements développaient des relations faiseuses de rois.

Nom d'un chien.

Voilà pourquoi lui semblait aussi familier. Son ex-fiancée, Penny, et sa famille s'étaient retrouvés dans une situation similaire des années auparavant. Au bon endroit au bon moment à un rassemblement semblable à celui-là... et ils ne l'avaient jamais regretté.

Le gala était exactement ce dont Silver Stone avait besoin.

Le message de Bert était clair et concis.

« J'ai eu vent de cette sauterie. Les organisateurs m'ont demandé de recommander quelques éleveurs prometteurs, et j'ai pensé à toi. Je n'ai pas besoin de te dire que c'est un événement TRÈS IMPORTANT. Si j'avais une affaire comme la tienne, je baverais devant cette opportunité. N'hésite pas à m'envoyer une bonne bouteille plus tard.

« Je te préviens sur quelques trucs : ce groupe est un peu vieux jeu, ce qui ne veut pas dire qu'ils s'attendent à ce que tu amènes une épouse, mais une fiancée est mieux qu'une petite amie. Et même s'ils vivent assez avec leur temps pour ne pas vous faire coucher dans des chambres séparées, ils veulent traiter avec des affaires familiales. Alors nom de Dieu, assure-toi d'amener ta fiancée. Ne la laisse pas t'enquiquiner là-dessus.

« Bonne chance, je te verrai bientôt. J'ai deux commandes à t'envoyer au printemps. Prends contact si tu as besoin de quoi que ce soit avant.

Une partie de son cerveau analysait et calculait, mais les mains de Luke étaient déjà entrées en action car ce genre d'occasion ne réclamait guère de réflexion . Le gala pourrait sauver le ranch, alors il devait absolument y être. Ce n'était pas sa faute si Bert n'était pas au courant que Penny et lui avaient rompu leurs fiançailles.

Mais le tuyau sur les affaires *familiales*... c'était une bonne information.

Luke cliqua dans l'invitation sur un lien vers un Google Doc pour remplir les informations requises. Le nom du ranch, leurs meilleurs chevaux et étalons à ce jour.

Il prit grand plaisir à pouvoir lister les animaux qu'il avait grandement contribué à élever. Il ne se faisait pas simplement mousser. Silver Stone était un des meilleurs ranchs à son échelle. Ils avaient simplement besoin d'une opportunité pour passer au niveau supérieur.

Il remplit son parcours personnel sans ciller. Ce ne fut que lorsqu'il arriva à la section qui demandait le nom de son « épouse/conjointe » que Luke marqua une pause.

Le message de Bert avait été compris. Célibataire, Luke n'irait pas à cet événement pour une fois, même si jusqu'à tout récemment, cela n'avait rien changé à la manière dont tournait Silver Stone. Qu'ils ne soient pas un couple ne signifiait pas qu'ils n'étaient pas une *famille*, mais il n'allait pas protester contre des préjugés déjà installés.

On pouvait éliminer Caleb et Tamara. Caleb n'aimait pas le relationnel, et Tamara était tellement malade à cause de sa grossesse qu'elle passerait tout son temps dans les toilettes. On pouvait aussi éliminer Walker et Ivy...

Il pourrait contacter son ex et lui demander de lui rendre un service, mais c'était risqué. Une des raisons pour lesquelles leurs fiançailles n'avaient pas fonctionné était que Penny était imprévisible, et il ne lui faisait pas confiance. Participer à un événement familial impliquait qu'ils devaient au moins prétendre s'apprécier.

Ils ne se détestaient pas. C'était simplement qu'ils étaient plus ou moins indifférents, ce qui avait toujours été le problème dans leur relation. En tout cas, en dehors de la chambre.

Non. Il y avait une solution bien plus simple, surtout quand il commença à penser à tout ce concept de *famille*. Peut-être que ce n'était pas ce que les organisateurs pensaient, mais en ce qui le concernait, elle faisait pratiquement partie de la famille. Il remplit le blanc sans le moindre scrupule, appuyant joyeusement sur les touches.

« *Kelli James.* »

Luke appuya sur « envoyer » puis se leva pour ajouter une minute à la cuisson de la pizza dans le micro-ondes.

Mince, Kelli adorerait venir avec lui ! La vérité était qu'elle avait fait beaucoup à travers les années pour aider à créer ce que Silver Stone était devenu, et ce serait une belle opportunité pour elle d'apprendre à connaître des personnes clés.

De plus, ce serait des vacances. Qui ne voudrait pas traîner dans un hôtel chic au milieu des montagnes Rocheuses pendant quelques jours sans corvées ?

L'énergie l'envahit. Avoir un nouveau départ dans la vie déclenchait cela chez un homme apparemment. Après qu'il aurait fait sa toilette, bon sang, il devrait peut-être sortir et aller danser pour la soirée.

Luke envoya un message rapide à un ami, puis s'installa devant la télé, zappant entre les chaînes jusqu'à ce qu'il trouve quelque chose de plus ou moins intéressant à regarder pendant qu'il mangeait sa pizza.

C'était drôle comme le destin pouvait intervenir et changer tout votre monde quand vous vous y attendiez le moins.

2

De frustration, Kelli James donna un coup de pied dans une motte de terre sur le chemin devant elle. C'était totalement injuste, la manière dont son corps s'était transformé en une gigantesque boussole.

Chaque fois que Luke Stone était à proximité, elle frétillait pratiquement dans sa direction.

Elle retourna tranquillement au dortoir, son pas martelant le chemin enneigé vers la lumière qui brillait joyeusement devant son porche. Sa chambre, l'extrémité d'une longue rangée de pièces identiques de style motel, était son foyer depuis longtemps. D'autres ouvriers de ranch étaient venus et repartis depuis le temps qu'elle travaillait ici, alors ce n'était pas le fait d'être la seule femme du personnel qui lui avait donné les droits du meilleur emplacement.

Même Ashton Stewart disait qu'elle était leur principale ouvrière qualifiée, et les responsabilités qui accompagnaient ce titre la rendaient assez fière. Elle avait pris en charge une énorme tâche, et trouvé un lieu à elle où elle était appréciée et utile.

Même s'il y avait des moments où elle se languissait d'en

avoir plus, d'avoir un toit sur la tête et de faire partie de quelque chose d'important… ce n'était pas un mauvais job pour une fille qui avait été une fugueuse.

Elle attrapa son nécessaire de toilette et se glissa à l'extérieur, quitta le porche vers l'arrière du bâtiment.

— Je suis là, avertit-elle alors qu'elle entrait dans la buée de la zone extérieure pour se changer.

— Presque terminé, lança une voix masculine qui répondit à l'angle de la pièce. Tu peux attendre à l'intérieur où il fait chaud si tu veux. Mais si tu veux te joindre à moi, je ne me plaindrai pas.

Kelli ignora cette suggestion alors qu'elle organisait ses affaires, accrochant sa serviette et préparant son shampooing et son savon.

— Alex, tu es non seulement un optimiste, mais tu es un optimiste qui pense que la moitié *supérieure* du verre est remplie.

Un petit rire étouffé échappa à l'autre ouvrier du ranch qui travaillait à Silver Stone depuis l'été.

— J'ai utilisé toute l'eau chaude. Je te préviens.

— Quelles salades, rétorqua Kelli. Tu prends des douches froides et tu pleures dans ta bière à cause de moi.

L'eau s'arrêta, et il se mit à rire à pleine gorge, jovialement.

— Il se pourrait que je doive aller au Rough Cut ce soir pour prendre cette bière. Tu prévois d'y aller ?

— Ouais. Je retrouve mes copines, lui répondit-elle.

— Sympa.

— Il y a trop de neige pour faire autre chose, lui signala-t-elle. Le Rough Cut est un endroit bien chauffé pour traîner lors d'une soirée froide.

— Je viens vers toi, l'avertit-il. Au cas où tu voudrais prendre des photos de ma magnificence.

Elle fit semblant de vomir, lui tournant délibérément le dos afin de lui laisser de l'intimité pour s'essuyer.

Ici, c'était le seul endroit où ils n'avaient pas trouvé de solution parfaite avec elle qui travaillait à Silver Stone. Kelli insistait sur le fait qu'elle ne voulait pas de traitement de faveur. Elle ne voulait pas que la famille Stone ait à faire face aux dépenses pour construire une douche séparée juste pour elle. Cela demandait un peu de jonglage pour faire fonctionner les choses, qu'elle partage un espace avec tous les gars, mais la douche commune ne l'avait jamais inquiétée.

Les mecs étaient comme des frères, en dehors des moments de taquinerie. Elle se disait que l'occasionnelle vulgarité était naturelle. Elle ne se sentait pas mal à l'aise ni harcelée par les discussions entre mecs qui se passaient dans le ranch.

Cela aidait que l'une des premières recommandations à un nouvel employé soit : « Ne touche pas à Kelli ou tu perdras tes noisettes. »

— Est-ce que Rose sera là ce soir ? demanda Alex d'un ton bien trop décontracté.

Kelli se mit à rire.

— Peut-être. Tu veux que je lui glisse un mot pour toi ?

— Oh que oui ! Danse avec moi d'abord pour qu'elle accepte ensuite que je lui fasse faire un tour de piste.

Ce qui la fit rire.

— Vous avez compris comment nous faisons les choses sur la piste de danse, n'est-ce pas ?

— Je suis correct, lui dit Alex. Enfin, je suis habillé. Et oui, il ne faut pas être un génie pour remarquer que tu décides avec qui on peut danser sans risque, et que tes amies te suivent.

Kelli se retourna pour le regarder de haut en bas. Il avait enfilé un jean propre mais ses pieds étaient encore nus et son torse était découvert et exposait une peau brune, des gouttelettes d'eau s'accrochaient à ses larges épaules alors qu'il se séchait les cheveux.

Il n'était pas du tout laid, et elle pouvait apprécier le spectacle des muscles tout autant qu'une autre femme. Seulement, ça n'allait pas plus loin... apprécier. Il n'y avait pas d'étincelles, rien qui faisait danser son ventre sauvagement.

Pas comme quand Luke Stone me heurte accidentellement.

Elle repoussa cette agaçante vérité et leva un sourcil à l'adresse d'Alex. Cet homme *parlait* d'une de ses meilleures amies, et ferait mieux de savoir que plus d'une personne avait l'œil sur lui.

— Est-ce que tu *es* sans risque ?

Il laissa tomber la serviette sur le banc près de lui et passa un tee-shirt par-dessus sa tête avant de lui offrir un large sourire.

— Autant qu'un chaton. Et puis, je sais danser.

— Alors tu ne lui écraseras pas les pieds, c'est ce que tu dis ?

Elle croisa les bras sur sa poitrine alors qu'il drapait sa serviette autour de son cou et rassemblait ses affaires.

— Passe-lui juste un mot pour moi, s'il te plaît ? demanda Alex, cette fois un peu plus sérieusement.

Il soutint son regard jusqu'à ce qu'elle hoche la tête.

— À plus tard, Kelli.

Il sortit et elle le suivit, accrochant le panneau qu'elle avait fabriqué des années auparavant pour annoncer qu'elle occupait les lieux. Il portait l'inscription « Spa privé de Kelli » pour avertir le reste des ouvriers qu'ils devraient attendre. Elle verrouilla la porte et se déshabilla.

La buée s'attardait dans la pièce principale de la douche, ce qui signifiait qu'il faisait chaud lorsqu'elle ouvrit le robinet le plus proche et laissa le jet puissant couler sur ses épaules douloureuses.

Même si elle avait quelques privilèges, comme pouvoir verrouiller la porte pour avoir la douche pour elle seule, et la meilleure chambre du dortoir, ses responsabilités professionnelles n'étaient pas diminuées parce qu'elle était une femme.

Au cours des années, les gars avaient lentement arrêté de lui donner des tâches plus faciles à cause de sa taille. Cela lui prenait peut-être quelques allers-retours supplémentaires pour déplacer de l'équipement lourd, mais elle les effectuait.

Mais à la fin d'une longue journée où elle avait déplacé plusieurs fois son poids en ballots de pailles, le massage énergique sur ses épaules était très agréable.

Les mains levées pour s'étirer, elle ricana une seconde. Cela aurait probablement semblé bizarre à un étranger qui les observerait qu'elle soit aussi à l'aise à discuter avec Alex comme ça, mais c'était sa réalité. Elle vivait au ranch depuis si longtemps que « faire partie des garçons » fonctionnait quatre-vingt-dix-neuf du temps.

Elle fit mousser le savon et le passa sur son corps, efficace et rapide, elle défit ses nattes puis activa ses ongles contre son crâne alors que ses cheveux se plaquaient contre son dos, tombant presque jusqu'à ses fesses.

Elle faisait vraiment partie des garçons, ce qui était bien...

... jusqu'à ce que ça ne le soit plus. Toute cette affaire de « touche pas Kelli » avait rendu très difficile les expériences de nature sexuelle. Non pas qu'elle ait rongé son frein, mais elle était curieuse, et la frustration sexuelle n'était pas exclusive à la portion masculine de la population.

Kelli pencha la tête en arrière pour rincer le shampooing, et l'amusement grandit quand elle se souvint que la douche était l'endroit où elle avait découvert le sexe pour la première fois.

L'ouvrier du ranch qu'elle avait ramené avec elle lui avait paru assez mignon. Et ils avaient eu envie l'un de l'autre, mais aucun d'eux ne cherchait autre chose que du superficiel, alors cela avait en gros été une aventure sans lendemain. Voler du temps dans la douche avait été un moyen de se défouler. Une occasion qu'elle n'avait pas eue très souvent. Cela avait été le moment, c'était tout.

Tu es une menteuse, lui envoya son cerveau.

Mentalement, Kelli se tira la langue et produisit un bruit de bisou.

— Ouais, parce que je ne vais pas avouer que j'ai couché avec quelqu'un d'autre parce que Luke s'est fiancé.

Elle *avait* apprécié ce gars, mais sa conscience avait raison. Il s'était plus agi d'essayer d'effacer le désir qu'elle avait pour Luke que de trouver l'autre gars vraiment spécial.

Avoir un coup de cœur inassouvi sur le long terme était une chose dont elle était bien trop familière.

Kelli songea que, pendant les premières années, ce sentiment n'était rien d'autre qu'un amour d'adolescente. Elle était bien trop jeune à ce moment-là pour faire quoi que ce soit à part garder ses distances en espérant que Luke ne comprenne jamais que passer à côté de lui faisait bondir son cœur.

Au lieu de ça, elle s'était concentrée sur le fait qu'elle vivait son rêve de tellement d'autres manières. Pouvoir faire ce qu'elle aimait – travailler avec des chevaux et vivre dans un ranch –, bon sang, c'était ce qui se rapprochait le plus du paradis pour elle.

Mais quand elle avait enfin eu vingt et un ans, elle avait pensé qu'il n'y avait pas de raison de ne pas tenter quelque chose. Luke n'était pas du genre hautain qui regarderait de haut l'idée de s'engager avec quelqu'un juste parce que c'était une ouvrière de ranch. De plus, ils étaient déjà amis. Elle devait simplement le convaincre que leur amitié devrait se diriger vers quelque chose de plus direct. Que du court terme lui conviendrait.

Puis il avait rencontré Penny, et avant que Kelli ne puisse dire « occasion manquée », Luke était fiancé et intouchable.

Pendant trois ans, elle avait été forcée de mettre ses envies de côté et de bien se tenir. Trois longues années où elle avait tenu sa langue – la plupart du temps –, alors qu'une femme qui ne convenait pas du tout à Luke avait le droit d'être dans sa vie et son lit.

Kelli avait fait preuve d'une incroyable retenue, vraiment.

Trois ans, et pas une fois elle n'avait accidentellement poussé Penny dans un tas de fumier.

Elle ressentait encore la sensation de soulagement qui l'avait frappée quand Luke avait soudain rompu leurs fiançailles et que Penny ne fut plus là. Dieu *merci* !

Kelli termina de se doucher, puis retourna en vitesse à sa chambre, se glissant dans un jean usé et un haut en coton doux. Elle natta ses cheveux pour qu'ils ne la gênent pas, enfila ses bottes de danse et fut prête à partir.

Luke Stone était peut-être à nouveau sur le marché, mais elle ne voulait pas aller trop vite et n'être rien de plus qu'une relation Kleenex. Mais elle n'allait pas y aller trop lentement non plus et laisser passer de nouveau sa chance.

Comme lorsqu'on travaillait avec des chevaux nerveux, tout était question de timing. En ce moment, Luke n'était pas prêt à ce qu'elle dévoile ses cartes.

Ce qui signifiait que ce soir-là... ? Elle allait s'éclater, faire la fête et prétendre que l'homme qu'elle désirait plus que tout n'existait pas.

Peut-être qu'elle rendrait service à Alex et danserait avec lui en premier.

— Tu te fiches de moi. Tu as reçu une invitation pour aller où ? demanda Josiah Ryder en secouant la tête avec incrédulité. Je ne sais pas si je devrais être jaloux ou te proposer des super tranquillisants pour gérer le stress.

— Je suis gonflé à bloc, avoua Luke, mais ce n'est pas encore sûr, alors ne va pas répandre cette information pour l'instant. Et ça signifie : même pas à Caleb, parce que je ne veux pas que qui que ce soit se fasse de faux espoirs si ma participation n'est pas approuvée.

Josiah leva une main, compréhensif.

— Bonne décision. Je suis déjà au courant parce que quelqu'un de mon cercle à l'école vétérinaire a reçu une invitation à un de ces événements puis a été « désinvité ».

Luke se tourna vers leur pub du coin, dont les lumières vives des décorations qui restaient des fêtes se reflétaient sur la rue principale enneigée de Heart Falls.

— C'est rude.

— Les gars qui organisaient l'événement étaient sérieux sur l'aspect positif de la famille, et il s'avère que l'invitée avait un peu trop de cadavres dans son placard.

Ça ressemblait à de l'hypocrisie.

— C'est ça. Parce que le fermier de base qui décide de faire une formation de vétérinaire a des liens avec la mafia ou des bêtises comme ça.

— En rapport avec des gangs... Son père a été impliqué dans le déplacement de produits pharmaceutiques. Quand ils ont découvert le casier du père, son invitation a été annulée.

Josiah secoua la tête alors même qu'il tendait la main vers la portière de la camionnette.

— Ce n'est pas sa faute, ce que son père faisait, signala Luke.

— Il a payé sa formation. Celui qui l'a invité était au courant.

Luke rejoignit Josiah sur les marches en bois menant à l'entrée du Rough Cut. Il avait passé plus de temps avec cet homme au cours des derniers jours, bien que, avant, ce soit Caleb qui traînait avec Josiah.

Que Caleb ait les filles et Tamara pour l'occuper avait mis un sérieux frein à sa vie sociale. Et pourtant son frère aîné n'avait jamais semblé plus heureux. Luke était honnêtement ravi pour lui.

Et alors que Josiah passait les portes du pub et était accueilli joyeusement, Luke dut admettre que ce n'était pas si mal de passer du temps avec cet homme populaire.

Ils marquèrent une pause à côté de la porte. Josiah jeta un coup d'œil autour de lui, vérifiant qui était déjà sur la piste.

— Parfait. Je vois au moins une demi-douzaine de femmes qui brûlent d'envie d'avoir mon attention.

Luke le frappa sur l'épaule et fit chanceler Josiah.

— Chien de chasse.

— Ça implique que je les pourchasse, que je suis à la recherche d'une occasion. Ce n'est rien de ce genre, lui dit Josiah en élevant la voix pour qu'on l'entende malgré le chaos.

— Ça implique que tu continues à enfoncer les crocs dans un nouvel os à chaque fois, et qu'à un certain stade elles se retourneront contre toi et briseront les *tiens*.

Josiah partagea un large sourire alors qu'il passait les doigts dans ses cheveux blonds.

— *Grrrr*.

Luke resta où il était alors que Josiah se faufilait sur la piste de danse. Il s'arrêta et tapa sur l'épaule d'un homme de grande taille qui dansait avec enthousiasme le two-step avec une femme plus petite. L'homme recula en haussant les épaules, et Luke le reconnut comme un de leurs ouvriers.

Ce fut un peu moins distrayant quand Luke se rendit compte que la femme que Josiah faisait maintenant tourner rapidement sur la piste était Kelli, faisant voler sa longue natte alors qu'elle tournait, souriant au vétérinaire.

Luke les regarda pendant une minute. Il comprenait certainement pourquoi Josiah voulait danser avec elle. Ils bougeaient avec fluidité sans aucun de ces échanges gênants qui se produisent quand une femme pense qu'elle sait mieux danser que son partenaire.

C'était une chose quand un gars ne savait pas danser, mais le fichu truc que Penny avait l'habitude d'utiliser avec lui, essayant de le guider subtilement alors qu'il n'avait pas besoin d'aide... c'était le chaos. Et agaçant, bon sang.

Josiah dirigeait certainement, son leadership apparaissait

quand il changeait de direction à la dernière seconde pour éviter de percuter un couple de danseurs moins compétents. Le mouvement rapide faisait tournoyer Kelli plus près, sa natte volant comme une pale d'hélicoptère, son corps collé contre Josiah alors qu'elle riait.

Un instant plus tard, ils se retrouvèrent plus loin sur la piste, bavardant tout en continuant de se déplacer. Elle avait certainement le pied léger sur la piste de danse.

Luke sentit une arrière-pensée tressaillir étrangement. Pourquoi cela lui semblait-il si surprenant ? Il y réfléchit sérieusement jusqu'à ce que la vérité le frappe.

N'avait-il jamais dansé avec Kelli ?

D'un autre côté, pourquoi le ferait-il ? Il ne dansait jamais avec un de leurs ouvriers, mais alors qu'il les regardait, quelque chose lui tiraillait les entrailles.

Cela le mettait mal à l'aise de les voir rapprochés et discutant joyeusement.

C'était le stress, décida Luke. C'était de penser aux commentaires de Josiah et à la possibilité que, même si le gala lui avait été proposé, il pourrait encore lui être enlevé.

Bon sang, de quoi s'inquiétait-il ? Silver Stone était irréprochable, et l'avait toujours été. Depuis l'époque où ses parents s'étaient établis avec leurs meilleurs amis, jusqu'à maintenant, il n'y avait jamais eu la moindre rumeur.

Il supposait que la désastreuse première épouse de Caleb pouvait être considérée comme un mauvais point dans la grille des « fortes valeurs familiales », mais étant donné qu'il s'était récemment remarié et que lui et Tamara attendaient un enfant... De plus, la famille de Tamara faisait partie des membres solides comme le roc de leur communauté. Il n'y avait pas de cadavres dans le placard des Stone, alors Luke pouvait écarter cette inquiétude.

Ouais, c'était le stress et la fébrilité.

Voilà sans doute pourquoi ses pieds se retrouvèrent à

avancer vers Kelli. Il n'avait pas d'inquiétude sur ses talents de danseuse, ou les siens, mais ce serait une bonne idée qu'ils s'entraînent un peu en tant que couple.

La musique changea alors qu'il les rejoignait.

La poitrine de Kelli palpitait alors qu'elle prenait de profondes inspirations.

— Nom d'une pipe, c'était amusant. Merci, Josiah.

Ils échangèrent un *check* et il lui lança un clin d'œil.

— Pas de problème.

Elle se retourna pour s'éloigner, ignorant Luke planté là à attendre son tour.

C'est quoi ce bazar ?

— Kelli. Stop, dit-il en dépassant Josiah pour s'approcher. Dansons.

Elle en resta bouche bée, et quelque chose apparut sur son visage avant qu'elle ne roule des yeux.

— Petit malin.

Elle tourna les talons et repartit, esquivant les couples qui tourbillonnaient autour d'eux et qui avaient commencé une danse effrénée. Il lui faudrait presque courir pour la rattraper.

Quelqu'un se racla la gorge derrière lui. Luke se retourna et trouva Josiah qui le fixait du regard comme s'il avait de la boue sur le visage, tous deux se tenant sans bouger au milieu de la piste de danse bondée.

— Qu'est-ce que tu fais ? demanda Josiah.

Luke pensait que c'était évident.

— Je lui ai demandé de danser.

La confusion envahit le visage de Josiah. Il pencha la tête vers le côté de la pièce avant de s'éloigner si rapidement que Luke n'eut d'autre choix que de le suivre. Ils trouvèrent un endroit à une table avec deux chaises et pratiquement pas de place.

On aurait dit des histoires d'espionnage quand Josiah se

pencha pour parler discrètement. Enfin, aussi discrètement qu'il le pouvait, étant donné le volume de la musique.

— *Pourquoi* lui as-tu demandé de danser avec toi ?

— Parce que...

Oh. Il n'avait pas mentionné cette partie-là.

— J'ai répondu que Kelli viendrait avec moi à l'événement. Je pense qu'à un certain stade nous devrons danser, et je me suis dit qu'un coup d'essai ne ferait pas de mal.

Josiah eut l'air stupéfait.

— Kelli. Avec toi. Au gala.

Son exaspération montait.

— Est-ce que je dois utiliser des mots plus simples ? Qui d'autre est-ce que j'emmènerais ? Ni Caleb ni Walker ne peuvent y aller, et Dustin serait assez inutile. Ashton me botterait les fesses si je lui demandais d'assister à un truc pareil. Kelli s'en sortirait magnifiquement.

Son ami le fixait comme s'il traitait encore la première partie de la déclaration de Luke. Puis Josiah se secoua, l'amusement se propageant sur son visage.

— Bien. Tu as raison. Kelli s'en sortira magnifiquement. Mais tu ne lui as pas encore parlé du gala, n'est-ce pas ?

— Bien sûr que non. Tu m'as signalé il n'y a même pas trente minutes que ce ne serait pas une bonne idée avant d'avoir une réponse positive officielle.

Josiah hocha lentement la tête.

— Alors accepte un conseil. Ne commence rien de bizarre avant que ce ne soit le moment.

Luke y réfléchit avant de soupirer d'exaspération.

— Oh.

— Ouais, *oh*, confirma Josiah en haussant un sourcil. Tu sais ce que tu fais ?

— Écoute. J'ai besoin de quelqu'un avec moi qui impressionnera sérieusement les gens qui connaissent les chevaux, et

Kelli fait l'affaire. Nous pourrons inventer le reste au fur et à mesure.

— Il me semble juste que... Peu importe.

Le pli de ses lèvres annonçait que Josiah retenait un commentaire sarcastique.

Luke croisa les bras sur son torse, maintenant complètement agacé.

— Kelli et moi avons passé une tonne de temps ensemble. Nous nous entendons comme larrons en foire.

Son ami leva une main, faisant signe à une des serveuses de venir prendre leur commande.

— Ouais, parce que voler des trucs, c'est le moyen parfait d'impressionner les gens.

Luke se mit à rire, fixant Kelli de l'autre côté de la pièce plus attentivement qu'avant. Josiah avait marqué un bon point, il fallait attendre.

Mais dès que Luke recevrait la réponse officielle, il s'assurerait qu'elle était complètement partante. Ce ne devrait pas être trop difficile. C'était amusant d'être avec Kelli, et ils auraient beaucoup de sujets de conversation avec tout le reste des invités qui aimait les chevaux.

Josiah le tapota du doigt pour attirer son attention. Luke donna sa commande à la serveuse, puis lui et son ami commencèrent un débat amical sur ce qui était meilleur entre des ailes de poulet épicées ou un chili thaï doux.

Son regard dériva dans la pièce, gardant un œil sur ce qui se passait. Et s'il se trouvait qu'il vérifia où se trouvait Kelli plusieurs fois, il n'y avait pas de mal là-dedans.

La sensation qui le picotait à l'arrière de son cou venait du stress. C'était tout, du stress. Il leva sa bière et, tout en la buvant, il regarda par-dessus le bord de son verre, ses yeux retournant encore une fois vers une cow-girl mince qui ne semblait pas rester immobile une seule seconde.

3

———————

Quelque chose clochait sérieusement. Kelli regarda derrière son amie Tansy, reculant brusquement avant qu'il ne la remarque, mais il était impossible de nier la vérité. Luke Stone la regardait.

— Copine, si tu percutes encore une fois mon bras, tu vas te retrouver avec ma bière sur les genoux, l'avertit Tansy.

— Pardon.

Kelli décolla les yeux de cet homme tentateur, se tourna de l'autre côté de la pièce pour qu'il ne soit pas dans son champ de vision.

Rose, la sœur de Tansy, se pencha pour l'examiner.

— Tu te sens bien ? Tu rougis.

Nom d'une pipe. Ces deux-là étaient comme des limiers qui cherchaient à renifler tout ce dont Kelli ne voulait certainement *pas* parler. Elle souleva délibérément un sourcil et lança un regard mauvais à Rose.

— Tu rougissais quand tu as fini de danser avec un certain cow-boy grand et brun.

Rose sourit d'un air narquois mais ne détourna pas les yeux.

— Danser est un exercice vigoureux si on le fait bien.

— Le sexe aussi, lança Tansy malicieusement. Oh ! je suis désolée. J'ai oublié à qui je parlais.

Un reniflement échappa à Kelli avant qu'elle ne puisse s'en empêcher.

Rose jeta un regard noir à sa sœur.

— Ça te dérange ?

Tansy se contenta de sourire, puis ramena son attention sur Kelli.

— Ne renverse pas ma bière, mais s'il y a quoi que ce soit dont tu veuilles parler...

Une ouverture où Kelli était réticente à s'engouffrer. Ses pensées obsessionnelles pour un certain homme ne verraient pas la lumière du jour avant qu'elle ne soit prête à agir. Cela avait été le seul moyen de survivre à des années d'espoirs brisés... elle n'avait pas besoin que ses amies sachent qu'elle était une incorrigible romantique.

Elle se dépêcha de trouver quelque chose d'autre pour les distraire.

— Luke dit qu'il pourrait me laisser l'aider à entraîner Chili Pepper.

Les sœurs échangèrent des coups d'œil avant de laisser échapper de lourds soupirs et de se retourner vers la piste de danse.

— Et sur ce changement de sujet, Kelli discute de nouveau de trucs chevalins.

— Les chevaux sont géniaux, insista Kelli.

— En effet, mais tu n'as pas besoin d'en parler vingt-quatre heures sur vingt-quatre, sept jours sur sept, signala Tansy. Je ne parle pas sans arrêt des piments[1] rouges qui font partie de *ma* vie, si ?

Kelli lui lança un sourire narquois.

— Tu es cheffe. Je m'attends à ce que tu parles de nourriture.

— Et tu es une cow-girl, mais bon sang, copine, tu as besoin de quelque chose en dehors de Silver Stone et de ces chevaux pour te divertir.

Rose hocha la tête en accord, et toutes deux entamèrent une vieille discussion, émettant différentes suggestions pour élargir l'horizon de Kelli. C'était plutôt divertissant.

Certainement distrayant, et ne pas avoir envie de se retourner pour vérifier où se trouvait Luke améliora son humeur. Kelli s'appuya contre le mur et laissa son regard errer alors que ses amies suggéraient des activités qu'elles pourraient essayer à leur prochain rassemblement de soirée entre filles.

Toutes ne semblaient pas mauvaises, mais Kelli n'allait pas s'excuser d'adorer les chevaux. Travailler avec eux avait été son rêve depuis qu'elle était petite. Le ranch où elle avait grandi était similaire à Silver Stone, même si sa mère avait fait partie du personnel en tant que cuisinière, pas ouvrière.

Traîner près des chevaux avait été comme respirer pour Kelli. Et le jour où elle avait grimpé sur le dos de son premier cheval avait été une révélation. La créature l'avait regardée par-dessus son épaule, et cela avait été le coup de foudre.

Sa rêverie fut interrompue lorsque Alex revint, accompagné d'un autre cow-boy. Il lança un clin d'œil à Kelli avant de tourner leurs regards avec détermination sur ses amies.

Tansy vérifia auprès de Kelli avant de répondre à la requête des cow-boys.

— Tu peux rester toute seule ? demanda-t-elle. Parce que nous pouvons dire non.

Kelli jura.

— Nom d'une pipe, allez danser. Ça va.

Elle recula et laissa la gaieté l'envahir alors que les filles l'abandonnaient temporairement.

Elle regarda Rose et Tansy se glisser entre des bras forts et tournoyer. Quelque chose de satisfaisant l'envahit en voyant des personnes qu'elle aimait s'amuser.

Son regard erra plus loin, sur des amis et des voisins familiers jusqu'à ce qu'elle remarque, que de l'autre côté de la pièce, quelque chose de bien moins joyeux que danser et boire se passait. Des voix s'élevèrent brièvement, suffisamment fortes pour être entendues malgré la musique. Une femme baissa la tête et recula devant son partenaire, hors de portée de poing.

Kelli se déplaça instinctivement, ses pieds la portant à travers la foule. Sa toute petite taille lui permettait de se faufiler plus facilement entre les corps jusqu'à l'endroit où se trouvait maintenant le couple.

N'étant pas idiote, elle marqua une pause avant de se précipiter. Il lui suffit d'un coup d'œil pour se rendre compte que l'avant-bras de la femme était serré si fort que ses jointures blanchissaient. Kelli franchit d'un bond la distance restante.

Elle écrasa le bord de sa main vivement sur le poignet de l'homme tout en tournant sur elle-même et en lui faisant perdre l'équilibre alors qu'elle repoussait la femme derrière elle pour la mettre en sécurité. Une seconde plus tard, elle s'était rétablie, avec un sourire en coin, faisant comme si c'était accidentel.

— Désolée, je suis un peu pompette, s'excusa-t-elle en reculant contre la femme qui geignait doucement.

L'homme devant elle lui lança un regard noir.

— Chelsey, ramène les fesses ici.

Kelli fit volte-face, chancelant légèrement alors qu'elle attrapait la femme comme si elle la prenait dans ses bras simplement pour retrouver son équilibre.

— Si tu as besoin d'aide, lui dit-elle doucement, va au bar et commande un ange blanc.

Kelli lui serra brièvement les épaules avant de tituber en arrière de manière à percuter l'homme, furieux, et lui bloquer le passage.

Il l'attrapa par les bras, plus fermement que poliment.

— Tu n'as pas l'air très heureux, bredouilla-t-elle vers lui, en élevant la voix et se balançant comme si elle était saoule.

Du coin de l'œil, elle vit Chelsey s'éloigner sans risque dans la foule.

L'homme essaya de regarder au-delà de Kelli, mais elle leva les paumes vers son visage pour maintenir son attention sur elle.

— Grincheux. Tu dois sourire davantage.

— Ne te mêle pas de ce qui ne te regarde pas, gronda-t-il en la poussant sur le côté.

Ou, en tout cas, c'était ce qu'il avait eu l'intention de faire. Mais Kelli avait passé trop de temps à gérer des animaux plus lourds qu'elle pour qu'on puisse la faire bouger là où elle ne voulait pas aller. Elle lui attrapa le bras et utilisa son élan pour passer derrière la masse de muscles, lançant le pied en avant pour le lui enfoncer à l'arrière du genou.

Lorsqu'il tituba, Kelli se propulsa plus haut, si bien que son poids ajouté à l'homme le déséquilibra encore plus jusqu'à ce que ses pieds glissent sous lui. Il atterrit avec fracas, entraînant dans sa chute quelques danseurs à proximité.

Kelli heurta elle aussi la piste de danse, avec une roulade pour encaisser l'impact. Quand elle se remit debout, aussi vite qu'elle le put, son faux sourire avait disparu.

Chelsey s'était volatilisée, mais l'enfoiré qui l'avait malmené était debout, foudroyant Kelli du regard.

Il leva les yeux au-dessus de la tête de Kelli, regardant derrière elle.

Le bruit diminua légèrement juste autour d'eux. Kelli était suffisamment débrouillarde pour se rendre compte de ce qui se passait, alors, quand elle sentit une main atterrir sur son épaule, elle réussit à retenir le réflexe d'enfoncer un de ses coudes dans la personne qui s'était placée contre son dos.

Le crétin devant elle s'écarta lentement après avoir envoyé un dernier grognement dans sa direction.

Kelli ne détourna pas les yeux. Elle ne donna pas au sale type l'occasion de faire le moindre geste vers elle, parce que ce genre de brutes pouvaient se comporter stupidement jusqu'à la dernière seconde.

Quand la porte latérale se referma derrière lui, ce fut bon.

Ou mauvais... ? Alors même que l'enfoiré quittait les environs, le propriétaire du bar approchait rapidement, et ce bel Asiatique canadien était très renfrogné.

— Mince.

Kelli inspira profondément et se redressa, s'éloignant suffisamment de la présence surdimensionnée derrière elle pour tourner la tête et confirmer ses soupçons.

Ouais. Luke la foudroyait du regard.

— Qu'est-ce que tu fichais ? demanda-t-il, la tirant dans un coin libre sur le côté de la salle.

— Kelli.

Ryan Zhao les intercepta et s'adressa vivement à elle . Il baissa la voix alors qu'il regardait autour de lui, s'assurant que personne n'était assez près pour l'entendre.

— Nous avons prévu des mots de sécurité pour une bonne raison.

Kelli leva les mains en l'air, tournant brusquement la tête vers l'un puis vers l'autre.

— Hé, je ne suis pas la méchante ici, dit-elle en regardant par-dessus l'épaule de Ryan. Est-ce que Chelsey est bien en sécurité ?

— Elle est dans mon bureau, confirma Ryan. Mais ça ne répond pas à la question : pourquoi tu as agi comme mon videur autoproclamé ?

Luke croisa les bras sur son torse et la foudroya du regard comme si elle était un reste de crottin dans une stalle.

— Je n'ai rien fait de mal, commença-t-elle.

Luke posa une main au creux de ses reins pour la guider hors de la salle.

— Je vais m'en occuper, si ça ne te dérange pas, Ryan.

— Bien. Kelli, appelle-moi plus tard, répondit Ryan d'un ton cassant.

Puis Kelli ne vit plus rien parce qu'on la menait dehors, sans aucun recours. Son protecteur, qui réagissait de façon disproportionnée, n'était pas brutal, mais elle ne pouvait pas se retourner à moins d'utiliser des mouvements de self-défense.

Que Josiah ait quitté l'établissement sur leurs talons rendait toute cette situation d'autant plus gênante.

— Nom d'une pipe, les gars. Nous n'avions pas besoin de quitter la piste de danse.

Elle vérifia rapidement son environnement, mais l'attardé du bar n'était nulle part.

— Tais-toi, Kelli, dit Josiah doucement avant de se tourner vers Luke et de poser une main sur son bras. Prends une grande inspiration, l'avertit-il. Elle n'a pas besoin que tu perdes les pédales.

La main de Luke était plaquée contre le creux de ses reins, et il vibrait pratiquement.

— Elle s'est délibérément mise dans une situation où elle aurait pu être blessée.

— *Elle* savait ce qu'elle faisait, dit Kelli d'un ton sec. Allons, Luke. Ce gars lui faisait du mal.

Il la fit pivoter si vite vers lui que sa natte voltigea par-dessus son épaule.

— Ce qui en fait exactement le genre de gars qui aurait pu te blesser *toi*. Si je n'avais pas regardé, que crois-tu qu'il aurait fait ?

— Ce que n'importe quelle brute fait quand elle est confrontée à une femme dans une foule. Il aurait fait un sale commentaire et serait parti. Des insultes ne me briseront pas, lui répondit-elle avec force.

Tous deux se foudroyèrent du regard jusqu'à ce que Josiah brise l'affrontement.

— Vous avez tous les deux besoin d'un temps mort. Luke, elle a agi pour une bonne raison, même si, chérie, ton jeu d'actrice a besoin d'un peu de boulot. Les gens saouls ne peuvent pas s'arrêter de tituber comme ça.

Luke lança un regard noir à son ami, détournant enfin son attention de Kelli.

— Tu n'es pas sérieusement en train de la critiquer sur son jeu d'actrice ?

— Je dis que Kelli a aidé quelqu'un ce soir, et même si je n'approuve peut-être pas la manière dont elle s'est interposée, l'enguirlander ne va pas changer ses réflexes. Et puis ce n'est pas ce dont elle a besoin en ce moment.

Josiah tendit les bras vers Kelli et l'attira contre lui, l'étreignant fort.

Elle prit une profonde inspiration et expira lentement. Un frisson la fit trembler de la tête aux pieds. Elle pressa le front contre le torse de Josiah et prit une seconde pour se calmer.

Quand elle réussit enfin à ralentir le rythme de son cœur emballé, elle serra le vétérinaire et il la lâcha.

Kelli leva les yeux avec un sourire reconnaissant.

— D'accord, tu marques un point. Je tâcherai d'avoir des réflexes moins dangereux, *et* d'améliorer mon jeu d'actrice.

Josiah lui pinça le nez et se tourna vers Luke.

— Et toi ?

— Bon sang, est-ce que j'ai droit à un câlin, moi aussi ? demanda Luke sèchement.

Nom d'un chien.

— Et là-dessus, je rentre chez moi. Tu peux rester ici et te comporter en Monsieur Grincheux sans moi.

Elle se fichait vraiment de la raison pour laquelle Luke avait un balai dans le derrière à ce moment-là. Elle avait fait ce qu'il fallait, mais comme Josiah l'avait étrangement remarqué, la poussée d'adrénaline disparaissait et elle était sur le point de s'écrouler. Ce serait beaucoup mieux si elle était dans sa chambre avant que ça n'arrive.

— Bien. Je vais te ramener, marmonna Luke.

Impossible.

— J'ai ma camionnette.

— J'ai dit que *j'allais te ramener*.

Il cracha chaque mot comme si c'était une torture.

Elle lança un coup d'œil à Josiah, espérant obtenir de nouveau son soutien.

Seulement, cette fois, il secoua la tête.

— Je pense que tu devrais aller avec lui, suggéra-t-il doucement. Je passerai déposer ta camionnette demain matin.

Quels types agaçants, tous autant qu'ils étaient ! Kelli grogna de frustration, mais elle lui tendit les clés de sa camionnette avant de foudroyer Luke du regard.

— Bien. Allons-y, rayon de soleil.

Luke ne se risqua pas à prononcer le moindre mot tandis qu'ils marchaient. Tout était mortellement silencieux alors qu'il la guidait pour traverser la route et aller dans la ruelle où il s'était garé.

Qu'il l'embarque comme ça créait la pagaille pour Josiah et les amies de Kelli, obligés à faire la navette entre véhicules. Mais alors qu'il ouvrait brusquement la portière passager et attendait que Kelli grimpe, Luke se rendit compte qu'il s'en fichait complètement.

La plupart des femmes auraient senti son niveau de frustration et seraient restées silencieuses, en tout cas pendant la première partie du trajet.

Pas Kelli.

Elle se tourna sur son siège, les bras croisés sur la poitrine, et commença à l'instant où il ouvrit sa portière.

— Si tu veux me crier dessus, tu peux le faire ici. Ensuite, personne n'aura à s'inquiéter de ramener mon véhicule.

Il la fixa du regard assez longtemps pour qu'elle tressaille, mais elle ne détourna pas les yeux, son regard noir à la hauteur du sien.

Cela lui prit une éternité pour qu'elle retombe sur son siège et mette sa ceinture, fixant droit devant elle comme si ses yeux étaient des rayons laser qui lui permettaient de faire exploser des trucs. Imaginant probablement qu'il se tenait devant elle.

Ça lui convenait. Parce que lui-même imaginait davantage que quelques explosions.

Il fallut qu'il arrive à la route principale pour que sa colère soit assez retombée pour parler d'une voix raisonnable.

— Tu sais, je suis celui des frères Stone qu'on considère comme calme et réfléchi. Caleb pouvait perdre les pédales et devenir bien trop protecteur. Walker se jetait toujours dans quelque chose de dangereux. Mais c'était moi qui calmais le jeu. Je pouvais calmer tout le monde et repartir du bon pied. Est-ce que tu es d'accord ?

Il l'était à ce moment-là, calme et raisonnable. Ou en tout cas, il faisait semblant, et suffisamment bien pour qu'elle détourne son attention de la route et, au lieu de la fixer, lui lance un coup d'œil qui dura quelques secondes.

— Ouais, je suppose.

Luke s'arrêta sur le côté de la route, sur une section dont la neige et la glace avaient été dégagées. Les chasse-neige l'utilisaient pour faire demi-tour, parce que les congères dépassaient largement du toit de la camionnette.

Quelques respirations profondes plus tard, il serra le frein à main puis ajusta sa position pour pouvoir lui faire partiellement face de l'autre côté de la banquette.

— Donc, c'est moi qui suis calme et posé et qui te dis que, si je te revois *un jour* refaire ce genre de choses stupides et impulsives, je perdrai la boule, et quelqu'un sera sérieusement blessé.

Elle en resta presque bouche bée alors qu'elle le fixait du regard. Ses yeux brun foncé dansaient sur son visage d'une manière qui ne ressemblait pas du tout à Kelli. Elle ne semblait pas aussi assurée qu'elle l'avait été quand elle affrontait l'enfoiré au bar.

Son corps tremblait, tressaillant légèrement, même si elle jouait les dures.

Cela l'énervait qu'elle ignore la vérité. Elle allait probablement considérer ça comme une anomalie passagère, et effectivement, quand elle parla, ce fut en haussant légèrement les épaules.

— Je ne me balade pas en répondant aux Bat-signaux, et je n'irais pas accoster quelqu'un de cette taille dans une ruelle sombre. Mais je ne vais pas laisser un gars se comporter comme une brute dans un espace public sans faire savoir à la femme qu'elle a des options.

— Même si ça signifie que tu pourrais finir par terre ?

Il lui attrapa le poignet, sans le serrer, même s'il soulevait son bras vers lui. Il remonta sa manche, et effectivement, comme il l'avait suspecté, de légères marques rouges marquaient sa peau.

— Même si ça signifie que c'est toi qui seras blessée ? demanda-t-il.

Les épaules de Kelli s'étaient contractées, dures comme du bois, et elle fixa les bleus qui apparaissaient sur ses avant-bras comme si elle était totalement surprise de les y voir.

Elle frissonna de manière encore plus nette, toujours concentrée sur son bras. Ce fut alors qu'il comprit enfin ce que Josiah avait essayé de lui dire plus tôt.

— Mince, réagit Luke en débouclant sa ceinture de sécurité et en tendant la main pour en faire autant avec celle de Kelli. Viens là, bébé. Tu es en plein contrecoup.

Il la hissa vers lui comme il l'aurait fait avec une de ses nièces, appuyant la tête de Kelli contre son torse et la serrant fort. C'était le même geste que Josiah avait fait brièvement, mais pour un homme qui s'enorgueillissait de son intelligence, il semblait que Luke avait une énorme lacune de compréhension en ce qui concernait les motivations de cette femme.

Au début, elle était figée comme un épouvantail dans ses bras, les siens positionnés bizarrement, les épaules aussi tendues que si de la paille avait bourré ses manches.

Il murmura des mots apaisants et fit de son mieux pour se détendre, ce qui était difficile parce qu'il flippait encore en pensant au danger dans lequel elle avait foncé tête baissée. De la même manière qu'elle se lançait de n'importe où dans l'écurie.

— Personne n'a été blessé trop sérieusement, la rassura-t-il. Ta conduite de justicière a aidé quelqu'un, et je ne te crierai plus dessus ce soir.

Elle remua dans ses bras, se balançant légèrement, et il se rendit compte que cette maudite femme riait doucement.

— Plus de cris pour ce soir ? C'est bon à savoir. Ça signifie que tu gardes les cris pour plus tard ?

Inutile de mentir.

— Probablement.

Il la tapota dans le dos, transformant ce geste en une lente caresse entre ses omoplates.

— Prends quelques respirations et essaie de te détendre. Tu es plus remontée que Chili Pepper quand elle est arrivée au ranch.

Un autre ricanement lui échappa.

— Joli, patron. Me comparer à une jument qui se comporte mal.

— Il n'y a que la vérité qui blesse...

Ils restèrent assis en silence jusqu'à ce que Kelli relâche une longue expiration et se détende enfin contre lui. Il l'étreignit encore un instant, se demandant quelle tournure la conversation devait prendre ensuite.

Laisser tomber le sujet pour l'instant ? La distraire avec autre chose ?

Peut-être que ce n'était pas le choix le plus sage, mais en même temps, il pouvait être totalement franc avec elle et lui dire que ce n'était encore qu'une possibilité.

— Ça te va si on passe au prochain sujet ?

Sa tête se frotta contre son torse lorsqu'elle plaça une main contre lui pour se libérer. Des doigts forts se posèrent sur ses biceps alors qu'elle se soulevait pour retourner sur le siège passager.

Elle avait toujours l'air tendu, mais il ne lui en voulait pas. Pas après ce qui venait de se passer.

Une distraction était recommandée.

— Mets ta ceinture. J'ai quelque chose à te dire. Ce n'est pas garanti à cent pour cent, mais Silver Stone a reçu une invitation à un événement important qui se tiendra bientôt dans les Kananaskis. Pas de chevaux présents, mais un tas de gens qui aiment dépenser de l'argent et en gagner avec des chevaux...

Toute la tension disparut instantanément alors que Kelli s'illuminait comme un feu d'artifice.

— Silver Stone a reçu une demande pour le Triple Crown ? *Oh mon Dieu.*

C'était limite louche.

— Comment est-ce que tu fais ça, bon sang ? Je sais que tu as des oreilles dans les murs de l'écurie, mais je n'en ai parlé à personne en dehors de Josiah. Mince, je ne l'ai appris moi-même qu'il y a quelques heures.

Elle mit sa ceinture puis le regarda de nouveau, de nouveau follement enthousiaste.

— Ce n'était qu'une supposition, mais est-ce que j'ai raison ? Parce que, nom d'une pipe, Luke. Le sujet a été soulevé sur un des blogs sur lequel je garde un œil. Ils ont fait quelques comptes rendus sur des participants précédents à ce genre d'événements. Si Silver Stone a reçu une invitation, c'est vraiment fantastique !

Luke mit sa ceinture et se dirigea vers la grand-route, sa distraction fonctionnant mieux qu'il ne l'avait prévu.

— J'avais oublié que tu étais jusqu'au cou dans un tas de ces groupes en ligne.

— Arrête d'être aussi moralisateur. Tu vas sur Internet aussi souvent que moi, seulement sur des sites différents. Le TCG a été mentionné parce qu'il n'avait pas encore été organisé, admit Kelli. Personne n'a suffisamment de relations pour y participer, bien sûr, ce qui rend encore plus incroyable que Silver Stone puisse y aller.

— C'est uniquement une invitation pour l'instant, l'avertit Luke. J'ai envoyé mon inscription, mais je n'ai pas encore eu de nouvelles.

— Tu iras, dit-elle fermement. Bon sang, je suis choquée que vous n'ayez jamais attiré leur attention avant. Surtout quand deux des petits de Nemo sont devenus assez grands pour commencer à se classer dans la compétition il y a deux ans.

Ce devait être un facteur en leur faveur. Avoir un bon cheval était une partie de l'équation, mais quand les poulains d'un étalon grandissaient et commençaient à gagner des courses, cela faisait une énorme différence dans les résultats d'un éleveur.

— Tu nous as aidés à négocier deux de ces ventes, lui rappela-t-il. C'est toi qui en as parlé au Stampede.

— Je n'ai rien fait d'extraordinaire, insista Kelli. Je ne savais même pas qui étaient les autres propriétaires quand j'ai commencé à me vanter de lui.

— Tout de même. Le prix de saillie de Nemo ne cesse de monter régulièrement. Si ça continue, ces revenus vont faire une énorme différence dans le bilan du ranch.

Il lui lança un coup d'œil. Elle était assez intelligente pour savoir ce qui se passait, surtout avec ce qu'elle avait appris en espionnant.

Kelli s'agita, entremêla ses doigts sur la ceinture de sécurité.

— Donc, si tu dois partir, je suppose que ce serait le bon moment pour moi de prendre le relais du dressage de Chili Pepper.

Luke émit un petit rire.

— Bien essayé.

Elle lui adressa un regard de chien battu.

— S'il te plaît ? Tu seras parti pour quelques jours, peut-être plus. Quelqu'un devra prendre soin d'elle pendant que tu ne seras pas là.

— C'est six jours entiers, mais tu as raison. Quelqu'un devra s'occuper d'elle, mais ce ne sera pas toi.

— Luke. Ce n'est pas juste !

Toute son indignation et son énergie étaient de retour, à plein régime. Il semblait qu'elle s'était remise du trouble qu'elle avait ressenti un peu plus tôt dans la soirée.

— Tu as dit que je pouvais…

— Je veux que tu viennes avec moi, l'interrompit-il.

Ça la fit taire aussi sec.

— Je pense que tu es la personne parfaite pour représenter Silver Stone. Tu connais pratiquement tout ce qu'il y a à savoir sur nos chevaux et notre programme d'élevage. En plus, tu n'es pas intimidante, et tu t'entends bien avec les gens.

— Avec les cow-boys, signala-t-elle. Et avec les ouvriers du ranch et les gens ordinaires de la vie de tous les jours. Pas avec les gens pleins aux as et prétentieux qui traîneront à cet événement.

Il pesta.

— Ce ne sont que des gens, Kelli. Qu'ils aient un peu plus d'argent dans leurs poches ne constitue pas une raison suffisante pour avoir une piètre opinion d'eux.

Elle ne répondit pas. Cette fois, cela ne semblait pas être

sous le coup de la surprise, mais de la gêne. Qu'il en soit ainsi. Ce n'était pas bien de juger qui que ce soit si ce n'était pas basé sur ce qu'il avait dans le cœur ou ce qui ressortait de ses actions.

Il emplit le silence retentissant dans la cabine aussi rapidement que possible, gardant un ton léger.

— Hé, comme nous venons de nous en souvenir, tu as parlé à certaines de ces personnes il y a deux ans, et ils t'ont bien appréciée. Et tu les as appréciés, et c'est une chose pour laquelle j'aurais bien besoin de ton aide.

Un petit grognement échappa à Kelli, comme si on la faisait souffrir.

— O.K., d'accord. Je viendrai avec toi dans un hôtel chic où je n'aurai pas à déplacer du crottin à la pelle pendant presque une semaine. Et je mangerai des donuts pour le petit déjeuner et du steak pour le dîner, et je parlerai gentiment à tout le monde pendant que je prétendrai qu'ils n'ont pas plus de deux billets de deux dollars dans leurs poches, tout comme moi.

— Bravo, ma petite, lança Luke avec un sourire alors qu'il tournait dans l'allée et se dirigeait vers le dortoir. Garde le silence jusqu'à ce que j'en apprenne plus, et ça vaut encore plus pour ta communauté en ligne. Pas un mot, maintenant ou plus tard.

Elle roula des yeux.

— Je ne poste pas de trucs privés en ligne. Je lis simplement les articles.

— Ouais, c'est ça.

Kelli lui fit un grand sourire.

— Merci de me donner cette opportunité. Je te promets que, si ça se fait, je ferai tout ce que je peux pour m'assurer que Silver Stone ait l'air génial afin que nous puissions impressionner tous ces gens ordinaires.

Il valait mieux laisser tomber l'autre sujet de discussion – qu'elle agissait comme une justicière masquée. Qu'elle soit heureuse maintenant signifiait que, lorsqu'il aborderait le sujet le lendemain pour avoir sa promesse de ne pas recommencer, elle serait plus réceptive.

Il s'arrêta devant sa chambre.

— Je te tiens au courant dès que possible.

— Merci.

Elle bondit dehors.

Luke avait déjà commencé à reculer pour changer de direction quand elle tapa à sa vitre, la culpabilité se peignant sur son visage.

— J'ai agi de manière irresponsable au bar et je t'ai fait peur. Tu as raison. Ce n'était pas la manière correcte de s'y prendre pour aider, et je suis désolée.

Elle était plus forte que pratiquement n'importe qui qu'il connaissait. Cet aveu était arrivé bien plus vite qu'il n'aurait pu en cracher un.

— Je suis désolé d'avoir été têtu et de t'avoir empêchée de partir avec ta camionnette.

Elle haussa les épaules, une faible lueur d'espièglerie revenant dans ses yeux.

— Hé. Je suis habituée à ce que tu sois un chef suprême et têtu. C'est bon. Je ne m'attendrai jamais à ce qu'un âne change de nature du jour au lendemain.

Boum. Excuse et insulte, tout comme il s'y était attendu.

— Bonne nuit, Kelli.

— Bonne nuit, patron.

4

———————

Seule sa volonté lui permit d'aller dans sa chambre sans perdre son sang-froid d'excitation. Ou était-ce de la panique qui coulait dans ses veines ?

Toute la soirée n'avait été qu'une poussée d'adrénaline après l'autre, et Kelli savait qu'il valait mieux ne pas se mettre au lit sans la gérer.

Elle était gonflée à bloc. Entre la brute au bar et Luke qui avait joué les mâles dominants et l'avait prise dans ses bras sans crier gare...

Sans parler du gala.

Si elle se mettait au lit maintenant, elle finirait par fixer le plafond pendant des heures, à vibrer.

Kelli retira sa tenue de danse et enfila un pantalon de survêtement usé et un large tee-shirt, sortit son tapis de yoga et s'assit au milieu de la pièce pour essayer de trouver un peu de zen.

Le yoga n'était pas une pratique qui l'attirait spontanément, mais Dare, la sœur adoptive de la famille Stone, ne jurait que par ça. S'il y avait quelqu'un à qui Kelli faisait confiance pour

46

connaître un moyen de gérer avec succès une masse de bazar dans sa vie, c'était bien Darilyn Hayes. Cette femme était maintenant mariée et vivait ailleurs, mais elle avait transmis cet héritage.

Kelli donc était assise sur son tapis aux couleurs vives, les jambes entremêlées comme un bretzel alors qu'elle prenait de profondes inspirations et s'efforçait de se détendre. Inspirant la paix et expirant tout son stress.

La manière dont son estomac s'était violemment noué à l'instant où elle avait vu la brute... *Expire.*

La manière dont son rythme cardiaque s'était accéléré quand Luke Stone l'avait regardée de ses yeux brun foncé... *Expire.*

Expire.

Expire.

Il lui fallut encore quelques respirations avant que la tension ne s'apaise rien qu'en pensant à lui. C'était la première fois qu'il avait passé les bras autour d'elle autrement qu'en une tape amicale dans le dos. Ça craignait qu'elle ait été au bord des larmes.

Non, c'était une bonne chose, cria son cerveau. *Ce n'était* pas *le moment pour lui de te regarder autrement que comme une amie. Assurément des collègues.*

Compétente... En tout cas, il croyait qu'elle était assez compétente pour être invitée au gala avec lui, et Seigneur, *cette* pensée lui prit une bonne douzaine de respirations pour qu'elle se détende.

Le ranch de Silver Stone avait des problèmes. Kelli le savait, et pas seulement parce que les gens aimaient parler là où elle pouvait les surprendre. Elle était là depuis assez longtemps pour voir les signes. Elle avait l'impression que tout le ranch était à un point critique.

Les problèmes n'étaient pas leur faute, seuls le temps et les circonstances étaient en cause, ce qui était vraiment injuste étant donné la présence positive de la famille sur la communauté.

Expire.

Il lui fallut une heure pour se détendre, commençant lentement par une position assise pour travailler sa respiration, puis passant à un exercice de relaxation. Chiens tête en haut, chiens tête en bas, et des rotations en torsion qui arrangèrent les nœuds dus non seulement à sa longue journée, mais aussi à son impact sur le sol du bar.

Heureusement, le temps qu'elle se glisse sous sa couette, elle était suffisamment détendue pour s'endormir presque instantanément. Elle ouvrit les yeux cinq minutes avant que son réveil ne sonne, à six heures.

La journée suivante passa rapidement. Kelli s'arrangea pour que la fin de son premier service coïncide avec l'heure des corvées pour pouvoir rendre visite aux petites filles de Caleb pendant qu'elles s'occupaient de leurs chèvres.

— Viens là, Meany, dit Emma fermement alors qu'elle pointait le sol devant elle, souriant quand une des élégantes créatures s'approcha et pressa son mufle contre elle. Gentil garçon.

— Il ne sait pas que tu lui parles, dit Sasha avec autorité à sa petite sœur. Il veut simplement à manger.

— Ne dis pas ça, l'interrompit Kelli. On peut apprendre leur nom à des chèvres. Même les dresser à venir quand on les appelle.

Sasha se retourna brusquement vers elle, bouche bée.

— Ouais, confirma Kelli en glissant du haut de la barrière alors que les filles se rapprochaient. Beaucoup d'animaux sont assez intelligents pour ça, mais surtout les chèvres. C'était un des premiers animaux à avoir été apprivoisés – domestiqués – il y a bien longtemps. Bien sûr, le but recherché n'était pas seulement pour qu'on puisse en profiter comme animal de compagnie, admit-elle.

Emma plissa le nez.

— Les gens mangent les chèvres. Mais pas *nos* chèvres.

— Non. Eeny, Meany et Miney ne sont sur le menu de personne, mais ça ne signifie pas que manger de la viande de chèvre soit mal. Nous respectons les choix des gens.

Sasha hochait lentement la tête.

— Papa dit ça, souvent, parce que certains de mes amis sont végétariens, dit-elle en regardant autour d'elle, avant de baisser la voix avec un air conspirateur. J'aime bien les hamburgers.

— Moi aussi, chuchota Kelli. Avec du bacon.

L'éclat de rire de petite fille d'Emma porta malgré le bruit qu'elle faisait en déposant des céréales dans la mangeoire.

— Tu mets du bacon sur presque tout.

Kelli était sur le point de le nier quand elle y repensa un peu plus attentivement.

— À peu près, oui.

Cela les fit rire toutes les deux. Kelli se joignit à elles dans l'enclos pour les aider à nettoyer la paille afin que les chèvres puissent dormir.

Les filles travaillaient dur, ou aussi dur que des enfants facilement distraites le pouvaient, marquant une pause seulement quand une voix joyeuse les interrompit.

— Je n'arrive pas à trouver mes testeuses de cookies.

— Nous sommes ici, tata Lisa, lança Sasha en passant la tête hors de l'abri. Tu veux nous aider ?

— Je vais attendre que vous ayez terminé.

Un instant plus tard, toutes trois rejoignirent la femme brune au portail, son sourire agréable incluant Kelli sans ciller.

— Vous avez le temps pour un en-cas ?

— Kelli dit qu'on a toujours le temps pour des en-cas, annonça Sasha joyeusement alors qu'elle grimpait par-dessus la barrière au lieu de l'ouvrir.

Elle et sa sœur s'éloignèrent en courant vers la porte de derrière de la maison, laissant Lisa, qui émit un petit rire.

— Les citations de Kelli qu'elle déballe me tuent, parfois, dit Lisa. Cette fille a un véritable culte du héros.

Ce qui n'avait aucun sens pour Kelli, mais depuis que cela lui avait été signalé, elle faisait de son mieux pour s'assurer de surveiller ses bonnes manières avec les filles.

— Je les apprécie. Je suppose qu'elle le sait.

Lisa pencha sa tête brune vers la maison, glissant ses mains nues dans ses poches pour se protéger du froid modéré de la journée de janvier.

— Joins-toi à nous. Tamara se sent assez bien pour être assise dans la salle de séjour. Elle adorerait te voir.

Kelli vérifia sa montre, mais elle n'avait rien de pressant à faire.

— Je suis sur les corvées tardives. Mettre en place un soutien de cookies pour me faire tenir jusqu'au dîner me paraît être une super idée.

— Je trouve toujours qu'un tas de cookies dans mon estomac rend pratiquement n'importe quelle tâche plus facile.

Elles pivotèrent et marchèrent côte à côte, le silence tombant entre elles.

Lisa était à Silver Stone depuis la mi-décembre, mais elle et Kelli tâtonnaient encore sur leur relation.

Tamara s'était installée au ranch de Silver Stone d'une manière très nette et déterminée. Comme elle était maintenant l'épouse de Caleb, et une meilleure mère pour Emma et Sasha que leur mère biologique ne l'avait jamais été, Kelli avait silencieusement donné son approbation à la pas-si-nouvelle venue.

Mais pour elle, tout le monde devait se montrer sous son vrai jour avant de pouvoir faire partie de la famille *Silver Stone*. Lisa avait beau être la sœur de Tamara, et elle pouvait bien être là pour donner un coup de main, Kelli réservait son jugement jusqu'à ce que tout s'avère réglo.

Le plus drôle, c'était que Lisa semblait savoir exactement ce qui se passait, et n'avait en outre aucun problème à être mise à l'épreuve. Non, elle l'avait accepté sans sourciller et continuait à sourire.

Rien que ça suffisait à Kelli pour l'apprécier bien plus vite que si Lisa avait essayé de s'attirer ses faveurs.

— Je suis contente que tu sois là pour aider Tamara puisqu'elle ne se sent toujours pas à cent pour cent bien avec cette grossesse, mais n'ont-ils pas besoin de toi à Rocky Mountain House ? demanda Kelli avant de se rendre compte qu'elle avait mal choisi ses mots.

Elle ajouta rapidement :

— Pas parce que je veux que tu t'en ailles. Je suis simplement curieuse.

— Je ne suis pas offensée, dit Lisa alors qu'elles avançaient à grands pas à travers la neige vers la maison. En fait, il y a un an, je n'aurais pas pu partir comme ça. Les exploitations Coleman se sont beaucoup regroupées durant les douze derniers mois. Ça signifie qu'au lieu de juste mon père, ma sœur aînée et moi, plus les ouvriers engagés qui font tourner les terres de Whiskey Creek, nous avons maintenant les ressources de tout le clan Coleman.

— Chouette. Je me demandais comment ça fonctionnait. Ça me paraît une super idée.

— C'était une idée *brillante*, dit Lisa, un grand sourire s'étirant sur tout son visage alors qu'elle ouvrait la porte de derrière. Il a juste fallu un sacré pouvoir de persuasion pour que ça arrive.

Kelli n'eut pas l'occasion de demander ce que ça voulait dire avant qu'elles ne soient entrées dans l'air chaud à l'odeur de chocolat du seul endroit qu'elle ait un jour considéré comme son foyer.

Son regard traversa la pièce, prête à sourire pour saluer Tamara, qui était pelotonnée à sa place favorite du canapé.

Kelli retira ses bottes et s'avança.

— Voilà la patronne de la maison. Comment ça se passe, le développement du bébé, aujourd'hui ?

Tamara ajusta légèrement sa position pour qu'Emma puisse s'asseoir à côté d'elle et se pelotonner contre elle, s'appuyant contre sa hanche.

— Sur une échelle d'un à dix, où à dix j'en vois de toutes les couleurs , je suis soulagée de signaler qu'aujourd'hui c'est à peu près six.

— Ça signifie qu'elle n'a pas envie de vomir.

Des boucles blondes rebondirent tandis qu'Emma partageait ce petit fait avec un grand sérieux.

Tamara roula des yeux, mais elle passa un bras autour des épaules de sa fille et la serra contre elle.

— Tu te souviens de notre discussion sur le fait que, même si ça ne te dérange plus de parler maintenant, il y a des choses qu'il vaut mieux ne pas dire ?

— Mais, mamounette, c'est Kelli. Elle est au courant du vomi.

Il se trouvait que Kelli regardait Lisa à ce moment-là, et toutes deux luttèrent pour s'empêcher d'éclater de rire.

Lisa attrapa une assiette pleine de cookies et la tendit.

— Sur un tout autre sujet, pépites de chocolat ou noisettes ?

— Les deux, répondit Kelli à l'instant où Sasha annonçait :

— Kelli dit que les cookies ont besoin à la fois de chocolat et de noisettes.

Tamara fixa le plafond, retenant son propre amusement.

— Allume la bouilloire, Lisa, et Kelli pourra venir me dire ce qui se passe dans l'écurie, parce qu'aller là-bas demande un trois sur dix ces temps-ci.

C'était bien de donner des nouvelles. Tandis que Kelli partageait les derniers potins, Emma fila pour rejoindre sa sœur. Elles s'attablèrent avec des verres de lait pour accompagner les gâteaux fraîchement sortis du four. Lisa errait dans la pièce, rangeant et s'activant dans la cuisine, et par moments, elle se joignait à leur conversation d'adultes.

Une autre sensation envahit Kelli lors de cette visite. Autant elle aimait Silver Stone et son travail dans l'écurie et avec les chevaux...

Autant cette partie-là, ce lien presque familial avec une autre femme, était spéciale. C'était une chose qu'elle n'avait jamais connue jusqu'à ce que Tamara arrive. Elle avait eu les gars, et Ashton, mais quelqu'un presque comme une sœur ? Jamais.

— La réunion de soirée entre filles, c'est mardi, rappela Kelli à Tamara.

Son amitié avec Rose et Tansy avait grandi au cours des années, et Brooke, une autre femme de la communauté se joignait souvent à elles. Mais récemment, leur meute de quatre avait accueilli d'autres personnes, comme Tamara, Ivy et Hanna.

Kelli lança un coup d'œil à Lisa et réfléchit.

Lisa avait déjà assisté à un certain nombre d'événements non officiels, mais peut-être qu'il était temps de formaliser un peu plus sa présence.

Dans un mouvement qui attira l'attention de Kelli, Tamara hochait lentement la tête comme si elle avait déjà compris ce que celle-ci envisageait.

— Je ne peux pas m'engager maintenant, mais si je me sens d'attaque, je viendrai.

— Nous ne ferons rien de trop fou, dit Kelli. C'est le tour de Rose de choisir une activité, alors il y a des chances que ce soit quelque chose pour se la jouer artiste sans demander de trop tournoyer sur soi.

— Je m'occuperai des filles, pour que tu n'aies pas à t'inquiéter pour elles, proposa Lisa en versant l'eau dans la théière.

— Non, je pense que tu dois venir, même si Tamara ne peut pas, insista Kelli.

Elle leva une main, signifiant « stop » quand Lisa cligna des yeux à son adresse, surprise.

— Tu n'as rien fait d'amusant qui n'implique pas certaines petites personnes adorables de moins de douze ans depuis que tu es arrivée ici. Ce n'est pas comme ça que nous faisons les choses à Silver Stone. Que du travail sans s'amuser... ça crée un mauvais précédent. Si tu continues, je suis presque sûre qu'ils vont s'attendre à ce que le reste d'entre nous rentrent dans le rang, et pas moyen. Il n'y a pas moyen.

— Travaille dur, amuse-toi bien, bois jusqu'à plus soif, interrompit Sasha, inconsciente de ce qu'elle disait, avant d'enfoncer les dents dans un cookie et de continuer à lire son livre.

Lisa plaqua une main contre sa bouche. Les yeux de Tamara s'écarquillèrent.

Kelli laissa tomber sa tête contre sa main et inspira profondément avant de lever les yeux au ciel. Une partie d'elle voulait s'excuser, mais...

— Je ne *crois* pas que ce soit ma faute.

Un rire dansait dans les yeux de Tamara.

— Sasha, chérie. Il ne faut répéter cette citation devant *personne*, compris ?

Sa fille leva les yeux, réfléchissant intensément comme si elle répétait mentalement ce qu'elle venait de dire. Elle fit la grimace, puis haussa les épaules.

— D'accord, maman.

Elle retourna à sa lecture, et Kelli considéra la chance qu'elle avait de faire partie de quelque chose d'aussi spécial. Cette maison pleine de chaleur et de bonheur. Seigneur, elle voulait ça, et tellement plus !

Tamara lui fit signe d'approcher, et Kelli s'agenouilla devant le canapé, stupéfaite mais ravie quand la femme de Caleb se pencha et l'étreignit fortement.

Il était facile de le lui rendre, mais après que Kelli se fut éloignée et se fut assise sur la table basse, elle regarda Tamara avec méfiance.

— Les hormones de grossesse font encore des siennes ?

Lisa et Tamara éclatèrent de rire avant que cette dernière ne serre une dernière fois les doigts de Kelli et réponde doucement :

— Je t'apprécie tellement.

Kelli haussa les épaules.

— Tant mieux. J'aime beaucoup mon boulot.

Tamara secoua la tête.

— Non. Je ne parle pas de toi qui travailles à l'écurie et me parles des potins sur ce qui se passe. Même si c'est distrayant, et que je vais m'amuser à taquiner Caleb à propos de la porte coincée dont tu m'as parlé. Ce que j'aime encore plus, c'est que tu viennes passer du temps avec mes enfants. Elles t'adorent. Je vois bien que tu tiens à elles, et j'en suis heureuse au-delà de ma reconnaissance pour ton aide pendant que je ne suis pas dans mon assiette. Juste pour être claire, je ne t'en veux pas du tout pour cette citation qui est sortie tout à l'heure.

La chaleur en elle ne cessait de grandir.

— Ce sont des super enfants.

— Tu es plus qu'une ouvrière du ranch pour elles, et pour moi. Nous ressentons tous la même chose, dit Tamara avant d'inspirer profondément. Tu sais que Silver Stone est ton foyer, quoi qu'il arrive, n'est-ce pas ? Je ne te laisserai donc jamais partir.

— Ça a l'air assez effrayant, plaisanta Kelli pour cacher le nœud qui se formait dans sa gorge.

— N'est-ce pas ? C'est notre propre hôtel California[1].

Tamara lui lança un clin d'œil.

Ce fut au tour de Kelli de mettre un moment à trouver ses mots.

— Je promets que tout ce que je fais, c'est parce que j'aime

Silver Stone. Je veux vraiment le mieux pour le ranch, et pour vous tous. Vous *êtes* ma famille.

— C'est ce que je ressens aussi. Honnêtement, admit Tamara, riant doucement alors qu'elle s'essuyait les yeux. Et nous devons arrêter ça, parce que les femmes enceintes sont des fontaines dans le meilleur des cas.

— Un cookie ? suggéra Kelli en se levant.

— Profites-en. Quelqu'un a besoin d'aide pour ses devoirs.

Tamara accueillit sa seconde fille dans ses bras, et ensemble elles ouvrirent un livre pour que Sasha lise à voix haute, pelotonnée contre elle.

Quelques au revoir plus tard, Kelli errait sur le sol enneigé, les cookies chauds que Lisa lui avait mis dans la main formant un contraste saisissant avec l'air froid. Sur l'eau gelée du Big Sky Lake, des lumières se reflétaient contre les ténèbres, qui arrivaient tôt en hiver. On distinguait la silhouette de Luke, qui se déplaçait lentement dans la cuisine de sa maison. Onirique et parfait.

Presque parfait.

Les sentiments qui explosaient en elle étaient aussi bruyants qu'un cri. La famille, et bien plus, tout ça était tellement ce que Kelli avait toujours voulu ! Faire partie de quelque chose de plus grand qu'elle. Que Tamara l'accueille aussi chaleureusement, même si elle n'était qu'une employée... ce devait être un signe.

C'était *ça* que les gens voulaient dire quand ils parlaient des étoiles qui s'alignaient. Ce devait être ça. Du moment que le gala avait lieu, Kelli pourrait enfin passer à la prochaine étape.

Le voyage avec Luke lui donnerait l'occasion parfaite de lui faire savoir qu'elle craquait pour lui, et depuis des années. Elle devrait y aller lentement, mais c'était une chance qu'elle ne laisserait pas glisser entre ses doigts.

Comme si les cieux eux-mêmes étaient d'accord avec elle,

une étoile filante passa dans le ciel, un éclat argenté dans l'obscurité qui s'approfondissait.

Kelli fit un vœu – ou commença, mais elle ne fut soudain pas sûre de ce qu'elle espérait exactement désormais.

Luke ? Être avec lui ? Faire vraiment partie de la famille Stone ? Cela semblait être un but trop ambitieux. Des besoins et des désirs entremêlés la narguaient, et elle lança sa confusion vers les étoiles et fit le vœu muet de trouver le bonheur.

Si le gala avait lieu, *cela* serait le signe qu'il était temps d'agir d'après son attirance pour Luke. Sur le court ou le long terme, elle laisserait le destin décider.

ATTENDRE d'avoir des nouvelles le tuait.

Luke erra entre l'écurie et sa maison pendant les deux jours suivants dans un brouillard aveugle, inquiet que quelque chose soit allé de travers. Ce ne fut que lorsqu'il se rendit compte qu'il avait rempli sa candidature un vendredi soir et que les chances que qui que ce soit lui réponde avant lundi matin étaient proches de zéro qu'il décida que ce n'était pas fichu. Il y avait encore de l'espoir.

Cela ne le rendit pas moins grincheux alors qu'il travaillait avec sa famille.

Les regards d'avertissement de Caleb étaient devenus bien trop fréquents lorsque l'après-midi de dimanche arriva.

— Quelqu'un te pose des problèmes ?

— Non, grogna Luke.

Son frère jura doucement, marquant une pause dans sa tâche pour croiser les bras sur son torse.

— Tu veux en parler ?

Comme il ne pouvait pas en parler pour l'instant, il répondit :

— Non.

Caleb se rapprocha.

— Quelque chose s'est passé avec Penny ?

Il eut une réaction instantanée.

— *Bon sang* non.

Son frère secoua la tête.

— En d'autres termes, tout va bien et tu es simplement un crétin, ou quelque chose ne va pas et tu ne veux pas en parler.

Luke y réfléchit une seconde.

— En gros, oui.

Caleb haussa un sourcil puis fixa les règles.

— Sors du coaltar ou trouve-toi à t'occuper sans que nous ayons à supporter que tu bourdonnes comme si tu avais avalé une ruche.

Ce n'était pas son objectif dans la vie de rendre les choses plus difficiles pour sa famille, alors Luke enroula la corde dans ses mains et la pendit à l'extérieur de la stalle. Il passa à côté de son frère et lui tapota l'épaule.

— Je fais comme on me l'a ordonné. Je te promets que je te le dirai dès que je pourrai.

Alors qu'il continuait à avancer vers la sortie, les mots de son frère le rassurèrent une dernière fois :

— Dis-le-moi avant si tu en as besoin.

Sa famille était la meilleure, ce qui était la raison pour laquelle il était encore plus important que cet événement soit couronné de succès. *À condition* qu'ils puissent y aller.

Bon sang.

Puisqu'il ne pouvait pas parler de ses secrets avec n'importe qui, il était logique que ses pieds le portent vers le dortoir de Kelli. Quand il n'y eut pas de réponse, il fit le reste du chemin, contournant le bâtiment pour rejoindre le petit cottage de leur contremaître.

Comme il l'avait deviné, Ashton savait exactement où elle se trouvait, et dix minutes plus tard il l'avait retrouvée à l'entrée de Silver Stone.

Kelli marqua une pause lorsqu'il approcha, les chiens courant à côté du quad qu'il avait pris au lieu de seller son cheval. Un bandeau en laine chaude lui recouvrait les oreilles, son chapeau de cow-boy enfoncé fermement dessus. Habillée de la tête aux pieds en robustes vêtements de travail Carhartt, elle glissa les mains dans ses poches pour les protéger pendant qu'elle attendait qu'il éteigne le contact du véhicule.

— Tu as besoin de quelque chose ? demanda-t-elle.

Luke se sentit soudain stupide, parce qu'il n'y avait aucune raison pour qu'il interrompe son travail. Il choisit d'être honnête.

— Je suis fébrile, à attendre des nouvelles, et je ne peux dire à personne pourquoi je m'agite comme un garçon de douze ans qui a bu un double expresso.

Elle sourit, une vive compréhension apparaissant sur son visage.

— On est deux. J'ai dû me mordre la langue une douzaine de fois ce matin. Alex me taquinait au petit déjeuner sur ma prétendue gueule de bois à cause de l'expression que j'avais. Est-ce que tu savais qu'il y a deux ans les ranchs Lightning Arabians et Sweet Sugar Pie avaient reçu des invitations à ce genre d'événement ?

Il en resta bouche bée.

— Tu es sérieuse ? Et comment l'as-tu découvert ?

Kelli roula des yeux.

— Il y a ce truc qu'on appelle le web... dit-elle en sortant un tournevis de sa poche. Ça te va si je continue à travailler pendant que nous parlons ? J'ai un patron vraiment exigeant qui m'enguirlandera si je ne trouve pas un moyen de réparer ça avant d'aller bouffer.

— Laisse-moi t'aider, dit-il en s'approchant pour regarder le portail. Je ne savais pas que tu t'occupais des réparations électriques.

— Je ne fais pas de choses difficiles, mais Ashton a dit que celle-ci, c'était mon truc, dit-elle en pointant un côté du portail roulant. Il ne s'agit pas vraiment de réparer le mécanisme électrique, mais plus de m'assurer qu'il fonctionne. Tamara n'a pas besoin de sortir du van à chaque fois que le portail doit être fermé.

Luke s'avança et l'aida comme il l'aurait fait avec n'importe lequel des ouvriers, lui passant des outils, travaillant sans la gêner à un rythme tranquille. Mais il se redressa bien au-dessus d'elle et prit les choses en main quand le portail décida de quitter ses rails.

Pendant tout ce temps, ils parlèrent sans s'arrêter des possibilités qui découleraient du fait d'assister à cet événement. De plus, ils parlèrent de choses insignifiantes, ce qui était tout aussi confortable.

— Je sais que personne ne m'a demandé mon opinion, mais je dois dire que Sweet Sugar Pie[2] est un nom affreux pour un ranch, critiqua Kelli.

Luke haussa les épaules.

— Un surnom pour quelqu'un ?

— Ouais. Le nom que Madame donnait à Monsieur, d'après l'article.

Luke grogna alors qu'il remettait le lourd métal en place.

— Quelles bêtises.

Elle pesta.

— Quoi ? Ça ne te met pas dans tous tes états de penser qu'on t'appelle « mon sucre d'orge » ?

— Oh, elle *sait* faire saliver un homme...

Il referma brusquement la bouche.

À quoi pensait-il donc ? C'était *Kelli*. Ses frères et lui étaient très prudents en n'allant *jamais* trop loin dans la vulgarité quand elle était aux alentours.

Kelli continua de travailler attentivement sur le système de fils, le fixant des yeux, les lèvres incurvées en un sourire narquois. Seules ses joues étaient roses, plus vives que les températures moyennes d'hiver ne le justifiaient.

Il l'avait gênée.

— Pardon, Kelli. C'était déplacé.

— Mais pas faux, signala-t-elle, le faisant sursauter de surprise.

Elle continua à parler et ses mots le frappèrent comme un coup sur le crâne.

— En plus, si un gars fait les choses bien, je n'arrive pas à imaginer *une seule* femme qui aurait assez de présence d'esprit pour balancer des petits noms. Les orgasmes doivent te laisser le cerveau en bouillie et le corps cotonneux.

Il la regarda fixement, son propre cerveau s'écoulant par les oreilles.

Kelli tourna le tournevis et ajusta quelques fils sans rien dire de plus en dehors du cadre du travail.

— Mets-le sur en place et pousse-le plusieurs fois d'avant en arrière pour voir s'il a besoin de lubrifiant.

Il savait qu'elle parlait sans détour, mais *bon sang*. Ça avait l'air cochon.

Luke se racla la gorge et cligna énergiquement des yeux. C'était sa faute, à laisser son esprit s'engager sur cette voie.

— Luke ? Tu as besoin d'une invitation écrite ? le taquina-t-elle.

Il se leva et ajusta le lourd portail jusqu'à ce qu'elle lui dise d'arrêter. Il le mit en place, sentant soudain un peu plus de gêne que la camaraderie et l'esprit de compétition entre eux n'en créaient habituellement.

— Je devrais retourner travailler, dit-il.

— J'aurai fini dans quelques minutes. Fais-moi savoir quand tu auras des nouvelles du gala, mais je suis presque sûre que c'est tout cuit pour toi.

Elle lui lança un coup d'œil rapide puis retourna à sa tâche.

Il repartit beaucoup plus lentement qu'il n'était arrivé, sentant quelque chose d'étrange au creux de son ventre.

Ce *devait* être le stress d'attendre des nouvelles. C'était ça... qui faisait que tout lui semblait tellement aller de travers. Le malaise avec ses frères, d'étranges sensations qui couvaient pendant qu'il parlait à Kelli.

Ce n'était pas lui. Ce n'était pas la personne organisée et facile à vivre qu'il était.

Ce fut presque décevant quand lundi, à la mi-journée l'e-mail officiel arriva, mentionnant les dates et les heures pour s'enregistrer au Grand Palisade au pays Kananaskis, avec un programme de l'événement.

Un lien pour des options de paiement... il n'hésita pas. Une demi-heure plus tard, il sortait et allait chez Caleb pour lui apprendre la bonne nouvelle.

D'ici à vendredi, lui et Kelli franchiraient d'un pas désinvolte les portes de ce qui pourrait constituer un tournant pour le ranch de Silver Stone. Cela allait être parfait.

Qu'est-ce qui pourrait mal se passer ?

5

Kelli passa en revue les notes griffonnées sur le Post-it de cinq centimètres sur cinq qu'elle avait dans sa paume.

— Je devrais simplement le tuer maintenant, parce qu'il y a des chances qu'avant la fin de la semaine je commette un homicide involontaire.

Lisa y réfléchit.

— Je ne pense pas que ce soit possible. Le fait que tu en aies mentionné la possibilité devant nous signifie que tu y as réfléchi, alors tu serais accusée soit de meurtre au second degré, soit d'homicide volontaire. À moins que tu ne parles de crime passionnel, ce que je comprends tout à fait.

Kelli ne fut pas la seule à fixer Lisa du regard. Le silence régna dans la pièce, sept femmes l'observant jusqu'à ce que Lisa se rende compte de ce qu'elle avait fait.

La femme brune haussa les sourcils et prit un air innocent.

— Oups ?

— Une addiction aux *Experts* ? demanda Hanna Lane.

— Ne vous occupez pas de ma sœur, elle lit l'encyclopédie pour s'amuser, la taquina Tamara. Allons, Kelli. Qu'est-ce que mon beau-frère a griffonné comme choses horribles sur ce minuscule bout de papier pour te faire grimacer à ce point ?

Il lui avait donné le Post-it quand il lui avait dit qu'ils allaient au gala. Elle avait failli tomber à la renverse, entre la poussée de panique et l'espoir qui l'avaient frappée.

Il lui avait adressé un grand sourire, puis était parti immédiatement pour s'occuper du programme, ce qui était probablement une bonne chose parce qu'elle avait été tentée de l'attraper par sa chemise à carreaux pour grimper sur lui et l'embrasser immédiatement.

Ce qui aurait été gênant, et le mot était faible.

Elle se concentra sur la question qui les occupait, à savoir que cette soirée entre filles semblait s'être transformée en « comment envoyer Kelli à un événement majeur sans qu'elle se ridiculise ».

Il semblait que sa supposition à propos d'activités où on se la jouait artiste n'avait pas été loin du compte.

Elle regarda de nouveau le papier pour pouvoir répondre, mais le gribouillis ne devint pas plus clair.

— Ça fait partie du problème. Son écriture est illisible, elle l'a toujours été. Une fois, il a laissé une note pour Ashton qui donnait l'impression que nous étions censés sortir le cheptel de la dernière parcelle. Nous avons passé toute la journée à chasser des animaux invisibles, pour découvrir qu'il voulait que nous déplacions les *chats* du dernier grenier, expliqua-t-elle en agitant le minuscule morceau de papier bleu. Je peux discerner les mots « piscine », « danse » et « habillé », mais si ça veut dire que nous allons à un bal, il emmène la mauvaise personne.

— Je pense qu'il emmène pile la bonne personne, dit Tansy en balançant effrontément la tête en arrière. Chérie, tu sais danser, et tu connais les chevaux. Improvise le reste.

Tamara était au téléphone alors même qu'elle acquiesçait d'un hochement de tête.

— Exactement. Je suis entièrement d'accord avec Tansy.

— Improviser, je peux le faire, marmonna Kelli.

Tamara leva un doigt alors que quelqu'un répondait à l'autre bout du fil.

— Luke, nous avons quelques questions. Nous aidons Kelli à rassembler des vêtements pour le voyage, et je veux m'assurer que nous avons tout prévu.

Elle écouta une minute.

— D'accord, nous pouvons gérer ça. As-tu besoin de quoi que ce soit ? Je ne sais pas si Caleb a quelque chose de plus chic dans son armoire que ce qui pend dans la tienne.

Elle écouta, hochant la tête silencieusement. Après avoir dit au revoir à Luke, elle leva les yeux vers Kelli avec une expression très patiente.

— C'est une bonne chose que nous ayons vérifié. Luke a parlé à un ami qui sera là. Il n'y a qu'un événement habillé. Le reste est professionnel décontracté, et il y a une piscine.

— Ça veut dire quoi, « professionnel décontracté » ? demanda Kelli.

— Ça veut dire que tu ne peux pas porter de jean, l'informa Hanna.

Il devait y avoir une erreur.

— Comment est-ce possible ? Est-ce que ça leur prend souvent, aux gens ?

La seule description possible pour l'expression sur les visages de Tansy et de Lisa était « sourire narquois ».

— Oui, vraiment. Ce n'est qu'une semaine, avança Lisa pour la consoler. Réfléchis, tu pourras manger tout le steak que tu veux. Le Palisade a un très bon restaurant. J'ai regardé en ligne, dit-elle avant que Tansy ne puisse faire un commentaire impertinent.

Kelli se laissa tomber sur une chaise et enfouit la tête entre ses mains.

— Rien ne vaut autant d'ennuis.

— Bien sûr que si. Au fait, qu'est-ce que Luke te donne pour ton aide ? demanda Tansy.

— Pas assez, répondit Kelli en sortant son téléphone pour trouver son numéro.

Elle appuya sur « appeler » avant d'avoir eu le temps d'y réfléchir vraiment.

La séduction pour débutants passait peut-être par là, mais une telle atrocité poussait le bouchon un peu trop loin.

Luke ne s'embêta même pas avec les amabilités.

— Quoi ?

— Salut à toi aussi. Quand nous rentrerons, je serai aux commandes de *tout* le dressage de Pepper, exigea-t-elle en tournant le dos au reste de la pièce alors que les filles feignaient de s'occuper.

Elles préparaient probablement des listes de tutus, de chaussons de ballerine et d'autres horribles attifements qu'elle aurait besoin d'emporter.

— Tu ne m'avais pas dit que je ne pourrais pas porter de jean.

La ligne transmit son petit rire. C'était agaçant comme ce son à lui tout seul suffisait à faire frissonner sa peau comme s'il était dans la pièce, caressant son corps.

— Si ça peut t'aider à te sentir un peu mieux, je ne pourrai pas porter de jean non plus.

D'accord, son cerveau n'était vraiment pas son allié, parce que les options qu'il improvisa l'impliquaient lui avec un boxer, et rien d'autre. Probablement pas « professionnel décontracté », mais ce que son imagination lui avait dépeint bien trop de fois pour que ce soit sain.

— Kelli ? Tu es toujours là ?

Elle se secoua.

— Je suis contente que nous souffrions ensemble, mais je suis sérieuse. C'est ce que je veux comme paiement pour assister à cet événement. Je vais faire le meilleur boulot possible, tout comme tu sais que je le ferai avec le dressage de Pepper, mais je veux que tu le promettes.

Il laissa échapper un long soupir.

— D'accord. Autre chose ?

Elle n'avait pas l'esprit assez vif pour trouver immédiatement quelque chose d'affreux à dire.

— Je te le ferai savoir.

Elle raccrocha puis se retourna vers les autres, souriant gentiment.

— D'accord, maintenant que j'ai arrangé ça, préparez-moi pour l'action, les filles. Je pars au combat.

Ce n'était pas la première fois que les différences entre elle et ses amies lui sautaient aux yeux. Tandis qu'elles suggéraient des tenues, Kelli avait l'impression de les écouter parler une autre langue. Rose sortit un carnet et commença à dessiner, ajoutant en note les rares éléments déjà dans sa garde-robe que les filles jugeaient appropriés de mémoire. Des choses comme des débardeurs et quelques jupes qu'elle avait portées durant des soirées de danse en été.

Tansy et Rose firent une descente dans leurs placards, et peu à peu un tas de vêtements s'empila sur la table basse.

Hanna sortit en douce après que son téléphone eut sonné. Elle revint dans l'appartement avec un sac à la main et les joues rouges.

— On vient de t'embrasser, devina Tansy.

Hanna leva le menton et rougit encore plus.

— Minutieusement, et il n'y avait pas de gui en vue.

Elle alla vers Kelli et lui offrit le sac.

— Vois si ça te va. Tu m'as prêté des vêtements quand j'avais tout perdu. Nous faisons à peu près la même taille, et c'est une robe vraiment superbe. Je ne vais pas avoir beaucoup d'occasions de porter quelque chose d'aussi habillé, alors autant que tu en profites.

Kelli jeta un coup d'œil dans le sac et découvrit un froufrou vaporeux de tissu blanc.

— Oh mon Dieu.

Tansy se pencha par-dessus son épaule et regarda.

— Joli. Ça a l'air chic.

— Pour la Saint-Sylvestre, nous avons dû aller à un truc habillé avec les chefs des pompiers de tout l'Alberta. J'ai dit à Brad que je n'avais pas besoin de quoi que ce soit de spécial, mais il a insisté, expliqua Hanna avec un sourire mystérieux en faisant tourner une bague de fiançailles très brillante à son doigt, comme si elle s'habituait encore à sa présence. Nous sommes allés faire quelques achats pendant que nous étions à Calgary.

Tansy poussa le sac contre Kelli.

— Tu ferais mieux de l'essayer pour voir si elle te va.

Il devait y avoir autre chose que Kelli pourrait demander à Luke pour se faire pardonner. Malgré tout, ça n'avait pas de sens de se pointer à l'hôtel sans rien avoir à porter.

Elle attira Hanna avec elle dans une des chambres à l'arrière.

— Il faut que tu m'aides, parce que je ne veux pas la déchirer.

Hanna resta silencieuse pendant que Kelli retirait sa chemise à carreaux, son débardeur, puis son jean. Mais quand elle attrapa la robe et s'apprêta à l'enfiler par les pieds, Hanna secoua la tête.

— Je te promets que je ne regarderai pas, mais tu ne peux pas porter de soutien-gorge. Ou en tout cas pas celui-là. Et tu dois faire passer la robe par-dessus ta tête, pas par les pieds. Fais-moi confiance, j'ai reçu cette leçon très fermement au salon.

Ce n'était pas Hanna qui méritait ses grognements, alors Kelli les garda pour elle. Ne gardant que sa culotte, et avec l'aide de son amie, elle fit passer le tissu léger comme une plume par-dessus sa tête.

Il tomba en place. Elle avait l'impression d'attendre qu'il atterrisse. Kelli baissa les yeux, s'attendant à devoir ajuster la robe, mais le tissu reposait sans plis sur ses seins et le haut de son corps, s'évasant au niveau des hanches avant de s'arrêter à mi-cuisse.

Hanna s'avança derrière elle et remonta la fermeture Éclair qui s'arrêtait à peine au-dessus de ses fesses. La taille de la robe était la bonne, étonnamment, et le vêtement brillant semblait très doux. Kelli avait peur de toucher le tissu de crainte que le bout de ses doigts rêches ne le déchire.

— J'ai peur de porter ça, admit-elle.

Hanna s'avança devant elle, secouant la tête alors qu'elle regardait Kelli de haut en bas.

— Tu devrais plutôt avoir peur de la réaction de tous ceux qui vont te voir là-dedans. *Waouh.* Maintenant, je sais pourquoi Brad n'arrivait pas à détacher les yeux de moi, si j'avais l'air à moitié aussi jolie que toi dedans.

— Je ne peux pas porter ça, dit Kelli précipitamment, tentée de tendre la main derrière elle pour défaire la fermeture Éclair et s'enfuir. Cette robe est spéciale pour toi. Et si je la déchirais ? Et si je renversais quelque chose dessus ?

Son amie posa une main sur son bras.

— Kelli, j'ai absolument tout perdu dans un incendie il y a un mois, et je n'ai jamais été aussi heureuse de ma vie. Crois-tu vraiment que je serais contrariée si quelque chose arrivait à une *robe* ? Même spéciale ? J'ai mes souvenirs, et ils ne vont pas disparaître.

Kelli inspira profondément, étreignant la main d'Hanna.

— D'accord. Tu as raison, dit-elle en reculant, essayant de se voir dans le petit miroir sur l'étagère de Tansy. Est-ce que ça me va vraiment ?

Hanna la poussa vers la porte.

— Tu ne me croiras pas, quoi que je dise, alors va demander à Tansy. Tu sais qu'elle ne te mentira pas.

Même marcher n'allait pas, le tissu glissait sur ses cuisses d'une manière inhabituelle.

Quand elle passa la porte et que toutes ses amies se tournèrent pour la regarder, bouche bée, la conversation s'arrêta complètement et Kelli se sentit extrêmement mal à l'aise.

Elle resta là un instant avant de croiser les bras, frustrée.

— Vous n'êtes pas très encourageantes.

— Ne tire pas de conclusion hâtive, dit Rose. C'est juste très dur de pouvoir parler quand on a avalé sa langue.

— Waouh ! s'exclama Tamara en se redressant dans le coin du canapé. Il y a tant de choses que j'ai envie de dire, mais je pense que *waouh* les résume bien.

Kelli s'avança davantage dans la pièce pour essayer d'apercevoir son reflet dans la fenêtre, les ténèbres au-dehors transformant la vitre en un miroir récalcitrant.

— Ne dis pas de choses juste pour me mettre à l'aise, parce que du moment que je ne me ridiculise pas, ça me va. Mais puisque tout l'intérêt est de faire briller Silver Stone, il est inutile d'afficher un tas de fumier.

— Arrête ça. Tu ne t'es jamais rabaissée avant, alors je ne sais pas pourquoi tu commences maintenant.

Tamara lui lança un regard noir, agacée.

Parce qu'il ne s'agissait pas seulement de donner une bonne image de Silver Stone ? Le cœur de Kelli battait plus vite que la normale.

— Ça te va bien, lui dit Tansy doucement. *Très* bien. Sauf que tu as besoin d'une autre culotte.

Kelli hésitait entre accepter le compliment et relever la provocation concernant l'attaque continue sur ses pauvres sous-vêtements sans défense.

— Je suis déjà presque nue en dessous. N'insiste pas. Je vous signale également que les chevaux se fichent de ce que j'ai sur le popotin, à moins que ce ne soit une armure. Alors ils pourraient se plaindre.

— L'équivalent d'une cotte de mailles pour les femmes est une ceinture de chasteté, et chérie, je ne pense pas que tu veuilles porter ça sous quoi que ce soit, un jean ou une robe moulante.

— Je n'ai rien de plus élégant que ce que je porte, admit Kelli.

Une toux légère se fit entendre du membre le plus discret de leur groupe. Ivy Fields ajusta sa prise sur une tasse de thé.

— Je pourrais bien t'aider pour ça.

Kelli était partagée entre un rejet absolu de cette idée et une extrême curiosité.

La curiosité l'emporta.

— Quels vilains secrets es-tu sur le point d'avouer ?

Ivy haussa les épaules.

— J'ai une petite obsession pour la soie. Mais parce que je ne peux pas aller souvent dans les boutiques, je commande en ligne. Tout ce qui ne me va pas comme il faut est placé dans un tiroir pour être renvoyé d'un seul coup. Passe demain et nous verrons s'il y a quoi que ce soit qui conviendrait pour porter en dessous. Parce que les filles ont raison. Ce serait dommage de ne pas aller jusqu'au bout pour avoir fière allure.

Kelli fit volte-face vers la fenêtre et se regarda d'un œil critique. Nom d'une pipe, ce n'était pas ce qu'elle portait habituellement, mais d'après ce qu'elle voyait, cela ressemblait à un emballage assez joli. Et l'idée d'avoir des sous-vêtements sexy à essayer...

Eh bien, la séduction était censée impliquer des sous-vêtements, n'est-ce pas ?

— J'ai l'air pas mal, admit-elle. Seulement, ne vous attendez pas à ce que je me maquille. Je ne sais pas faire.

Tansy s'avança derrière elle en fronçant les sourcils.

— Il y aura des tonnes de beaux gosses à cet événement, tous adorent les chevaux aussi obsessionnellement que toi.

Génial. Pendant ce temps, elle se tiendrait à côté du seul beau gosse qui semblait faire rugir son moteur. Bon Dieu, elle avait été tellement idiote l'autre jour en s'approchant sans y réfléchir de ce qui ressemblait le plus au flirt pour elle !

L'horreur totale sur le visage de Luke quand elle avait fait ce commentaire salace avait été un avertissement clair qu'il fallait attendre jusqu'à ce qu'elle ait le temps d'expliquer ce qui se passait.

Malgré tout, lorsque Kelli se tourna pour admirer son reflet, ce n'était pas vraiment le moment de commencer à se sentir mal à l'aise avec son corps. Elle était forte, qu'elle soit drapée dans des froufrous ou son habituelle tenue de travail.

— Au fond, la seule chose dont tu aies besoin, c'est d'être un peu conseillée, dit Hanna en s'avançant devant elle, plantant les poings fermement sur ses hanches. Fais-moi confiance là-dessus, parce que je l'ai vu à la fête de la Saint-Sylvestre. Avec ce genre de tenue, tu ne peux pas bouger comme si tu avais les fesses en feu, si tu veux bien excuser la plaisanterie en rapport avec le boulot.

Les têtes se baissèrent dans toute la pièce.

— Prétends que c'est une bande de chevaux nerveux, suggéra Tamara. Pas de mouvements soudain, puis amadoue tout le monde, de la manière dont tu le fais tous les jours dans l'écurie.

Kelli se mit à rire avant de se rendre compte qu'elles étaient sérieuses.

— Tu viens de me dire de traiter une bande de milliardaires comme des chevaux ? Tu ne parles pas de manière très flatteuse des géants de l'industrie.

— Elle ne dit pas ça pour être insultante, insista Hanna. Il s'agit du bon outil pour le travail. Pareil avec les vêtements. Tu ne porterais pas des bottes en caoutchouc sur la piste de danse, n'est-ce pas ?

— Bien sûr que non.

— Et tu ne taperais pas du pied dans une stalle avec une pouliche pleine...

D'accord. Maintenant c'était logique. Kelli hocha la tête puis lança un coup d'œil dans la pièce. Sept paires d'yeux la regardaient avec admiration et joie.

— Vous êtes les meilleures. Merci de prendre soin de moi.

Hanna lui pressa la main, et Tansy s'approcha pour l'étreindre franchement.

— Tu en vaux la peine. Et aussi, bon sang, ce tissu est sympa. Ne te gêne pas pour moi. Je vais rester là et te caresser un moment.

Kelli lui tapa sur la main.

Tansy ricana, et alors que Kelli allait se changer pour remettre ses vêtements, elle portait la chaleur de l'amitié en elle. Elle était prête pour ça. Elle avait les vêtements et une stratégie qui l'aiderait à impressionner les gens importants.

Maintenant, tout ce qu'elle avait à faire, c'était de trouver le meilleur moment pour commencer.

Le vendredi n'avait jamais mis aussi longtemps à arriver, et pourtant la semaine était passée vite. Avec l'aide de son frère, Luke avait rassemblé tout ce dont il avait besoin pour faire bonne impression pendant que lui et Kelli seraient partis.

Il avait refait son sac une douzaine de fois, et n'était-ce pas le comble étant donné que c'était Kelli qui l'avait enguirlandé au sujet du code vestimentaire. Il avait dû quémander autour de lui pour trouver assez de vêtements à porter, et au final, Josiah lui avait sauvé les fesses en lui fournissant une tenue de soirée qui lui allait.

Fichu costume de pingouin. Une des raisons pour lesquelles Luke adorait travailler au ranch, c'était parce qu'il n'avait pas à s'habiller. Il avait quelques tenues qui dataient de l'époque où il sortait avec Penny, mais aucune n'était en assez bon état pour cet événement, et il ne voulait pas rajouter des dépenses en plus de ce qu'il avait déjà allongé. Emprunter des vêtements était ce qu'il y avait de plus logique.

Il déposa son sac à la maison principale le matin avant d'aller en ville pour gérer quelques dernières opérations bancaires avec Caleb. Kelli y était à l'évidence déjà passée, car son sac de hockey usé était posé à l'intérieur, à côté de la porte.

Lisa s'approcha quand il appela dans la maison.

— Hé, Luke. Caleb est en train de dire au revoir à Tamara. Elle est encore au lit.

Bon sang. Il se sentait mal pour elle, mais également impuissant.

— Je croyais que les nausées matinales ne duraient que trois mois.

Un léger mouvement souleva les épaules de Lisa.

— Il n'y a pas de règles absolues quand il s'agit d'une grossesse. Elle est en bonne santé, elle se sent juste mal. Je parie qu'elle va avoir un garçon.

Luke ricana.

— Parce que les hommes rendent les femmes malades ?

— Oh, chéri. La testostérone est la cause et le remède pour tellement de maux, dit Lisa en regardant son sac avant de plisser le nez. C'est tout ce dont tu as besoin ?

Il avait emballé presque tout son placard.

— Ça n'a pas l'air de suffire ?

— Je n'ai pas dit ça.

Caleb sortit de la grande chambre et ferma prudemment la porte derrière lui, marquant une pause pour passer un bras autour des épaules de Lisa et l'étreindre fraternellement.

— Elle se sent mieux, mais je l'ai convaincue de faire une sieste avant d'essayer de se relever.

Luke vérifia sa montre.

— Nous ferions mieux d'y aller pour arriver à l'heure à notre rendez-vous.

— Allez-y, insista Lisa. Je vais m'occuper de tout ce qu'il y a à faire ici.

— Tu nous sauves la vie, lui dit Caleb.

— C'est ce qu'on fait dans une famille... on prend soin les uns des autres, dit-elle en élargissant son sourire. Même quand ils ne veulent pas qu'on s'occupe d'eux.

— Et comment ! acquiesça Luke.

Tamara était têtue, alors c'était bien de voir sa sœur et Caleb ne pas lui laisser le choix.

Ils terminèrent tout ce qu'ils avaient à faire en ville assez rapidement, mais Caleb restait silencieux alors qu'ils retournaient à la maison.

— Je vais faire de mon mieux, lui assura Luke.

— Oh, je n'en doute pas. Je suis content que ce soit toi qui y ailles et pas moi, dit-il en lançant un coup d'œil à Luke avant de ramener son regard sur la route. Tu penses que tu croiseras les Talisman ?

La famille de son ex-fiancée.

— Possible. Mais je ne pense pas qu'ils me causeront de problèmes. Penny et moi avons plutôt rompu d'un commun accord.

— Vous n'avez pas la moindre intention de relancer ça, alors, déclara Caleb.

Avant de pouvoir se retenir, Luke avait laissé échapper de légers jurons.

— *Absolument* pas. Tu ne dois pas t'inquiéter pour ça. J'étais dans un état d'esprit différent, et j'ai retenu ma leçon.

— C'est ce que je crains, marmonna Caleb.

Bon sang, il n'avait pas besoin d'entendre ce genre de bêtises maintenant.

— C'était un peu trop énigmatique...

— J'ai juste l'impression que la leçon que tu as retenue, c'est de ne pas t'engager avec les femmes, point. Elles ne sont pas l'ennemi.

Ouais, ce n'était pas une conversation qu'il avait envie d'avoir au moment de vivre une situation stressante.

— Je t'entends, et je suis d'accord à cent pour cent, les femmes sont des créatures merveilleuses, mais tu as fait une pause après le départ de ton épouse. Accorde-moi la faveur de remettre les compteurs à zéro.

— D'accord. Dis-moi seulement que tu suivras ton instinct, l'encouragea Caleb. Parce qu'il m'a fallu beaucoup trop longtemps pour trouver le courage de réessayer. Ça ne veut pas dire que tu dois le faire.

— Et là-dessus, dépose-moi près de chez moi. Je ferais mieux de me changer. Je suis censé retrouver Kelli dans environ trente minutes pour que nous puissions prendre la route.

Son grand frère semblait avoir encore quelque chose à dire, mais il ferma la bouche et hocha la tête.

— Pas de problème.

Caleb le déposa puis retourna à la maison.

Luke ne se donna pas la peine de faire autre chose que de se changer. Il attrapa son chargeur de téléphone puis se hâta vers la maison principale. Il laissa sa camionnette tourner pour qu'elle chauffe, s'avança vers la porte de devant pour prendre leurs sacs.

Il s'arrêta, fixant un ensemble de trois bagages assortis avec confusion.

— Hé. Où sont mes affaires ?

Lisa sortit la tête de la cuisine.

— Qu'y a-t-il ?

Luke regarda autour de lui.

— Tu as déplacé mes sacs ?

Tamara sortit de la chambre, une robe de chambre bleu pâle enveloppant sa silhouette mince. Elle cligna des yeux.

Bon sang.

— Désolé de t'avoir réveillée.

Elle secoua la tête.

— J'étais réveillée. C'est ma faute... j'ai dit à Lisa qu'elle pouvait. Vos affaires sont là-dedans.

Elle pointa du doigt les élégantes valises bleues qui attendaient à côté de la porte d'entrée.

Il marqua une pause une seconde avant de comprendre. Un hôtel chic, faire une bonne impression. Pas un endroit pour son sac de jute usé ou le vieux sac de hockey de Kelli.

— Zut. O.K., c'est plutôt malin.

Lisa se joignit à eux dans le vestibule tandis que la porte s'ouvrait derrière Luke et que Kelli entrait.

— J'ai transféré vos vêtements, mais je n'ai pas regardé, promit Lisa.

Luke roula des yeux.

— Je te promets que je ne vais pas m'évanouir à l'idée que tu as touché mes chaussettes.

Lisa ramassa la troisième valise carrée, qui était plus petite, et la plaça entre les mains de Kelli.

— Celle-ci contient les affaires qui ne tenaient pas dans l'autre valise. Ne te donne pas la peine de regarder maintenant, tu t'y retrouveras quand tu arriveras à l'hôtel. Des recommandations aux voyageurs ont été postées pour cet après-midi, alors vous feriez mieux de partir avant que la neige ne vous en empêche.

— Qu'est-ce qui se passe ? demanda Kelli en regardant les valises avec méfiance. Où est mon sac ?

Luke posa une main sur son épaule et lui fit faire volte-face vers la porte.

— Nous partons dans cinq minutes pile. Fais une pause pipi si besoin, et partons.

Il ramassa les deux valises assorties, inclina la tête vers les filles, puis sortit.

Lançant les valises à l'arrière de la cabine, il marqua une pause. Il ne savait pas laquelle était à Kelli et laquelle était la sienne. Pas de problème. Ils tireraient tout ça au clair quand ils les ouvriraient dans leur chambre d'hôtel.

Leur chambre d'hôtel.

Tout d'un coup, Luke fut frappé par l'intimité de la situation. Il avait honnêtement été aveugle face aux implications qui en découlaient, et maintenant la vérité le frappait brusquement avec la force d'un tsunami.

Seigneur, il était dans le pétrin.

6

C'était haut la main le voyage le plus gênant que Kelli ait jamais fait.

Ça n'avait pas commencé ainsi. Pendant les quarante-cinq premières minutes environ, elle avait dépensé son énergie à discuter des techniques de dressage dont elle avait lu qu'elles pourraient aider Chili Pepper.

Être un moulin à paroles était sa seule option. Autrement, elle se serait tordu les doigts sur ses cuisses comme une demoiselle timide alors qu'elle luttait pour entamer son entreprise sa séduction.

Ce n'était pas juste. L'éducation sexuelle de Kelli s'était faite à quatre-vingt-dix pour cent avec l'élevage des animaux, et les chevaux n'avaient pas besoin d'invitations pour passer à l'action. Non. Quand l'occasion se présentait, ils la saisissaient. Avec enthousiasme.

Et ses batifolages avec des gars avec qui elle avait batifolé, même s'ils ne formaient pas une liste étendue, s'étaient tous passés dans le feu de l'action.

Ces lents chichis mesurés étaient bons pour les oiseaux.

Quand elle se rendit compte que Luke ne faisait rien de

plus que d'émettre des grognements évasifs et des « hum-hum », elle commença à le regarder en coin.

Kelli réfléchit, se demandant si elle avait été involontairement impolie ou si elle avait dépassé les bornes. Non, elle ne trouvait rien qui sorte de l'ordinaire.

Elle resta silencieuse un moment, jetant des coups d'œil aux mains de Luke sur le volant. C'était probablement cette affaire de gala qui s'emballait dans ses tripes, en tout cas jusqu'à un certain point. Ils étaient en train de rendre à un endroit où elle ne se sentirait pas à l'aise, et il ne le serait pas non plus. Elle serait indulgente avec lui là-dessus dans l'espoir qu'il fasse de même quand elle se comporterait maladroitement.

Peut-être qu'elle devrait accepter l'offre de Josiah au sujet de ces leçons d'actrice. Elle n'était pas sûre que personne d'autre dans la communauté soit conscient qu'il avait en fait une formation dans les arts.

Des secrets.

Elle ferma les yeux et appuya la tête derrière elle, étirant sa colonne vertébrale et essayant de se détendre. Au bout du compte, ils avaient tous leurs secrets.

Les secrets n'étaient pas nécessairement mauvais. Ils existaient simplement. Elle n'aurait jamais imaginé, lorsqu'elle était une fille de quinze ans assise dans un car au milieu de nulle part, qu'un jour elle aurait une telle opportunité.

Soudain, le besoin de le dire à Luke devint tellement pressant qu'elle ne put plus le supporter. Elle se redressa et se tourna vers lui.

— Merci. Merci de me faire confiance et de m'emmener. Je te promets que je ne le fais pas juste pour pouvoir travailler avec Chili Pepper, mais parce que je veux le meilleur pour Silver Stone, et pour Emma et Sasha. Je veux que cette semaine se passe très bien.

Tout ça était vrai. Même si ce n'était pas tout ce qu'elle avait au programme... elle ne pouvait pas se forcer à continuer. Pas avec lui qui agissait aussi bizarrement.

Les doigts de Luke se serrèrent si fort sur le volant que ses articulations blanchirent.

— Je sais.

Il sembla sur le point de dire quelque chose d'autre avant de pincer les lèvres.

O.K., alors. Le niveau de stress de quelqu'un *d'autre* était quelque peu hors de son contrôle.

— Tu vas totalement gérer. Je veux dire, tu sais comment parler à ces gens. Si je n'étais pas déjà raide dingue de Silver Stone, t'en entendre parler m'impressionnerait à chaque fois.

Babiller. Elle babillait.

— Merci, mais je n'ai pas besoin de discours d'encouragement.

Kelli ajusta sa position pour regarder par la vitre avant d'énormes flocons de neige tourbillonner dans l'air. Quand elle parla de nouveau, ce ne fut pas tout à fait aussi joyeux.

— Alors tu devrais peut-être prendre deux Xanax avant que nous arrivions, parce qu'en ce moment tu n'es pas détendu. Du tout.

— Quelque chose me tracasse.

— C'est évident.

Il grogna.

Kelli lui lança un coup d'œil, et malgré ses inquiétudes, un ricanement lui échappa.

— Waouh. Je croyais que j'étais en rogne de ne pas pouvoir porter de jean pendant la semaine à venir, à part celui que nous portons en ce moment. D'ailleurs, merci beaucoup d'avoir trouvé un événement pour lequel nous devions nous habiller simplement.

Il ignora son bavardage et bifurqua sur le côté de la route, s'arrêtant sur une aire de repos. Puis il ouvrit brusquement la portière et sortit, la claquant derrière lui alors qu'il faisait quelques pas énergiques dans la neige qui tombait en tourbillonnant.

Enfin, il semblait que *quelqu'un* était plus que stressé. Comme elle n'y était pour rien, ça ne ferait certainement pas de mal qu'elle essaie de le calmer.

Kelli sortit, et le temps qu'elle le rejoigne, il revenait en martelant le sol de son pas.

— Crache le morceau. Je ne t'ai jamais vu aussi grincheux.

Il passa une main dans ses cheveux avant de remettre son chapeau en place.

— Je croyais que ce ne serait pas une affaire, mais plus nous nous rapprochons de l'hôtel, plus je me rends compte que j'ai tiré quelques conclusions hâtives. Et maintenant, nous sommes coincés, et je ne sais pas comment te le dire.

D'accord, ça n'avait pas l'air aussi positif qu'elle l'avait espéré.

— Tu commences à me faire flipper.

Il posa les deux mains sur ses hanches et inspira profondément. Il la regarda droit dans les yeux.

— Je pense que tu es la meilleure personne pour m'accompagner à cet événement, vraiment. Mais il se pourrait que j'aie dit à l'équipe d'agrément que toi et moi avions une relation légèrement différente de celle que nous entretenons réellement.

Elle faisait de son mieux pour suivre, mais il ne rendait pas ça facile.

— Quel genre de relation leur as-tu dit que nous avions ?

— Tu as compris la partie où je dis que tu es la meilleure personne pour venir à cet événement, n'est-ce pas ?

— Que tu insistes là-dessus me fait suspecter que ce que tu as dit va me donner envie de te tuer.

Sans sourciller, Luke avoua.

— Je leur ai dit que tu étais ma *conjointe*.

Kelli ne détourna pas le regard. C'était probablement la

chose la plus difficile qu'elle ait jamais faite de sa vie. Même laisser son ancienne vie derrière elle, tout abandonner sauf ce qu'elle pouvait faire tenir dans un sac à dos, n'avait pas été aussi dur. C'était elle que cela avait concernée, et elle seule. Faisant ce qu'il fallait pour avoir une meilleure vie.

Qu'il la regarde, la *regarde* vraiment, avec une telle détresse... La première sensation dans ses tripes fut de vouloir arranger ça pour lui...

La seconde sensation ne fut pas tout à fait aussi généreuse.

Elle avait passé des années – *des années* – à cacher son attirance pour lui. À garder des limites fermes parce que ça n'aurait pas été approprié de les dépasser, et il n'avait pas hésité à mentir sans ciller et à les transformer en... *couple* ?

— Y a-t-il une raison pour laquelle tu avais besoin d'une *conjointe* ?

Ça ne pouvait pas être sa voix. Elle était bien trop calme et détachée.

Il hocha la tête.

— Les affaires familiales ont droit à un coup de pouce plus rapidement qu'un gars inconstant qui est seul et fait encore les quatre cents coups. Nous *sommes* une affaire familiale, mais je suis le seul frère qui pouvait y aller. Et j'avais une fiancée, mais c'est terminé maintenant...

— Arrête. *Ne* parle *pas* de Penny, l'interrompit Kelli d'un ton sec.

O.K., c'était impoli de sa part, mais sérieusement ? Ce gars avait déjà assez d'ennuis avec elle. La comparer ne serait-ce que de loin à cette femme glaciale n'allait pas la rendre plus indulgente avec lui.

Le cœur de Kelli martelait. Elle détendit délibérément les doigts car elle avait serré les poings. Pas qu'elle voulait lui en coller un coup sur le visage, mais...

Enfin, d'accord, cette option n'était pas complètement écartée.

Elle inspira profondément, retourna à son zen de yoga. Elle le voulait toujours, qu'il soit maudit d'ailleurs, mais cet acte irréfléchi était inapproprié. Tellement inapproprié.

— Tu as foiré à mort, lui dit-elle.

Luke hocha rapidement la tête.

— Je sais. Je veux dire, tu as raison. Je veux dire…

Il soupira lourdement avant de se retourner pour fixer les montagnes Rocheuses qui s'élevaient à l'ouest de leur position.

— Bon sang, je suis désolé. J'ai fait ce qui était logique. Je n'ai pas bien réfléchi.

Les pensées de Kelli filaient comme des truites lors du jour de l'éclosion des trichoptères.

— Alors tu peux bien y réfléchir avec moi maintenant. Nous sommes censés agir comme si nous étions un couple avec des gens que nous devons impressionner par la qualité de nos écuries et nos compétences avec les chevaux. Et puisque je travaille pour toi, si je *ne le fais pas*, et que par conséquent je fais foirer l'événement avant même que nous arrivions, alors poten-tiellement, il y a une menace qui plane au-dessus de moi parce que tu pourrais me virer.

Luke cligna des yeux.

— Quoi ? Je ne vais pas te virer.

— Et si je te disais que ça ne me met pas à l'aise de mentir sur notre relation ? Que je ne veux pas aller jusqu'au bout ?

Il ouvrit la bouche. Et la referma judicieusement.

— Et que le seul moyen pour que je fasse serait de ne pas travailler pour toi ? Tu sais quoi, peut-être que tu devrais me virer.

Les yeux de Luke étincelèrent.

Elle se rapprocha.

— Dis-le : « Tu es virée, Kelli. »

— De quoi est-ce que tu parles, bon sang ? Je ne vais pas te virer.

— Mais tu le dois, parce que ce n'est pas un événement de travail, n'est-ce pas ?

— Ça l'est… enfin, ça ne l'est pas.

— Vire-moi, Luke, ordonna-t-elle.

— Non. Pas même si tu me dis de faire demi-tour et d'oublier le gala.

Mais dire ça semblait le rendre malade. Son visage était devenu blanc, et elle était à une seconde d'oublier toute cette histoire.

Cela la tuait aussi, vraiment, mais il devait *savoir* que ce qu'il avait fait était mal, bon sang.

— Vire-moi. *Fais-le !* cria-t-elle.

— Bien, tu es virée ! répondit-il en criant aussi.

Elle l'attrapa par l'avant de sa veste, l'attirant assez près pour que leurs visages soient au même niveau.

— Dommage que tu ne sois pas mon patron. Tu n'as pas l'autorité pour me virer, seul Ashton le peut. De plus, Tamara m'a dit que je ne serais jamais autorisée à quitter Silver Stone, na !

Elle avait toujours les doigts accrochés à sa veste, leurs corps à quelques centimètres l'un de l'autre. Luke donnait l'impression d'avoir été passé à la moulinette.

— Alors pourquoi est-ce que tu m'as obligé à te dire que tu étais virée ? demanda-t-il bien plus doucement.

Une partie de l'ancien Luke lui rendait son regard, au lieu de cet étranger inquiet et hanté.

Elle détendit un peu sa prise, restant assez près de lui pour l'utiliser comme coupe-vent.

— Pour prouver que je *ne* travaille *pas* pour toi, et personne ne pourra dire que tu m'as forcée à le faire. Et parce que tu es un enfoiré de vingt manières pour ne pas avoir su que c'était une idée tordue. Et parce que tu méritais de souffrir un peu.

— Il y a une minute, j'ai cru que je faisais une crise cardiaque, admit-il.

Elle n'en avait pas fini avec lui. Il pourrait bien défaillir avant que leur conversation ne soit terminée.

— Ne suis-je pas ton amie ? Pourquoi n'es-tu pas venu me voir avant pour me dire ce qui se passait ? demanda-t-elle.

— Tu es mon amie, mais je n'ai rien dit parce que...

Il regarda fixement au-dessus de sa tête pendant une seconde avant d'avouer :

— Je ne m'en étais pas rendu compte. Enfin, je te considérais déjà comme faisant partie de la famille quand j'ai inscrit ton nom. Honnêtement, ça ne m'avait pas frappé, à quel point toute cette affaire pouvait être intime, avant de voir les valises, et c'est là que ça a fait tilt.

Intime. Un frisson parcourut la peau de Kelli. Il n'avait aucune idée, absolument aucune idée de ce qu'elle voulait, de ce dont elle rêvait et de ce qu'elle espérait depuis si longtemps.

Et il pensait à elle comme à une... sœur ?

Luke redressa les épaules.

— Je maintiens ce que j'ai dit au début. Tu es vraiment la personne parfaite pour m'aider à représenter le ranch.

Elle se réorganisa vite intérieurement, faisant de son mieux pour repousser la partie qui disait qu'elle était folle de ne pas ramasser quelque chose de lourd pour le frapper sur la tête avec alors qu'elle en avait l'opportunité.

Que ce ne soit pas seulement un événement professionnel changeait les choses. *Beaucoup* de choses, et maintenant c'était à son tour de jouer les équilibristes. C'était une chose d'avoir espéré commencer quelque chose de sexuel – cela n'aurait été que deux adultes qui s'amusaient derrière des portes closes. Personne n'aurait été au courant.

Mais être liés pour de vrai...

Faussement pour de vrai...

Seigneur, elle ne savait même pas comment qualifier cette absurdité. En dehors de « compliquée ». Très compliquée.

Une couche de neige s'entassait sur leurs épaules alors que

les conditions du grand blanc empiraient. Elle aurait beau aimer tout déballer, ici et maintenant, ça n'arriverait pas.

De plus, il aimerait probablement se raccrocher à quelque chose quand elle lancerait sa dernière grenade.

— Retourne dans ta fichue camionnette, ordonna-t-elle. Nous verrons le reste pendant que nous roulerons. Inutile d'être gelés avant de se faire des relations et d'influencer des gens.

Il la fixa, presque sous le choc, avant qu'un sourire se dessine sur son visage, et comme d'habitude, une chaleur de mélasse chaude dériva dans le ventre de Kelli.

— Tu ne vas pas tout annuler ?

— Non, mais je vais faire monter les enchères. Tu as une sacrée facture à payer.

IL S'ÉTAIT TOUJOURS ENORGUEILLI d'être, parmi les frères Stone, l'un des plus intelligents, mais retourner dans le véhicule et se rendre à leur destination lui donna largement le temps d'y repenser.

Du bon côté des comptes : Kelli n'avait pas instantanément pris ses clés pour lui rouler dessus jusqu'à ce qu'il soit mort. Même s'il *était* assez intelligent pour savoir que c'était encore une forte possibilité.

Elle attrapa la copie du programme qu'il avait imprimée et fixa la feuille intensément. Encore une fois, ce qu'il aurait dû faire avec elle s'il avait été assez intelligent pour en discuter quelques jours avant.

— Alors ils sont impressionnés par des écuries dirigées par des familles. Silver Stone a assurément tout ça. Caleb et Tamara auraient fait du super boulot en y assistant si elle avait été d'attaque. Alors ce n'est pas un mensonge, pas vraiment. Je peux le faire.

Il ne put s'en empêcher. Un rire lui échappa.

— Tu dois vraiment faire cette gymnastique mentale pour réussir ?

Elle leva les yeux vers lui, le visage innocent.

— Bah, *oui*. Je ne mens pas.

— Kelli, est-ce que tu as interféré dans des situations dangereuses au cours des six derniers mois sans le dire à personne ?

Elle resta silencieuse un instant avant de secouer la tête.

— Pas sans le dire à personne. Je l'ai dit à Ryan, et nous avons prévu quelque chose pour aider les femmes qui en ont besoin. Je ne te l'ai pas dit à *toi* parce que tu n'avais pas besoin de le savoir, et quand tu me l'as demandé, je n'ai pas menti. J'ai simplement refusé de répondre.

Il pesta.

— Tu passes plus de temps à trouver comment ne pas dire la vérité que ça ne prendrait de la cracher.

— Dit l'homme qui aurait pu m'expliquer à n'importe quel moment au cours des quatre derniers jours que nous allions là-bas en faisant semblant d'être des tourtereaux, dit-elle d'un ton froid.

— Je ne te l'ai pas dit parce que j'ai été un idiot, répondit-il sèchement.

La vérité suffit à la faire taire.

En tout cas, pendant quelques minutes, puis elle reprit, agitant le papier vigoureusement.

— Il n'y a que deux événements où nous pourrons parler de Silver Stone et de ce que nous y faisons. Et même ça, c'est exagéré.

— Parce que le gala ne tourne pas spécifiquement autour des chevaux. Il s'agit de construire des relations.

Elle laissa échapper un énorme soupir et s'écroula pratiquement sur son siège.

— Des relations construites sur un mensonge. Nom d'une pipe, je ne vois pas du tout comment ça pourrait mal finir.

— Tu viens de dire que la vérité est là. Caleb et Tamara sont solides comme le roc. Bon sang, Ivy et Walker aussi, mais il est impossible qu'Ivy puisse gérer ce genre d'événement. Pas avec son anxiété sociale. Et *tu n'es pas* un mensonge.

Elle jura franchement.

— Je suis sérieux. Tu fais partie de la famille pour Silver Stone. C'est juste que tu ne fais pas partie de... la famille.

Kelli lui lança un coup d'œil avec une expression plutôt mélancolique sur le visage.

— Je vais faire de mon mieux, mais, mec, tu aurais dû emmener quelqu'un comme Rose, qui aurait au moins pu servir de trophée à ton bras.

Luke mit une seconde à comprendre de quoi elle parlait, et quand ce fut fait, tout ce à quoi il put penser fut que c'étaient des *idioties*. Il ne s'était jamais attendu à devoir rassurer Kelli sur son apparence.

— Tu es très bien. Tu es mignonne, et tu rends les gens heureux. Je ne sais même pas comment tu fais. Sois simplement naturelle et tout le monde t'aimera.

Elle inclina lentement le menton.

— D'accord, quelle est notre histoire ?

— Quelle histoire ?

Elle le frappa à l'épaule.

— Ouille.

— Luke, tu es le génie le plus stupide que je connaisse. Je jurerais que tu es délibérément bête, dit Kelli en agitant les doigts. Si je suis ta fiancée, comment est-ce arrivé ? Notre rencontre, et le reste ? Enfin, à l'évidence au ranch, mais tu étais fiancé à Penny jusqu'à fin août.

Oh, ce genre d'histoire.

Attendez. *Quoi ?*

— Ma fiancée ? Tu peux être ma petite amie.

— Non, je suis ta fiancée.

Elle l'affirma tout de go, et s'il n'était pas certain qu'elle le frapperait encore, plus fort cette fois, il aurait ri.

— Je croyais que tu avais des problèmes avec le mensonge.

— J'ai des problèmes avec l'idée de ne pas donner notre maximum pour faire en sorte que ça marche. Tu *étais* précédemment fiancé. Tu as dit que tu devais amener ta *conjointe*, et étant donné l'importance de cet événement, il est impossible que tu amènes une simple petite amie. De plus, la première petite amie a tendance à être considérée comme une relation Kleenex quand on a été fiancé pendant des années. Je ne signe pas pour ça.

Il ne devrait pas trouver ça aussi divertissant, mais...

C'était *Kelli*, et maintenant qu'il avait la confirmation qu'elle n'allait pas le castrer – et il était sûr qu'*elle* savait comment faire puisqu'il l'avait formée, Dieu lui vienne en aide –, ça ressemblait davantage à une conspiration.

— N'est-ce pas affreusement rapide pour moi de replonger dans une relation amoureuse ?

— Ça arrive. Même si nous ne voulons pas que quelqu'un suspecte que toi et moi fricotions pendant que toi et Penny étiez en couple. Parce que ça ne rentrerait pas dans le dossier pro-famille, n'est-ce pas ?

Bon sang de bonsoir.

— Nous ne fricotions pas, dit-il d'un ton cassant.

Elle renifla d'un ton moqueur.

— Parfait, ton indignation est totalement crédible. Assure-toi de garder cet état d'esprit. Quand as-tu envoyé l'inscription, patron ?

— Ne fais pas ça, dit-il en faisant claquer un doigt. Je sais que nous travaillons ensemble, mais il vaut mieux ne pas souligner trop ce fait. Et comme tu l'as fermement établi, je ne suis *pas* ton patron.

— Bien, sucre d'orge.

S'il n'avait pas été en train de conduire, il aurait écrasé son front contre le volant.

— Ça va être tellement amusant.

Kelli faillit glousser.

— Si tu le dis. Mon chou.

Il ignora sa taquinerie du mieux qu'il put et retourna à la partie la plus importante du plan.

— Il ne nous reste que quinze minutes avant d'arriver, alors restons simples. Oui, on travaille ensemble depuis toujours, mais il n'y a jamais rien eu entre nous jusqu'à récemment.

— Parce que tu étais fiancé. De plus, notre truc officiel ferait mieux d'être arrivé récemment, étant donné que je n'ai pas de bague de fiançailles.

Il était vraiment idiot.

— La Saint-Sylvestre ?

— Trop romantique. Tu as fait ta demande la semaine dernière entre le brossage des chevaux et le nettoyage des stalles.

De quoi ? Il lui lança un coup d'œil, mais Kelli examinait ses ongles et l'ignorait complètement.

— Je ne crois pas.

Elle se tourna vers lui, un sourcil levé bien haut.

— Je n'ai pas dit oui au début parce que je pensais que tu plaisantais. Puis tu as été appelé pour gérer quelque chose et tu n'es pas venu me retrouver avant le lendemain matin.

— Tout ça t'amuse beaucoup trop, marmonna-t-il. Aucune version de cette histoire qui ne me donne pas l'air d'un idiot, n'est-ce pas ?

— Non, acquiesça-t-elle. Mais tu seras heureux de savoir que lorsque tu m'as retrouvée le matin, je t'ai dit oui. Puis je t'ai signalé que tu aurais dû regarder où tu t'agenouillais, parce que je n'avais pas encore fini de nettoyer cette stalle.

— Kelli James, tu es un ramassis de problèmes.

— Qui va faire tout son possible pour s'assurer que toutes ces grosses légumes voudront venir voir nos chevaux.

Sa voix était devenue bien plus sérieuse. Elle posa une main sur le bras de Luke.

— Je te taquine maintenant parce que je suis encore un peu en colère, un peu paniquée et très inquiète. Pourtant, si je reviens à la partie principale – là où je pense à la force de notre écurie et au genre de magie qui pourrait être créée –, cette partie est absolument vraie. Je peux travailler avec ça.

Il posa les doigts au-dessus des siens, chauds et forts. En somme, lui tenant la main d'une manière dont il ne l'avait jamais fait. Jamais, pas une seule fois au cours des huit dernières années.

Ils travaillaient ensemble. Ils s'étaient mutuellement sortis de trous humides et puants et s'étaient poussés dans des tas de boue. Ils s'étaient aidés à se hisser au-dessus de congères, mais c'était la première fois qu'ils avaient un contact comme celui-là. Juste une main qui en touchait une autre pour une raison autre que le travail.

C'était une autre sorte de lien. Luke aimait bien ça.

— Merci, Kelli. Je suis d'accord. Je sais que ça pourra être gênant par moments, mais ce que tu as dit est la chose la plus importante, sur laquelle nous devons nous concentrer. Ramenons ça à ce que nous savons être vrai. Silver Stone mérite de briller.

Kelli avait de nouveau le regard vif, et pour la première fois depuis qu'il s'était rendu compte de la décision idiote qu'il avait prise, Luke Stone inspira profondément. Il n'était pas encore sorti d'affaire, et franchement il ne le méritait pas, mais il se ferait pardonner. D'une manière ou d'une autre.

Mais ensemble, à l'avenir, comme une équipe. Il aimait bien cette idée.

Il aimait beaucoup cette idée.

7

lors qu'un homme en uniforme chic s'avançait avec un chariot et empilait leurs bagages dessus, les valises assorties la narguaient.

Elle s'était dégonflée.

Kelli s'essuya les paumes sur les cuisses puis replaça une mèche de cheveux derrière son oreille. L'endroit devant elle était immense et ressemblait à un château dans un film.

Le parking circulaire dans lequel ils s'étaient garés était surplombé par un balcon en fer forgé et en pierre. Des baies vitrées se trouvaient sur leur droite. Luke tendait ses clés à quelqu'un, alors Kelli suivit les bagages par les portes imposantes, puis entra dans le grand hall.

Le plafond s'envolait vers le ciel, avec des contreforts aériens et d'épaisses poutres suspendues au-dessus d'eux en forme d'arches. Des roches de rivière ornaient tous les murs, les surfaces lisses étaient aussi impressionnantes que n'importe quel granit déchiqueté. Sous leurs pieds, du carrelage massif et de riches tapis au centre de chacun des quatre ensembles de canapés en cuir disposés pour se rassembler confortablement.

Un bras passa autour de ses épaules, et elle se redressa

brusquement, jetant un coup d'œil sur la gauche alors que le petit rire de Luke l'environnait.

— C'est incroyable, n'est-ce pas ?

— Je ne peux pas m'empêcher de regarder. Emmène-moi dans un coin pour que je n'aie pas l'air d'une débutante totale, mais c'est trop beau pour prétendre ne pas être impressionnée.

Il la serra gentiment puis l'attira sur le côté.

— Trouvons-nous un mur pendant une minute, parce que je suis assez estomaqué moi-même.

Kelli s'adossa contre la surface rocheuse que Luke leur trouva, levant la tête pour observer le volume en hauteur. Plus près d'elle, Kelli remarqua une cheminée qui prenait presque un mur entier à elle seule.

— C'est assez grand qu'on y entre, dit-elle en chuchotant.

— Tout comme dans les contes de fées, chérie, lui assura-t-il. Là-bas, il y a la salle à manger, et je pense que ce chemin mène à la piscine et au spa.

— Waouh. Nous ne sommes plus dans le Kansas, Toto[1].

Luke s'éloigna du mur et se campa devant elle.

— Reste là, je vais aller nous enregistrer.

— Bien sûr, pat... *patate*, se corrigea-t-elle, ses lèvres tiquant alors qu'elle luttait pour garder un visage sérieux. Désolée, les vieilles habitudes.

Il lui lança un regard d'avertissement puis s'éloigna d'un bon pas.

Elle n'aurait vraiment pas dû, mais alors qu'il s'éloignait, il lui fut impossible de détacher les yeux de ses fesses. Il portait un tout nouveau Levi's, avec un pli courant à l'avant des jambes. Il soulignait ses fesses comme si une couturière l'avait cousu sur lui, et elle soupira joyeusement.

Elle était un peu masochiste d'en profiter à ce point. Sans parler de son plan d'aller à toute vapeur, aussi vite que possible, qui allait lui demander beaucoup plus de courage qu'elle ne s'y serait attendue.

Étant donné qu'elle avait prévu de passer à l'action sur la dernière partie du trajet, puis avait complètement échoué.

Kelli le fixait encore quand un rire féminin dériva vers elle, détournant son attention de l'écrasante beauté de l'hôtel et de cet homme.

Une femme légèrement corpulente à l'abondante chevelure brune bouclée se tenait là, poliment. Son sourire était vif, et ses yeux sombres dansaient d'amusement.

— Désolée d'être aussi directe, mais je présume que vous connaissez ce charmant spécimen de masculinité ?

Et ça commençait.

Kelli lui tendit une main et rassembla tout son culot.

— Kelli James. Oui, je suis avec Luke. Luke Stone.

La mystérieuse femme arqua un sourcil. Elle plissa légèrement ses lèvres pleines vivement colorées, non pas de manière critique, mais intriguée, qui disait *je vais aller au fond de ce mystère.*

— Eh bien, cette semaine va être bien plus excitante que prévu. Je suis Diane Jakarta. Je suis ici pour le Triple Crown avec mon petit ami, Jack.

— Ravie de vous rencontrer. Désolée que vous m'ayez surprise avec des yeux de merlan frit. C'est assez incroyable.

Elle fit un geste vers l'hôtel extravagant.

Diane sourit et s'approcha, passant un bras autour de la taille de Kelli et la guidant vers le comptoir d'enregistrement.

— Chérie, vous ne faisiez pas des yeux de merlan frit pour le lambris, et nous le savons toutes les deux. Il y a des choses dans la vie qui valent bien plus qu'on les fixe qu'un tas de jolis cailloux.

Kelli était bien d'accord.

— Êtes-vous ici depuis longtemps ?

— Nous sommes arrivés environ cinq minutes avant vous, je pense. Nous avons roulé depuis l'aéroport de Calgary. Je suis contente que nous soyons arrivés avant la tempête.

L'accent de Diane avait quelque chose de doux qui venait du Sud, et Kelli aurait pu l'écouter parler toute la journée.

— Ça n'a pas été un trajet aussi long pour nous. Silver Stone est à un peu plus d'une heure d'ici. En tout cas en ce moment, quand le col est ouvert. Si cette neige tient, nous devrons faire tout le tour, et passer par Calgary pour rentrer.

Diane frissonna.

— Je vous assure que la neige a failli être rédhibitoire. Je ne sais pas pourquoi ils ont décidé d'organiser ce gala aussi loin dans le nord en janvier. En tout cas, j'ai entendu dire qu'il y a un bon spa où nous pourrons chasser le froid de nos os.

Kelli avait regardé Luke du coin de l'œil. Un homme noir dégingandé d'à peu près l'âge de Luke avait échangé une poignée de main avec lui, et ils s'étaient tapotés dans le dos à la manière de mecs qui se connaissaient.

Mais alors que Diane la menait vers un canapé aux coussins moelleux près du bureau d'inscription, les deux hommes dirigèrent toute leur attention sur la femme derrière le comptoir d'enregistrement.

Il semblait que tout ne se passait pas aussi facilement qu'ils l'espéraient.

Diane lança un coup d'œil dans la même direction, claquant la langue avec inquiétude.

— On dirait qu'il y a un incident de parcours.

Il y avait certainement une dispute. Polie, mais une dispute quand même, avec des expressions très sérieuses de la part de l'employée d'enregistrement.

Jack posa une main sur l'épaule de Luke et le fit se retourner pour faire face à la pièce, ses yeux furetant à la recherche de Diane jusqu'à ce qu'il la repère.

Son sourire s'agrandit. C'était assez époustouflant, la facilité avec laquelle on pouvait lire la joie dans ses yeux. Cette expression n'était pas fausse, *c'était* à cent pour cent de l'amour.

Cela resserra d'un cran quelque chose à l'intérieur de Kelli, comme si on avait enroulé bien serré une corde pour la fourrer dans un petit compartiment.

Une expression un peu égarée envahit sur les yeux de Luke alors que Jack le guidait, mais il laissa apparaître son meilleur sourire et tendit la main pour saluer Diane alors que Jack la lui présentait.

— Luke et moi avons passé un week-end ensemble dans un lieu clos il y a quelques années, lui dit Jack.

Diane leva un sourcil.

— Quelque chose dont tu veux parler en société ?

Kelli renifla avant de passer une main sur sa bouche comme si elle avait été surprise en plein éternuement.

— Excusez-moi. C'est la poussière.

Un petit grognement d'amusement échappa à Jack.

— C'était cette fois où j'ai été piégé par une tempête de neige, si tu te souviens de cette histoire. Et si tu ne t'en souviens pas, nous te la rappellerons plus tard, dit-il en tournant son attention vers Kelli. Et vous êtes la mystérieuse femme dont Luke me parlait.

Il lui prit la main, la retournant pour la lui baiser.

La mâchoire de Kelli s'affaissa. Elle se reprit pour s'exclamer :

— Nom d'une pipe ! Pouvez-vous apprendre à Luke à faire ça ?

Un rire enchanté échappa à Diane.

— Dites-nous, les garçons, pourquoi ces têtes d'enterrement ?

Luke glissa sur le côté, posant sa main doucement sur la hanche de Kelli. La gardant près de lui sans l'attirer trop près.

— Des problèmes avec les réservations de chambres pour le gala.

— Rien que nous ne puissions gérer, dit Jack en agitant la main avant de se tourner vers Diane. Des tuyaux ont éclaté ou un truc comme ça, et pendant quelques jours ils seront à court de chambres. Luke allait se retrouver dans une double quelque part loin de l'action. J'ai dit que ça ne posait pas de problème qu'ils prennent la deuxième moitié de la nôtre. Nous avons une des suites penthouse.

— Bien sûr que ça ne nous dérange pas, confirma Diane en posant une main sur le poignet de Kelli. Il y a largement la place, alors nous ne serons pas dans les pattes les uns des autres, mais quand nous voudrons de la compagnie, nous n'aurons pas à traverser la brousse pour nous retrouver.

Kelli lança un coup d'œil à Luke. Observer son visage ne lui livra aucun indice. Elle présuma qu'il voulait désespérément qu'elle refuse cette offre, mais d'un autre côté, peut-être que c'était un de ces instants où il fallait *tirer avantage de l'occasion.*

Ça l'était certainement pour elle. Passer à la nouvelle étape de son plan serait bien plus facile s'ils étaient forcés de rester proches.

En parlant de ça...

Elle pourrait aussi bien commencer comme elle avait prévu de s'y prendre.

Kelli s'appuya contre lui et glissa la main dans sa poche arrière, ignorant la manière dont il s'était raidi comme si elle l'avait touché avec un aiguillon à bétail.

— C'est vraiment généreux de votre part. Si vous êtes sûrs que nous ne vous dérangerons pas... ?

— Nous ne l'aurions pas proposé si nous n'étions pas sérieux, insista Jack. Si ce plan vous convient, Luke et moi irons le leur dire pour qu'ils puissent nous donner un jeu complet de bracelets et monter vos bagages.

— En attendant, je meurs de faim, signala Diane en attrapant Kelli par la main, l'entraînant vers le restaurant. Ce n'est qu'à deux fuseaux horaires, mais je jurerais que nous avons déjà raté trois repas aujourd'hui.

Kelli lança un coup d'œil par-dessus son épaule. Luke se

tenait encore là, visiblement sous le choc alors que son regard passait de Jack à Kelli.

Elle écarquilla les yeux et plissa les lèvres en un sourire manifestement faux, s'assurant que ni Jack ni Diane ne le remarquent.

Les lèvres de Luke tressaillirent. Puis il haussa les épaules avant de hocher fermement la tête et de lever le pouce. Elle supposait que ça signifiait que, quel que soit le chaos dans lequel ils venaient de s'engouffrer, il le gérerait.

Elle n'eut pas le temps de sentir des papillons se développer parce que Diane la tirait vers les plus merveilleux des arômes.

— J'ai entendu dire qu'ils ont des hamburgers à trois étages, lui confia Diane d'un ton de conspiratrice en guidant Kelli dans un passage latéral où un panonceau discret avait été installé, indiquant « Triple Crown » et rien d'autre.

— Avec ou sans bacon ? demanda Kelli.

Diane lui serra le bras.

— Je peux dire que nous allons bien nous entendre.

La journée avait commencé avec un peu d'énergie nerveuse dans le ventre, mais Luke avait tout sous contrôle. Ça, c'était des heures auparavant, et à chaque minute qui passait, ce contrôle devenait de plus en plus illusoire.

Comment était-ce arrivé ? C'était une bonne chose que Kelli semble avoir dépassé le stade où elle avait envie de lui arracher les tripes, mais il n'était pas sûr de savoir combien de temps cela allait durer, étant donné qu'ils étaient maintenant forcés de partager une chambre.

Il doutait fortement que la suite ait des lits séparés.

Kelli avait été très claire. Elle avait accepté de venir et de jouer le jeu dans cette affaire, mais il aurait parié qu'être forcée de partager un lit allait un peu trop loin.

Ajoutez à cela le fait qu'elle agissait bizarrement... ce qui en réponse le faisait agir comme un lièvre hyperactif. Elle n'avait jamais été aussi tactile avant, et même si le fait qu'elle se rapproche de lui ne dépassait pas les limites car ils « étaient » un couple, cela avait déclenché en lui une réaction dérangeante.

Un frisson de chaleur qui n'était pas complètement inattendu. Luke ne savait pas à quoi l'imputer, mais il savait qu'il devait contrôler ça aussi vite que possible.

Le temps que lui et Jack aient tout réglé avec le bureau d'accueil et qu'ils aient fait monter les bagages, Diane et Kelli avaient déjà commandé pour eux.

Ou plus exactement, Diane avait commandé avec l'approbation de Kelli.

Jack se glissa sur le banc, s'asseyant près de sa petite amie, et posa un bras sur ses épaules.

— Nous y voilà, tout est prêt.

Luke s'installa à côté de Kelli, doutant soudain d'où il devait poser les mains.

— Nous apprécions vraiment, répéta-t-il, mais Jack fit un geste de la main.

— Ça fait quelques années que nous n'avons pas eu l'occasion de bavarder. Et même si je sais que nous avons la semaine devant nous, tu seras occupé à discuter avec tout le monde, dit Jack en serrant l'épaule de Diane tout en la regardant avec affection. Ainsi nous sommes sûrs qu'ils nous accordent un peu d'attention, n'est-ce pas, chérie ?

— Vous voyez ? Nous avons des motivations égoïstes pour notre générosité, avança Diane avec un clin d'œil.

Elle fixa Kelli attentivement de l'autre côté de la table, levant un sourcil au fur et à mesure qu'elle se concentrait.

— Je ne vous ai pas déjà rencontrée ? Parce que vous me semblez familière.

Kelli secoua la tête.

— À moins que vous ne soyez venue à Silver Stone ou au Calgary Stampede, j'en doute. Je ne voyage pas très souvent.

Puis elle brouilla l'esprit de Luke en s'appuyant contre lui alors qu'elle passait les doigts autour de son biceps. Avec elle pelotonnée contre lui encore une fois, ce nœud dans son ventre reprenait de la place.

Elle agissait comme s'ils étaient en couple, et il ne pouvait pas le lui reprocher, mais à chaque fois qu'elle bougeait il était bien trop conscient de sa ferme prise sur son bras et de sa cuisse sous la table qui frôlait la sienne.

Le repas arriva, et la température dans la pièce sembla monter en flèche. Il retira sa veste sans réfléchir, sans se rendre compte que la prochaine fois que Kelli le toucherait, ses doigts frôleraient sa peau nue.

Il lui était difficile de se concentrer sur la conversation, et le seul réel souvenir qu'il garda du déjeuner fut d'avoir admiré la manière dont Kelli avait glissé dans sa zone de confort à l'instant où Diane avait évoqué le sujet des chevaux.

D'une manière ou d'une autre, ils arrivèrent à la fin du repas, passant à la suite sans qu'il ne prenne la moindre décision non plus.

Cette perte de contrôle... ouais, était toujours en cours.

— Le repas m'a rempli l'estomac, mais maintenant j'ai besoin d'une occasion pour faire disparaître ces heures de voyage, dit Jack en lançant un coup d'œil à Diane avec un regard espiègle. Prête à te joindre à moi ?

— Humm, maintenant que tu le dis, ce voyage était plutôt épuisant, dit Diane en glissant la main dans celle de Jack avant de se tourner vers Kelli. Ne vous inquiétez pas. Je vous promets que nous nous tiendrons bien et ne vous mettrons pas mal à l'aise pendant que nous partagerons le même espace.

Jack et Diane étaient à l'évidence très attirés l'un par l'autre. Mais les questions et la conversation étaient restées discrètes et générales durant le repas. De toutes les personnes avec qui ils auraient pu partager une chambre, Jack était le plus fiable possible.

— Allez profiter d'un peu d'intimité, suggéra Kelli. Luke et moi irons nous promener. Nous avons besoin de nous dégourdir les jambes.

— C'est censé être des vacances loin des corvées, lui rappela Diane, mais nous aurons le temps de discuter plus tard. Profitez de votre exploration et de la neige, et j'en profiterai pour examiner la douche avec mon homme.

Le sourire resta fermement sur le visage de Kelli jusqu'à ce que Jack et Diane aient disparu au loin, puis elle attrapa Luke par la main et le tira droit vers les portes extérieures.

Une fois dehors, elle le lâcha, marchant dans une vaste esplanade bordée d'épicéas enveloppés de lumières blanches clignotantes. Le paysage aux alentours était un mélange de jardins et de ce qui serait des prés en fin d'été, désormais couverts d'une magnifique couche de neige d'un blanc immaculé.

— Ralentis, ordonna Luke.

— Pas assez discret pour mes besoins.

Cela semblait inquiétant. Il choisit d'esquiver.

— Le déjeuner s'est bien passé.

Ils avaient rejoint une zone aménagée en patinoire. D'un côté, un mur de glace s'élevait assez haut pour servir de coupe-vent. Kelli s'arrêta derrière et Luke la suivit.

Ce n'était pas simplement un mur, il y en avait trois, agencés en rectangle ouvert pour former un jardin imaginaire, avec des statues de glace sur des piédestaux sculptés sur tout le pourtour. L'effet était stupéfiant, alors que les derniers rayons du soleil brillaient sur la montagne proche et illuminaient le mur de glace à l'ouest. De petites alcôves étaient placées le long du côté est, avec de duveteuses couvertures drapées sur les places assises.

Au milieu de l'espace se trouvait un brasero pour se

réchauffer les mains et les orteils…

… Puis il ne vit plus rien parce que Kelli lui avait agrippé le visage et le tournait avec détermination vers elle.

— Il faut qu'on parle.

De nouveau, des flammes dansaient dans ses yeux, et étant donné la corde raide sur laquelle il s'était placé avec tout cet événement désastreux, Luke hésita à tirer des conclusions hâtives concernant le sujet dont elle voulait parler.

— D'accord.

— Nous partageons une chambre.

Elle déglutit péniblement.

Avant qu'elle ne puisse continuer, Luke se pressa de la rassurer.

— Je suis désolé, mais j'étais en train de faire de mon mieux pour trouver un moyen d'éviter une telle promiscuité quand Jack s'est pointé, et une chose en entraînant une autre…

Au lieu de s'indigner et de l'incendier, elle roula des yeux.

— Tu as deux oreilles et une seule bouche. Tais-toi et écoute.

— J'écoute.

Même s'il pensait que s'excuser était la chose la plus importante.

Elle le poussa en arrière, et il fut forcé de bouger pour ne pas tomber. Ses pieds touchèrent le bord d'un siège et il trébucha dans une alcôve. Mais un peu plus d'intimité était probablement une bonne chose, alors qu'un autre couple arrivait dans l'espace, bras dessus bras dessous.

Kelli se rapprocha. Elle affichait de nouveau cette expression déterminée qu'il connaissait trop bien.

— Nous n'allons pas revenir sur la discussion que nous avons eue sur la route en venant ici. Tu as compris ça ? Nous avons accepté d'être seulement nous-mêmes… toi, simplement Luke, et moi, simplement Kelli. Tous les deux, des adultes qui représentent Silver Stone. Exact ?

— C'est ça.

Une immense sensation de soulagement traversa Luke. Kelli était tellement incroyable bien qu'il ait été stupide !

— Des adultes. Qui ne sont pas de la même famille sous quelque forme que ce soit, ce qui signifie qu'il n'y a aucun problème pour que nous partagions une chambre.

La tension s'accumulait en lui bien trop rapidement. En l'espace d'une seconde, il se retrouva sur un grand huit émotionnel. Il se dépêcha de la rassurer.

— Mais rien ne se passera. Juste parce que nous devons partager une chambre...

— Et si moi je voulais que quelque chose se passe ?

Kelli baissa la voix et se pencha alors qu'elle parlait, son visage à quelques centimètres de celui de Luke. Les yeux fixés sur lui pour qu'il lui soit impossible d'ignorer à quel point elle était sérieuse.

Seulement, le cerveau de Luke était embrouillé, et rien ne semblait fonctionner correctement.

— *Qu... quoi ?*

Le regard de Kelli tomba sur ses lèvres, dériva sur son corps avant de remonter pour croiser de nouveau le sien avec courage.

— Je te donne le feu vert, Luke. Bon sang, je suis en train de te dire que s'il ne se passe rien entre nous, je serai déçue. Mais tout comme tu aurais dû me parler et ne pas me balancer cette histoire de *conjointe* à la dernière minute, je me suis rendu compte que je ne pouvais pas débarquer et exiger que nous couchions ensemble.

Elle avait posé les mains sur les épaules de Luke, et la légère pression était la seule chose qui l'empêchait de tomber.

— Attends. Tu dis que... ?

Kelli ne lui offrit pas d'autre explication. Ses lèvres étaient plissées en un sourire à la fois narquois et sérieux. Elle haussa un sourcil alors qu'elle attendait qu'il saisisse.

Oh, il avait entendu chaque mot, mais il avait du mal à traiter les données. Jusqu'à ce jour-là, il avait mis tellement de temps et d'énergie à s'assurer qu'il ne pensait pas à elle comme à une femme que passer outre revenait à soulever un camion entier.

— Tu veux dormir avec moi.

Il avait chuchoté ces mots, et semblait bien trop choqué, telle une pucelle du début du siècle dernier.

— Je suppose qu'à un certain moment ça impliquera de dormir, mais je te parle de sexe.

Elle se redressa, avec son expression légèrement gênée, mais était surtout déterminée.

— J'avais prévu de te séduire, mais à l'évidence je n'ai aucun talent. Et exiger du sexe serait déplacé, parce que je ne veux pas que tu penses que nous *devons* fricoter. Si tu n'es pas attiré par moi, je ne vais pas me mettre en colère. Je sais que je ne suis pas la plus féminine...

— Bon sang.

Il l'attrapa par la main et l'attira, pivotant pour qu'elle finisse sur le siège à côté de lui.

La surprise face à ce geste stoppa ses divagations, ce qui était une bonne chose. Si elle avait continué de parler, son cerveau aurait été encore plus encombré, et il ne restait déjà plus de place entre ses oreilles.

— Tu as deux oreilles et une seule bouche, répéta-t-il.

— Je dois me taire ? demanda-t-elle avec raideur.

Il hocha la tête, inspira profondément et l'examina de près.

Elle ne le faisait pas marcher, ce qui signifiait que, quelque part au cours des dernières minutes, il était entré dans la quatrième dimension. Ce qui expliquait pourquoi la première chose qui lui tournait dans la tête n'ait rien à voir avec la bombe complexe qu'elle lui avait balancée.

— Pourquoi est-ce que tu te rabaisses ? demanda-t-il.

Kelli pencha la tête sur le côté.

— « Pas la plus féminine »... ? C'est un ramassis de bêtises, ça. Qu'est-ce que ça veut seulement dire ?

Les sourcils de Kelli s'envolèrent.

— Ça veut dire que je suis au ranch depuis longtemps, et que tu ne m'as jamais regardée comme si j'étais une femme. Et je comprends que le fait qu'on travaille ensemble en est en partie responsable. Mais juste parce que je craque sur toi depuis toujours, ça ne signifie pas que tu ressentes la même chose. Et ce n'est pas grave.

Heureusement qu'il était assis, sinon il serait tombé à la renverse.

Un ricanement s'échappa alors qu'elle ajustait sa position sur la lourde couverture, remontant les jambes en se rapprochant légèrement.

— Ton visage est hilarant, en ce moment.

— Tu me perturbes, avoua-t-il.

— Je me sens un peu grisée, rétorqua-t-elle. Je ne suis pas saoule, mais je pourrais aussi bien l'être étant donné que je crache le morceau que j'ai retenu pendant si longtemps.

Luke secoua la tête.

— Je n'en avais aucune idée.

— C'était tout l'intérêt, l'informa Kelli. Et honnêtement, la seule raison pour laquelle je te dis ça, c'est que si c'est une chose que tu veux aussi, ce serait plutôt un super moment d'avoir une petite aventure. Tu sais, s'il y a de l'alchimie. Mais il n'y a pas de mal s'il n'y en a pas.

Luke commençait à capter les mots, mais à l'intérieur, il était encore sens dessus dessous.

— Je ne peux pas...

— Et ne crois pas que tu dois me sauter dessus maintenant, ou me dire non. C'est juste que... tu as le feu vert, c'est tout ce que je dis. Si rien de plus n'en ressort, je te promets que tu n'en entendras plus jamais parler.

— Je...

— Et si quelque chose se passe *bien*, je ne m'attends pas à ce que ça dure au-delà du gala. Nous rentrons à la maison, c'est terminé et ce ne sera jamais mentionné.

Luke hocha la tête parce que Kelli continuait de parler, et de toute façon, à ce moment-là, il aurait vraiment été incapable de sortir un mot, mais ça lui semblait plus poli de lui montrer qu'il comprenait à peu près.

— Il y a seulement une chose qui n'est pas négociable.

Elle se tourna, bondissant à moitié du siège.

Instinctivement, Luke ouvrit les bras pour attraper Kelli et quand l'instant d'émotion fut passé, elle se retrouva assise sur ses cuisses, les bras entourant ses épaules.

Face à face.

Ce fut au tour de Luke de déglutir péniblement.

Elle fixa de nouveau ses lèvres.

— Si nous sommes censés être un couple, tu ne peux pas reculer brusquement à chaque fois que je te touche. Tout comme je ne peux pas réagir comme si c'était la première fois que tu me touchais. Je sais que c'est un peu en dehors de ta zone de confort, alors nous ferions mieux de nous entraîner, lui expliqua Kelli.

Qu'elle soit assise sur ses cuisses, à le fixer avec attention, avait un effet dément sur son corps. Luke était conscient que Kelli était une femme, mais il avait délibérément fait en sorte de ne pas penser à elle sexuellement jusqu'à maintenant.

En recevant le feu vert... c'était stupide comme certaines parties de son cerveau avaient changé de direction presque instantanément. Celles-ci étant plus basées sur l'instinct animal.

Qu'elle soit assise sur ses cuisses à ce moment-là était complètement différent de l'autre fois, quand il l'avait serrée dans ses bras, la réconfortant. Non, sentir son léger poids reposer contre son corps faisait rugir une sensation très différente en lui.

— Tu as raison, répondit Luke.

Bon sang, c'était sa voix ? Bien trop grave et chargée de désir.

Kelli lui retira son chapeau de cow-boy, passant les doigts avec précaution dans ses cheveux, et un frisson descendit le long de la colonne vertébrale de Luke. Une seconde auparavant, il avait un énorme nœud dans la gorge, désormais sa bouche était sèche, et alors qu'elle glissait un doigt sur le côté de son cou vers le bouton du haut de sa chemise, la chaleur l'enflamma.

Choquante par son intensité. Dévastatrice dans la vitesse de son arrivée.

— Je vais t'embrasser, l'avertit-elle.

Il aurait dû la dissuader. Dû l'arrêter, faire faire demi-tour à ce train avant qu'ils ne perdent le contrôle, mais le trajet avait déjà été choisi.

— Dis-moi non, chuchota Kelli. Ou dis-moi oui. Ça dépend de toi.

Son cœur martelait, et la chaleur qui se rassemblait dans son ventre n'avait rien à voir avec la nécessité d'épater des gens ou de faire en sorte que Silver Stone fasse bonne impression. Cela avait tout à voir avec le fait qu'il était soudain, incroyablement conscient de la femme qu'il tenait dans ses bras. Cette femme forte, sûre d'elle et *désirable* avec qui il n'avait jamais pensé être, et pourtant elle était là.

Une femme qui lui avait clairement dit qu'elle avait envie de lui, sans attentes. Pas d'exigences, pas de conséquence. Juste du désir.

Il n'était toujours pas sûr de savoir où ce train allait, mais il était impossible qu'il puisse stopper cette partie du voyage.

Luke se pencha et glissa les mains autour du corps de Kelli alors que leurs lèvres se joignaient.

8

Cela arrivait vraiment. Elle était assise sur les cuisses de Luke, à l'embrasser.

À être embrassée, parce qu'alors même qu'elle se penchait pour unir leurs lèvres, il était clair que Luke avait fait son choix.

Ce n'était pas un homme assis passivement pendant qu'elle déposait des baisers hésitants sur ses lèvres. Ce qui l'avait inquiétée au début, et à un moment, quand elle serait seule, elle et sa confiance en elle allaient avoir une discussion sérieuse parce que l'aveu « peut-être que tu ne veux pas de moi, mais je vais te dire que je bave sur toi depuis des années » avait été un peu exagéré pour quelqu'un qui avait l'habitude de garder son calme.

Cela n'avait pas été cool du tout. Pas charmeur ni séducteur.

Non, ça avait été honnête, ce qui était en gros ce que la tête et le cœur de Kelli choisissaient par défaut. Alors qu'il en soit ainsi. Tout comme lorsqu'elle avait refusé de parler à Luke de la situation qui l'avait amenée à aider Ryan, ça n'avait pas été un mensonge. Elle était simplement restée silencieuse.

Il semblait qu'elle avait deux options : réprimer ses émotions ou les laisser jaillir.

Mais ça ne semblait pas lui avoir fait de mal jusque-là.

Puis elle ne pensa plus parce que leur douce exploration s'échauffait. Les mains de Luke tombèrent sur ses hanches, glissant sur ses cuisses lentement alors que leurs bouches s'exploraient. Leurs lèvres se caressaient, leurs dents mordillaient. Le lien était encore délicat, mais au lieu d'une unique goutte lente qui tombait d'un robinet, on sentait la pression monter.

Kelli avait glissé les mains dans les cheveux de Luke, les caressant et jouant avec, les mèches douces taquinant ses paumes. Avec son pouce, Luke allait et venait juste au-dessus du genou de Kelli, et son autre main remonta lentement le long de sa colonne vertébrale jusqu'à ce qu'il l'enroule autour de la base de sa natte. Il tira légèrement dessus pour séparer leurs lèvres.

Luke jura doucement, la regardant dans les yeux une fraction de seconde avant que ses lèvres ne retournent sur sa peau, frôlant sa joue, se posant au-dessous de son oreille.

Un frisson s'empara de Kelli, secouant tout son corps dans une douce torture. La chaleur brûla entre ses cuisses, et elle pressa les mains sur les épaules de Luke pour pouvoir changer de position.

Elle avait eu l'intention de se rasseoir pour chevaucher ses cuisses, seulement, à cette seconde précise, une toux polie mais ferme résonna derrière eux, et Luke bougea brusquement dans la mauvaise direction. Kelli était déjà en mouvement, incapable d'empêcher le contact ferme entre son genou et son aine.

Luke émit un bruit de détresse étouffé, puis bien qu'elle vienne de lui donner un coup de genou dans les noisettes, il se leva maladroitement, entraînant Kelli avec lui, et quand il la guida pour qu'elle se tienne à demi devant son corps, elle obéit volontiers.

Elle était particulièrement reconnaissante que l'anatomie

féminine, bien qu'agaçante par certains aspects, n'annonce pas l'excitation aussi vigoureusement ou visuellement que les hommes. Sauf les mamelons, et c'était pour ça que les soutiens-gorges rembourrés existaient.

— Pardon de vous interrompre.

Le gentleman plus âgé était essentiellement sérieux, mais l'amusement dansait dans ses yeux. Il était impossible qu'il n'ait pas remarqué qu'ils se bécotaient.

— Il me semblait vous avoir reconnu dans le restaurant tout à l'heure. Quelqu'un a suggéré que je pourrais vous trouver ici.

Luke tendit la main, la passant à côté de l'épaule de Kelli.

— Luke Stone.

— Timothy Carlyn, répondit l'autre homme.

Nom d'un petit chat dans le pot à lait. C'était un nom qu'elle avait entendu mentionné dans certains cercles importants. Kelli tendit aussi la main.

— Kelli James. C'est un immense honneur de vous rencontrer, monsieur Carlyn.

— De même. Je présume que vous êtes là pour le Triple Crown Gala ?

Kelli hocha la tête.

— Nous représentons le ranch Silver Stone. Vous avez probablement déjà rencontré Luke au Calgary Stampede.

— Je ne sais pas si j'ai eu ce plaisir, mais je suis sûr que nous aurons le temps de parler dans les prochains jours.

Son regard était de retour sur le visage de Kelli, et elle se demanda soudain si elle avait de la poussière dessus, ou un reste du déjeuner.

Luke avait également remarqué son intense observation, et il posa la main sur l'épaule de Kelli d'un geste protecteur.

— Y a-t-il autre chose dont vous ayez besoin, monsieur ?

Timothy Carlyn sembla cligner des yeux de surprise puis sourit. Une trace de distraction restait visible alors qu'il secouait la tête.

— Non, non. Je voulais simplement être poli et me présenter. Je vous verrai ce soir.

— Avec plaisir, dit Luke alors même que son bras glissait davantage autour de Kelli, protecteur et possessif à la fois.

L'homme plus âgé plaça les mains derrière le dos et leva les yeux vers le ciel alors qu'il s'éloignait, un doux sifflotement dérivant vers eux.

À l'intérieur, Kelli vibrait encore, et quand Luke grogna et se rassit lentement, elle se retourna brusquement...

— Attention, l'avertit Luke, la main tendue d'un air protecteur.

— Mince. Je suis vraiment désolée, dit-elle en lançant un coup d'œil vers la sortie, mais M. Carlyn avait disparu. De quoi s'agissait-il ?

— Je n'en suis pas sûr, mais s'il te regarde de nouveau comme ça, je vais lui passer un sérieux savon.

Cette étrange sensation à l'arrière du cou de Kelli passa de l'inquiétude au plaisir.

— Des milliardaires excentriques qui dirigent des haras de classe mondiale dans le Kentucky ont probablement l'habitude de fixer du regard qui ils veulent. Ignore-le. Merci pour mon baiser.

Les yeux de Luke étincelèrent avant qu'il ne grimace, plissant les lèvres en un sourire sarcastique.

— Ça n'aurait pas dû arriver.

Oh non, il n'allait pas faire ça.

— Ne commence pas, ordonna-t-elle. Ce n'est pas comme si je t'avais forcé la main pour que tu m'embrasses, alors continuons comme nous avons commencé.

— Je comprends. Je t'entends, insista Luke.

Il écarta les genoux, faisant une grimace en bougeant, mais il attrapa Kelli par la main et l'attira pour qu'elle se place entre ses jambes. Quand il passa un doigt sur sa joue, Kelli eut envie de la frotter dessus.

Un feu follet virevoltait dans son ventre.

— Je ne veux pas te faire de mal, dit Luke. Tu es quelqu'un de spécial, Kelli. Je ne vais pas coucher avec toi juste pour assouvir un besoin. Peu importe que tu me dises que ça te convient.

— C'est ce que je veux, signala-t-elle.

— C'est ce que tu dis, mais ce n'est pas juste toi et moi qui agissons dans notre coin. Il y a un tas de gens à Silver Stone qui seraient prêts à me ligoter et à laisser les chèvres me dévorer si je te traite mal.

Elle avait déjà pensé à cette excuse.

— Nous sommes des adultes, et aux dernières nouvelles, aucun de nous deux ne vit sa vie en fonction des décisions des autres. Pendant la durée de notre séjour ici, ça ne me poserait vraiment pas de problème que nous ayons une aventure brûlante.

Il secouait la tête. La caressant toujours, mais avec de la tristesse sur le visage.

— Je ne vais pas mentir et dire que je n'ai pas apprécié de t'embrasser. Je pense que c'était assez clair que je te trouve attirante, mais à partir de maintenant, nous ne ferons rien. Rien d'autre, je veux dire.

Kelli haussa les épaules. Si c'était vrai, elle l'accepterait, mais en attendant, la taquinerie était requise.

— Continue à te dire ça si ça t'aide à te sentir mieux.

Luke laissa échapper un rire, et il lui tapota fermement la joue comme s'il repoussait un des chevaux.

— Allons. Nous devrions déballer nos affaires et trouver ce que nous allons faire cet après-midi et ce soir.

— Nous allons impressionner les gens, ça nous le savons déjà, dit Kelli alors qu'elle reculait pour qu'il puisse se lever.

Elle le lâcha un peu et détourna les yeux alors qu'il réajustait prudemment son pantalon... les noisettes d'un mec devaient être plus qu'embarrassantes

Mais elle fut implacable alors qu'ils retournaient vers l'hôtel. Elle glissa les doigts entre les siens, levant ostensiblement un sourcil quand il fut sur le point de retirer brusquement sa main.

Puis, bon sang, il ajusta sa prise dans une position plus confortable pour leurs mains, tenant celle de Kelli fermement et juste comme il le fallait, alors qu'ils retournaient vers le superbe monstre qui servirait de foyer pour les cinq jours et nuits suivants.

Luke Stone était tombé dans le terrier du lapin et il n'y avait pas d'issue.

Alors qu'ils rentraient dans l'hôtel, Kelli le contemplait de nouveau, observant avec émerveillement au lieu de regarder où elle mettait les pieds. Luke était content de lui tenir la main. C'était plus facile pour lui de l'entraîner à travers la salle vers les ascenseurs vitrés qui menaient aux suites de la tour.

Elle continua à étirer le cou, regardant partout, chuchotant discrètement alors qu'elle relevait des ornements qui la faisaient sourire.

Luke se concentra sur le miroir devant eux, regardant fixement Kelli comme si c'était la première fois qu'il la voyait vraiment.

Elle était petite, comparée à lui, et pourtant c'était une boule d'énergie quand elle faisait volte-face, lui lançant un sourire avant de rester bouche bée devant une gravure affichée sur la desserte. Quelques mèches de cheveux s'étaient échappées de sa natte, descendant sur ses joues.

Durant les quelques instants avant que les portes de l'ascenseur ne s'ouvrent, Luke s'autorisa à baisser les yeux pour observer ouvertement le renflement de ses seins, l'endroit où sa taille s'incurvait, et l'évasement de ses hanches... il n'y avait pas grand-chose à voir, tant elle était menue, sauf au niveau de la poitrine.

Son image disparut alors que les portes s'ouvraient, et Kelli l'entraîna derrière elle, appuyant sur le numéro de l'étage.

L'embrasser avait été une révélation.

Sa réaction excessive découlait peut-être en partie du fait qu'il était officiellement seul depuis la fin de l'été. La relation entre Penny et lui avait fonctionné de telle manière que la dernière fois qu'il avait couché avec quelqu'un remontait à juillet, mais il ne pensait pas que c'était simplement son corps qui avait très envie d'une femme après une longue traversée du désert.

Kelli était sucrée et épicée en même temps. Comme la discussion que Josiah et lui avaient eue concernant les ailes de poulet, et le pire c'était que Luke était prêt à ouvrir la bouche et à partager ses pensées parce qu'il savait que Kelli prendrait plaisir à la comparaison.

Il était fichu. Il l'aimait bien. Ça avait toujours été le cas, mais il y avait toujours eu cette barrière qui disait « pas touche et laisse-la tranquille ». Kelli avait minutieusement réduit tout ça en miettes par sa requête et son offre directes.

Seulement, elle n'avait bien pas réfléchi. Pas plus qu'il ne l'avait fait quand il avait pris cette décision absurde et les avait placés dans cette situation.

Elle a dit qu'elle craquait sur moi depuis toujours.

L'ascenseur les déposa au dernier étage. Luke ne savait pas s'il pourrait s'empêcher d'avancer dans le couloir en plastronnant comme un coq.

Ils s'arrêtèrent devant la porte en bois finement sculptée menant à leur chambre pour la semaine à venir. Kelli lui adressa un grand sourire.

— Ça va être amusant.

— Divertissant, quoi qu'il arrive, dit-il d'une voix traînante.

Il plaça son bracelet contre la serrure et elle bourdonna

légèrement, se déclenchant. Il ouvrit la porte, la tenant pour que Kelli puisse entrer avant lui.

L'immense espace était aménagé de façon recherchée et pourtant confortable en même temps. La pièce formait un large triangle et en face d'eux des baies vitrées faisaient face aux montagnes Rocheuses. À l'extérieur de l'hôtel, des sommets couverts de neige pointaient vers le ciel, suffisamment près pour pouvoir pratiquement les toucher, mais à l'intérieur tout n'était que chaleur et luxe.

Une cheminée au gaz trônait telle la pièce maîtresse dans la suite. Placé contre le mur entre les fenêtres massives de chaque côté, le grand tuyau noir du poêle s'introduisait dans le plafond mansardé. Trois canapés étaient placés en demi-cercle face au panorama, et il y avait d'épais tapis doux sous leurs pieds et de magnifiques tapisseries aux murs.

Les doigts de Kelli glissèrent entre les siens, mais cette fois ça ne donnait pas l'impression qu'elle essayait de marquer un point. Mais plutôt qu'elle s'ancrait au sol.

— Nom d'une pipe, lâcha Kelli.

— Ouais, on ne va pas être mal.

Luke lui serra les doigts puis se retourna pour observer le reste de la pièce. Il retira son manteau et le pendit sur un des crochets en fer forgé alignés contre un mur. Il y avait de l'espace pour leurs bottes en dessous, même s'il surprit Kelli à plisser le nez alors qu'elle plaçait les siennes, usées mais bien cirées, à côté de celles de Diane, en cuir brillant qui montaient jusqu'au genou.

Puis elle haussa les épaules, le distrayant par son sourire éclatant.

— Viens. Je veux voir notre chambre.

Elle tourna les talons, et il lui emboîta le pas.

— Comment sais-tu où tu dois aller ? la taquina-t-il. Il y a deux portes identiques dans chaque coin de cette pièce.

Kelli pointa du doigt l'autre côté alors qu'elle tournait la poignée et s'appuyait d'une hanche contre la lourde porte.

— Il y a une chaussette sur celle-là.

Luke renifla moqueusement alors qu'il repérait ce dont elle parlait. Effectivement, Jack avait placé une simple chaussette blanche sur la poignée menant à leur chambre.

Un autre indice… derrière leur porte, des bagages bleu et blanc impeccables étaient alignés au pied d'un lit *king size*.

Kelli se dirigeait déjà vers la porte du mur opposé.

— Dis-moi qu'il y a une baignoire là-dedans avec une vue…

Elle entrouvrit la porte puis le regarda par-dessus son épaule, souriant d'une oreille à l'autre.

— Je m'excuse maintenant, mais je pourrais ne jamais en ressortir.

Il se pencha par-dessus son épaule.

— Bon sang, est-ce qu'ils pourraient utiliser plus de chrome et de carrelage ?

— Tu dois installer une douche comme ça dans ta maison.

Kelli l'attira plus loin, pointant du doigt un monstre vitré avec trois pommes de douche rondes directement au-dessus.

— Ce sera comme se tenir sous un déluge, dit-elle.

Son excitation était suffisante pour le distraire de tout ce dont il avait à s'inquiéter.

— Vérifions le programme pour savoir quand nous devrons nous rendre quelque part, puis tu pourras avoir le champ libre ici.

Elle se redressa soudain, lui lançant un coup d'œil avec un sourire espiègle.

— Ça ne me dérange pas de la partager, proposa-t-elle.

— Je vais déballer.

C'était plus sûr d'ignorer ses invitations que de continuer à les refuser.

Effectivement, un instant plus tard Kelli était sur ses talons, toujours souriante, mais elle avait laissé tomber le sujet.

— Quelle valise est la mienne ?

— Pas sûr.

Il défit la fermeture Éclair de la première et ouvrit la valise.

Il la referma d'un coup sec une seconde plus tard.

Il la poussa sur le côté et pointa l'autre.

— C'est celle-là la tienne.

Kelli croisa les bras sur la poitrine, son visage amusé.

— Timide à l'idée de me laisser voir tes sous-vêtements ?

— Déballe tes affaires, ordonna-t-il.

Sans un mot de plus, Luke ramassa sa valise et la porta dans la salle de bains, verrouillant la porte derrière lui pour s'assurer que Kelli ne le suivrait pas.

Il y avait assez de place pour poser la valise sur le meuble de toilette, et il l'ouvrit prudemment. Costume, chaussures, pantalons... tout ça était plié et rangé soigneusement à l'intérieur, mais rien n'expliquait la boîte de préservatifs nichée au-dessus du reste, bien maintenue en place sous les sangles élastiques.

Il sortit son téléphone et appuya sur le numéro de sa belle-sœur.

— Allô. Ici Lisa Coleman.

Luke avait pensé que ce serait elle qui répondrait au téléphone de Tamara. C'était une bonne chose, car c'était sur Lisa qu'il voulait crier. Ce devait être sa faute. Il était impossible que Tamara lui fasse un coup pareil, ni aucun de ses frères non plus.

— C'est quoi ce bazar, Lisa ?

Elle eut l'audace de se mettre à rire.

— D'accord. As-tu fait bon voyage ?

— Oui. Nous sommes bien arrivés, et nous nous sommes fait enregistrer, et tout se passe bien. Maintenant réponds à ma fichue question. À quoi est-ce que tu pensais, bon sang ?

— Tu n'as pas aimé ma technique pour faire les bagages ? demanda-t-elle en claquant la langue. Détends-toi. Je ne voulais rien insinuer de plus si ce n'est que tu es parti avec une certaine jeune femme devenue importante pour moi en très peu de temps. Et si par hasard, une chose en entraînait une autre, je ne voulais pas que vous fassiez une erreur stupide en vous arrêtant parce que vous n'aviez pas de matos avec vous, ou pire, que vous fassiez une erreur stupide en allant jusqu'au bout. Maintenant tu es couvert, si tu veux bien excuser le jeu de mots.

Luke regarda la boîte. Grande taille, paquet bonus. Il tint sa langue sur ce choix, toujours pas content.

— Je n'apprécie pas que tu mettes le nez dans mes affaires.

— Si tu n'en as pas besoin, peu importe. Autrement, considère que c'est un cadeau d'anniversaire en avance. Je dois y aller. Les filles vont rentrer à tout instant. Amuse-toi bien.

Elle raccrocha avant qu'il n'ait eu le temps de grogner de frustration.

Il prit la boîte et la fourra dans le tiroir du bas sous le lavabo, la recouvrant d'un gant. Avec un peu de chance, Kelli ne regarderait pas dans ce tiroir, et si elle le faisait, dans le meilleur des cas, elle penserait que ça faisait partie des fournitures standard offertes par l'hôtel.

Luke posa sa trousse à raser et ses affaires de toilette sur le meuble, ramassa la valise et retourna dans la chambre.

Kelli avait mis des écouteurs et dansait tout en déballant ses affaires, balançant les hanches alors qu'elle plaçait des vêtements dans les tiroirs de l'autre côté de la pièce.

Il fit de même, se faufilant à côté d'elle pour se diriger vers la penderie et accrocher le costume et les vestes que Josiah lui avait prêtés. Rangeant le tout avec une intense concentration en guise de tentative pour ignorer l'énorme lit au milieu de la pièce, ce qui était très difficile étant donné sa taille.

Voilà de quoi le rassurer, supposa-t-il. Davantage de place pour rester loin de Kelli sur un California king. Pas qu'elle prendrait beaucoup de place.

Il plaça le reste de ses chemises et ses sous-vêtements dans la commode de son côté du lit...

Seigneur, il avait un côté du lit.

Il s'arrêta brusquement quand quelque chose de chatoyant et rose glissa entre ses mains, pendant sur son bras.

— Bon sang, Lisa.

Il avait dû le dire trop fort, parce que Kelli s'arrêta de danser, retira un écouteur alors qu'elle s'approchait.

— Alors c'est donc là qu'il était.

Elle lui attrapa la main et glissa la bretelle de soutien-gorge sur le poignet de Luke puis sur son propre bras.

— Joli, n'est-ce pas ?

La seule raison pour laquelle il ne fourra pas ses doigts dans ses oreilles tint à ce qu'il restait figé à la vue du soutien-gorge... et est-ce que cela ne prouvait pas qu'il n'était rien d'autre qu'un adolescent, paralysé par les sous-vêtements d'une femme ?

— Je suppose.

Elle leva les yeux pour croiser les siens, et la femme vulnérable qui avait insinué qu'elle n'était pas « féminine » était de retour.

— Puis-je te dire un secret ?

Il attendit, restant muet.

Kelli passa ses doigts sur le tissu doux du bonnet. Son attention dériva sur le textile alors qu'elle parlait doucement.

— J'ai dit à mes amies que je n'avais jamais eu quelque chose de chic comme ça. Je pensais en quelque sorte que les femmes qui portaient des trucs de ce genre étaient folles de gaspiller tant d'argent. Mais tu sais quoi ? J'ai essayé un ensemble l'autre jour, et je pense que je suis accro. C'était tellement confortable !

Ça n'était pas possible. Il ne se tenait pas vraiment là, à côté de Kelli James, à l'écouter parler de sous-vêtements alors qu'elle caressait le fini satiné.

Si, c'était possible. Il était bien trop facile pour son cerveau de passer à l'étape suivante, qui était d'imaginer les renflements de ses seins derrière ce doux tissu. Et les mains caressant le textile étaient les siennes, et le pire était qu'il avait une très grande imagination.

Ce qui l'acheva ? C'était que s'il le voulait, il pouvait parfaitement admirer la réalité. Kelli serait plus que volontaire pour faire le mannequin s'il le demandait.

Elle releva les yeux, et cette envie de la protéger qu'il avait ressentie dans le jardin glacé réapparut. Elle le rendait peut-être dingue, mais elle le faisait en prenant un risque. Il y avait de l'inquiétude dans ses yeux, et bon sang, il voulait effacer ses peurs.

Mais il serait fichu s'il acceptait ce qu'elle lui proposait…

L'amitié de longue date entre eux l'emporta, le forçant à lui offrir des paroles rassurantes.

— Il n'y a rien de mal à aimer les jolies choses.

Le sourire de Kelli illumina la pièce, et quelque chose dans les tripes de Luke se retourna. Il y avait tellement de vécu entre eux, et il tenait vraiment à elle, mais au bout du compte, une nouvelle porte s'était ouverte, et maintenant il était temps de décider s'il allait la franchir ou non.

Il ne savait toujours pas ce qu'il ferait au sujet de son feu vert, mais il était sûr d'une chose.

La voir afficher une expression joyeuse comme celle qu'elle venait d'avoir pouvait être addictif.

9

Alors que Kelli enfilait la plus confortable de ses tenues habillées-décontractées, elle se réprimanda.

Elle avait hésité à se déshabiller devant lui. Pendant qu'elle tergiversait, Luke avait attrapé ce dont il avait besoin et s'était réfugié dans la salle de bains.

Trouillarde.

Le temps que Luke revienne, elle était également prête. Il avait dû coller sa tête sous le robinet, parce que ses cheveux étaient d'une teinte plus foncée à cause de l'humidité qui s'attardait, et il les coiffa avec les doigts alors qu'il regardait dans le miroir sur l'étagère de la commode.

— Tu as raté un endroit.

Du doigt, Kelli lui fit signe de s'approcher.

À sa grande surprise, il se déplaça comme demandé, et elle passa une main à l'arrière de sa tête, tapotant les mèches rebelles qui étaient restées dressées.

C'était trop tentant pour résister. Elle la passa une seconde fois, jouant avec une boucle à la base de son cou avant de retirer la main.

Luke lui rendit son regard alors que sa respiration devenait légèrement plus rauque. Ses yeux étaient... captivants.

Il se redressa brusquement et se racla la gorge.

— Nous devrions voir si nos hôtes sont prêts pour aller discuter avec les gens.

Kelli hocha la tête et passa devant lui pour retourner dans la salle de séjour. Il lui fallut un instant pour retrouver l'équilibre. Le paysage par la fenêtre était presque aussi captivant que les yeux de Luke. Presque, mais pas tout à fait.

Malgré tout, elle se retrouva à traverser vivement la pièce vers la fenêtre pour fixer l'étendue sauvage majestueuse.

Le paysage était incroyable. Des pins séculaires montaient presque aussi haut que les fenêtres du troisième étage, où elle se tenait. De la neige en équilibre sur leurs branches après la tempête de l'après-midi créait une carte de Noël digne d'une photo avec une légère couche de vert et d'argent que l'éclairage de l'hôtel illuminait à travers les couches duveteuses.

Luke s'avança derrière elle.

— C'est un miracle à chaque fois que je peux voir la nature dans toute sa gloire comme ça.

— C'est encore mieux parce que nous n'avons pas à aller chercher du bétail disparu, murmura Kelli. La chaleur, *humm*.

— Fais-moi confiance, j'apprécie ça aussi.

En riant, il passa un bras autour de ses épaules à la manière du « brave gars ».

Elle en tira totalement profit et se pelotonna plus étroitement, se collant contre lui. Luke se raidit, et elle envisageait de reculer, quand il soupira, se détendit et se tourna vers elle.

Ses traits familiers restèrent immobiles un instant, puis il sourit. Pas le grand sourire optimiste qu'elle adorait, mais celui qu'il faisait quand il était heureux parce que quelque chose de spécial s'était produit. Comme la naissance d'un poulain, ou la fois où elle l'avait traîné dans les champs pour lui montrer les premiers crocus du printemps qu'elle avait découverts, pointant leurs têtes bien trop tôt au mois de février.

Il glissa les doigts sous le menton de Kelli.

— Tu es bougrement compliquée, Kelli James. Mais je suppose que ce qui est compliqué me plaît.

Luke lui inclina la tête et se pencha vers elle, le plus léger frôlement de ses lèvres sur les siennes étourdissant ses sens.

Quelque chose avait changé. Entre le moment où ils avaient déballé leurs affaires et celui où ils s'étaient approchés de la fenêtre, quelque chose en Luke semblait s'être adouci. Elle ne voulait pas trop réfléchir à ce que cela pourrait vouloir dire en dehors du fait qu'il l'embrassait.

Doux mais insistant. Rien d'autre que ses doigts sous son menton, sa bouche contre la sienne, mais leurs corps tout entiers auraient pu être nus et pressés l'un contre l'autre, tant elle était excitée.

Il lécha sa lèvre supérieure, et elle hoqueta. La seconde suivante, il avait tiré profit de l'occasion pour taquiner sa langue de la sienne. Reculant avant qu'elle ne puisse complètement participer. La rendant folle alors qu'il pressait ses dents contre sa lèvre inférieure pendant une très brève seconde.

Elle sentit quelque chose se libérer au fond de son être, mais elle força ses mains à rester le long de son corps au lieu de se tendre vers lui, de peur d'ajouter le contact qui pourrait détruire ce rêve.

Un *clic* distinct résonna alors que la porte de l'autre chambre s'ouvrait. Luke recula assez pour que, lorsqu'elle ouvrit les paupières, il se retrouve à quelques centimètres avec ce sourire mystérieux toujours en place.

— Tu es prête ? demanda-t-il.

Elle était prête depuis des années. Nom d'une pipe, trois secondes avant elle serait grimpée sur lui, et attendre davantage...

Oh, attendez. Il ne parlait pas de sexe.

Leurs colocataires entrèrent dans la pièce en discutant, et Kelli n'eut pas vraiment le temps de répondre à la question de Luke maintenant qu'elle avait compris ce dont il parlait vraiment.

Malgré tout, elle tira avantage de leur présence pour glisser les mains autour de la taille de Luke, gardant leurs corps l'un contre l'autre alors qu'elle se tournait pour répondre par un sourire au salut de Diane.

— Comme vous avez l'air à l'aise ! dit Diane en se glissant sur le canapé et en tapotant l'espace à côté d'elle. Si je peux l'éloigner de vous, Luke, j'aimerais emprunter votre fiancée.

— Nous sommes censés descendre, chérie, l'avertit Jack.

Diane poussa un soupir dramatique, mais elle lança un clin d'œil à Kelli.

— Il a raison. Allons, mon amie. Sortons nos chaussures de danse et voyons quel désordre nous pouvons semer.

Kelli lança un coup d'œil à Luke, incertaine de ce qui se passait. Tout ce que le programme avait annoncé, c'était le nom d'une salle, et elle n'était pas sûre de vouloir être séparée de lui, pour plus d'une raison.

Il hocha brièvement la tête, l'étreignant étroitement.

— Jack et moi vous rejoignons, promit-il.

Elle aurait pu jurer qu'il avait déposé un baiser sur le dessus de sa tête avant de la lâcher. Ce qui fut certain, c'est qu'il tapota son postérieur lorsqu'elle s'écarta. Elle le regarda par deux fois et vit qu'il souriait.

Jack se mit à rire.

— Ça va être amusant, dit-il en posant la main fermement sur l'épaule de Luke avant que les deux hommes n'attrapent des chaussures et des vestes légères pour les distribuer. Je ne sais pas laquelle est plus dangereuse, la tienne ou la mienne.

— Deux, c'est toujours mieux qu'une, signala Kelli, surtout quand il s'agit de causer des problèmes.

— Amen, mon amie.

Diane leva un poing en l'air. Kelli le toucha du sien.

Une discussion facile et des rires chaleureux les entouraient alors qu'ils se rendaient au premier étage où la salle était louée pour la soirée.

C'était ce qu'il y avait de mieux dans le fait d'avoir déjà rencontré quelqu'un. Il y avait toute une foule de nouvelles personnes dans la salle. L'hôtel avait fait de son mieux pour transformer le lieu en environnement accueillant, mais il était bondé. Pas bondé avec mille personnes, mais malgré tout des groupes d'étrangers, et Kelli se rapprocha de Luke avant de se rendre compte de ce qu'elle faisait.

C'était incroyablement confortable de sentir sa main glisser au creux de ses reins, la recentrant et l'ancrant.

— Tu gères, lui dit-il en se baissant pour que ses lèvres soient juste à côté de son oreille.

Elle pencha la tête pour répondre, ce qui plaça sa bouche à un millimètre de la sienne.

— C'est du gâteau, bébé.

Un souffle amusé échappa à Luke, frôlant sa joue, et il lui fallut énormément de sang-froid pour s'empêcher de franchir l'espace entre eux.

La manière dont il la regardait lui annonça qu'elle n'était pas la seule à y songer, et soudain le nœud en elle se dénoua un petit peu.

Peu importait le nombre d'étrangers qu'elle allait devoir impressionner. Luke Stone la regardait avec des yeux qui disaient que ces montagnes russes émotionnelles qui leur faisaient remettre en question la tension sexuelle entre eux n'allaient peut-être pas dérailler.

— Kelli, il y a quelqu'un ici que vous devez rencontrer.

Diane la tenait par la main, l'éloignant de Luke sans même lui demander la permission, pourtant cela ne la gênait pas.

Kelli agita les doigts vers le duo d'hommes à l'évidence amusés.

— Prenez soin d'elle pour moi, lança Luke derrière elles.

— Ça va. J'ai prévu de l'argent pour la caution, annonça Jack, alors que leurs rires disparaissaient au loin et que Diane l'entraînait.

Le tourbillon commença. Pendant les quatre heures suivantes, Kelli fut attirée d'un groupe de personnes à l'autre. Diane la présentait parfois, Luke revenant dans le groupe pour se tenir à côté d'elle et l'entraîner dans une conversation avec des gens qu'il connaissait déjà, après des années à voyager pour livrer des ventes ou superviser les saillies.

C'était excitant de se trouver dans un endroit avec autant de gens qui adoraient honnêtement leur domaine. En peu de temps, Kelli découvrit que toute trace d'anxiété qui lui restait à l'idée de discuter avec les grosses légumes avait disparu comme le duvet de pissenlit dans un grand vent fort. Elle se sentit emportée dans des sphères inconnues alors qu'elle s'installait sur une chaise en face d'une femme aux cheveux relevés en chignon, son accent traînant du Texas faisant sourire Kelli.

Ses amies de la « Soirée entre filles de Heart Falls » auraient levé les yeux au ciel si elles avaient pu la voir en cet instant, parce que la soirée s'était un peu transformée en paradis pour Kelli. Parler sans arrêt de chevaux et écouter ce qui se passait dans un monde qui était bien au-delà de sa portée... C'était parfait.

Même la sensation d'être observée de près par d'autres personnes que Luke ne suffisait pas à lui faire perdre son euphorie. Les observateurs n'étaient pas effrayants. Ils étaient simplement...

Curieux à son sujet ? S'interrogeaient sur la nouvelle partenaire de Luke ?

Timothy Carlyn était l'un d'eux. L'homme plus âgé avait un air distingué, avec ses cheveux gris, sa barbe et sa moustache bien taillées. Il aurait pu être l'incarnation du milliardaire de course de chevaux du mois.

Son attention n'était pas vraiment flippante, mais il la fixait assurément plus souvent qu'il n'était approprié.

Diane, douce, attentionnée et *autoritaire*, gardait aussi un œil sur elle, ce qui faisait que Kelli se sentait toute heureuse et curieuse. Au bout de quelques conversations dans lesquelles elle avait été attirée par sa nouvelle meilleure copine, il était devenu clair, à la manière dont les autres réagissaient, que Mlle Jakarta était quelqu'un d'*important* dans l'industrie. Cela démangeait Kelli de sortir son téléphone pour faire une recherche sur Google, mais elle décida que ce serait bien trop impoli.

Alors à la place, elle se mit à la tâche et fit du relationnel.

La pièce contenait des petits groupes de sièges et des petites tables où chacun pouvait se servir à boire et à manger. Ils discutaient un moment puis passaient à un nouveau cadre avec de nouvelles personnes.

L'organisation était simple et, à ce qu'il s'avérait, extrêmement agréable pour Kelli parce qu'elle faisait deux choses merveilleuses.

Se vanter de Silver Stone était facile. Elle adorait cet endroit, elle y aimait tout. Ajoutez à cela le fait que Luke ne semblait pas pouvoir détacher les yeux d'elle...

Concentre-toi, s'avertit Kelli, détournant le regard lorsqu'elle se fut rendu compte qu'elle le fixait. Elle se concentra de manière délibérée sur la Texane devant elle.

Sadie Petrie marqua une pause pour prendre une gorgée de son thé, un sourire entendu incurvant ses lèvres alors que son regard allait de Kelli à Luke.

— C'est agréable de voir deux jeunes personnes si manifestement amoureuses.

Kelli n'allait pas lui signaler la différence qu'il y avait entre l'amour et le désir qui s'éveillait.

Le rouge qui lui montait aux joues devait constituer une

réponse suffisante pour satisfaire Mme Petrie, car elle se mit à rire, tapotant les doigts de Kelli.

— Je ne vais pas vous taquiner. Venez. Allons retrouver votre jeune homme, et vous pourrez vous asseoir avec moi durant le dîner. Je vous présenterai à mon mari.

Il y avait des gens sympas, décida Kelli. Diane et Jack et les Petrie, et beaucoup d'autres. Elle avait eu tort de présumer que, parce qu'ils avaient de l'argent dans les poches, tout le groupe allait être affreux ou guindé.

D'un autre côté, elle avait fait cette supposition en se basant sur la seule personne vraiment riche avec laquelle elle avait vraiment eu des contacts. Et du comportement passé de *Penny* découlait qu'on ne pouvait pas vraiment en vouloir à Kelli d'avoir tiré quelques conclusions hâtives.

Pendant le reste de la soirée, le dîner et le moment qui suivit où, à sa grande surprise, tout le monde se sépara en groupes et où l'on sortit les cartes pour quelques jeux de société, la sensation du regard de Luke sur elle devint plus forte. Comme s'il la touchait.

Elle pensait faire du bon travail au gala, mais aussi amusant et aussi important que soit tout cet événement, elle ne pouvait pas s'empêcher d'espérer un peu que la magie se propagerait au reste de leur soirée.

Que se passerait-il quand ils partiraient et remonteraient dans leur chambre ?

Luke n'était plus sûr de ce qu'il faisait.

Le gala était... fantastique. Cette partie-là, il n'en avait aucun doute. Comme il l'avait soupçonné, Kelli fut dans son élément dès qu'elle eut oublié sa nervosité. La regarder exercer sa magie alors qu'elle discutait avec excitation de tout et n'importe quoi en rapport avec leurs chevaux... Eh bien, après un moment, il ne s'était plus donné la peine de faire davantage que de faire diversion pour s'assurer qu'elle n'était pas monopolisée pendant trop longtemps. Les gens semblaient vouloir la ramener chez eux pour l'adopter comme animal de compagnie.

Il y avait quelques couples à éviter, mais Diane avait également pris Kelli sous son aile, ce qui signifiait qu'ils étaient deux à faire diversion. C'était génial.

En parlant de Diane... la mâchoire de Luke avait failli tomber par terre quand il s'était rendu compte de l'identité exacte de celle qu'ils avaient commencé à fréquenter. Les Jarkata étaient associés à une demi-douzaine des meilleurs haras du Sud, ou les possédaient entièrement.

Y compris, s'avérait-il, l'affaire de la famille de Jack.

Il avait regardé son ami, sous le choc, quand Jack l'avait finalement informé de tous les détails complexes.

Jack haussa un sourcil, l'amusement se peignant sur son visage.

— Tu ne savais pas, honnêtement ? demanda-t-il.

Luke secoua la tête.

— La dernière fois que nous nous sommes parlé, tu étais contremaître dans l'écurie de ta famille. Tu as dit que tu sortais avec quelqu'un... mais tu ne m'as pas dit qui, ni que c'était sérieux. Tu as été rapide.

— Les parents de Diane ont racheté l'exploitation de mes parents sans nous dire quoi que ce soit jusqu'à ce que l'affaire soit conclue. Dieu merci, j'avais déjà dit à Diane que je l'aimais avant que la paperasse finale ne soit validée.

Luke voyait quel genre de problème cela aurait pu poser.

— C'est quand, le mariage ?

Jack haussa les épaules.

— Je lui ai posé la question, mais elle a dit que même si elle m'aimait aussi, elle n'était pas encore prête. Et même si j'adorerais lui passer la bague au doigt, j'ai choisi de faire ce qui la rend heureuse.

Luke tapa Jack dans le dos alors qu'on les entraînait dans une autre conversation.

Le regard de Luke dériva vers l'endroit où Kelli était assise près de Diane, toutes deux riant follement alors que la femme la plus jeune de la pièce, la petite-fille de dix-sept ans et héritière présumée d'une des dynasties les plus prospères représentées à cet événement, posait ses cartes sur la table devant elles avec un cri perçant avant de lever les bras en l'air.

Non, la soirée ne correspondait pas ce à quoi il s'était attendu. Elle avait été bien mieux.

Et des heures plus tard, alors que Luke ouvrait la porte de la suite et que Kelli y entrait devant lui, un nouveau groupe d'espoirs *meilleurs que prévu* osait s'élever.

Quand elle lui avait fait sa...

Il ne savait même pas comment l'appeler. *Proposition ?* Suggestion ?

Nouvelle manière radicale de penser ?

Il n'avait pas été prêt à ça. Mais après cette soirée qui la lui avait montrée sous un nouvel angle, les choses étaient en train de changer. Il s'était rappelé encore et encore que ce n'était pas Kelli, l'ouvrière du ranch qui écoutait aux portes, le taquinait et travaillait à ses côtés parce que c'était une employée.

C'était *Kelli*. La femme qui l'avait vu blessé, sale et épuisé. Celle qui avait fait de son mieux parfois, s'était-il enfin rendu compte, pour le faire sourire les jours où il n'avait pas eu grand-chose de quoi sourire.

C'était une femme qui, maintenant qu'il pensait à elle en tant que telle, était très belle.

Jack et Diane n'étaient nulle part. Ils avaient quitté le rassemblement après avoir mentionné le décalage horaire. Au moins une demi-heure était passée avant que Luke ne puisse éloigner Kelli de la partie bien trop énergique de whist qu'elle jouait contre trois gentlemen aux cheveux argentés.

Il lança un coup d'œil à sa montre. Il n'était pas assez tard pour aller se coucher. Même avec le trajet du jour et le reste des activités.

Pour dire la vérité, il avait peur d'aller dans la chambre parce qu'il n'était pas sûr de savoir comment il ferait face à cette nuit.

Encore une fois, Kelli vint à son secours. Elle retira ses bottes puis traversa tranquillement la pièce vers la cheminée au gaz qui chauffait encore. Elle se mit à genoux devant et laissa échapper un soupir d'aise.

Il fit de même, se mettant à l'aise avant de traverser la pièce pour la rejoindre.

Luke s'arrêta à ses côtés et baissa les yeux pour découvrir qu'elle avait croisé les jambes et se tenait dans la familière position de membres entortillés dans laquelle il avait eu l'habitude de trouver sa sœur adoptive quand elle se détendait.

— Je me joindrais bien à toi, mais je ne pense pas qu'on puisse plier mon pantalon comme ça.

Un sourire plissa les lèvres de Kelli.

— Enlève-le.

Tentant, mais non.

— Je ne pense pas que *je* puisse me plier comme ça.

À la place, il s'installa près d'elle, s'appuyant contre le canapé placé idéalement derrière lui.

Dehors, la neige continuait de tomber. De gros flocons blancs cotonneux dérivaient doucement, formant un merveilleux paysage. L'éclairage de l'hôtel brillait dans différentes directions. À l'intérieur, le feu avait rendu la pièce chaude et douillette.

— La chaleur est agréable, mais les cheminées au gaz n'ont pas ni bon son ni la bonne odeur, se plaignit Kelli doucement en détendant son cou d'un côté à l'autre.

Elle avait fermé les yeux, alors il ne risquait rien à la regarder. À laisser son regard dériver sur la longue ligne de son cou soulignée par la lueur du feu. À admirer la courbe de ses seins sous son chemisier jaune chatoyant.

Il se rapprocha juste assez pour céder à la tentation et passer un doigt sur sa manche et profiter encore une fois de la douce texture.

— Je voulais te dire plus tôt à quel point j'aime ce haut.

— Il est à Rose. Tu devrais voir comme il lui va bien avec sa peau noire.

Il renifla moqueusement. Elle avait encore une réaction d'évitement.

— C'est à *toi* qu'il va bien.

— Merci.

Ils restèrent silencieux. Luke était tenté de s'avancer jusqu'à se retrouver assis juste derrière elle. Assez près pour pouvoir frotter sa joue contre la sienne. Peut-être poser les lèvres à l'endroit sous son oreille qui, quand il l'avait touché plus tôt dans la journée, l'avait fait frémir dans ses bras.

Assez près pour pouvoir tendre la main et défaire les boutons de ce chemisier, un par un, jusqu'à ce que le tissu s'écarte et expose davantage sa peau à la lumière dansante provenant des flammes orangées et rouges.

Il n'était plus sûr de ce qui l'arrêtait, en dehors du fait qu'ils étaient dans la pièce commune, un problème qui pourrait être réglé en changeant rapidement de lieu.

Les yeux de Kelli s'ouvrirent, et elle se tourna vers lui.

— Parle-moi de Penny.

D'accord, voilà qui tuait instantanément la libido. Il haussa un sourcil.

— Maintenant ? Je croyais que tu m'avais dit de ne pas mentionner son nom.

— Nous étions en plein milieu d'une dispute, et ce n'était pas le moment approprié. Mais au cours de la soirée, assez de gens ont mentionné son nom pour que je me rende compte que j'aurais probablement dû en savoir un peu plus.

— Je ne pense pas que la plupart des hommes parlent des détails de leur ex-fiancée avec leur fiancée actuelle, fit remarquer Luke d'une voix traînante, croisant les bras derrière sa tête. Si quelqu'un t'a posé des questions sur elle, c'était déplacé.

— J'en prends bonne note, et pourtant vu qui je suis, je suis curieuse, dit-elle en dépliant ses jambes et passant les bras autour de ses genoux. Pourquoi étais-tu avec elle ? Enfin, j'ai regardé Caleb tomber amoureux. Il y a plein de bonnes raisons pour lesquelles Tamara lui a fait tourner la tête. Et j'ai pigé pourquoi Walker est avec Ivy. Mais je n'ai jamais compris pourquoi tu étais avec Penny.

— C'est pour ça que nous ne sommes plus ensemble, je suppose, avoua Luke.

Pour une étrange raison, c'était plus facile qu'il ne l'aurait cru de continuer :

— Tu connais une partie de l'histoire. Nous nous sommes rencontrés au Stampede. En fait, elle se faisait harceler par un mec. Je me suis interposé et j'ai prétendu que j'étais son petit ami pour qu'il la laisse tranquille.

Kelli roula des yeux.

— Bon Dieu, ne me dis pas que cette affaire de fausse relation est une habitude chez toi.

— Deux fois en plus de trente ans. Je ne pense pas que ce soit une habitude.

Mais elle souriait.

— Continue.

Il fixa le feu.

— Elle était tout excitée à propos de Silver Stone et de ce qu'elle disait apprendre de moi, mais quand j'y repense, c'était peut-être plutôt qu'elle voulait être enthousiasmée par quelque chose. Cela lui donnait l'air plus sérieux pour que son père accepte de l'intégrer dans leurs affaires familiales. Je l'arrangeais bien, et après un moment, c'était réciproque.

Les lumières sur la bûche artificielle alternèrent de

nouveau, selon un schéma qui était trop facile à prédire. Faux, pas plein de vie et inattendu, à la manière dont un vrai feu aurait dansé.

Un peu comme la relation qu'il avait eue avec Penny, s'il était honnête.

— Être avec elle – associé à sa famille – n'était pas une mauvaise chose pour Silver Stone, avoua-t-il.

Un doux juron échappa à Kelli.

— C'est pour *ça* que ça a duré aussi longtemps. C'était ça que je n'arrivais pas à comprendre.

Il ramena son regard vers le sien.

— Donc, tu vois, ce n'est pas comme si elle avait été la seule personne à commettre une erreur. Ce n'est pas quelqu'un d'horrible, mais au final, nous n'étions pas faits l'un pour l'autre. Je lui souhaite le meilleur.

Elle le regarda attentivement avant d'incliner fermement le menton.

— Tu es un homme bien, Luke Stone.

— J'ai commis des erreurs, comme tout le monde. Certaines plus spectaculaires que d'autres, dit-il ironiquement, arrachant un sourire à Kelli.

Elle se frotta les paumes sur les cuisses puis se releva, baissant les yeux vers lui.

— Je vais prendre une douche rapide puis aller au lit. Bonne nuit.

Luke la regarda s'éloigner, fixant son postérieur en forme de cœur qui se balançait alors qu'elle traversait la pièce et disparaissait derrière la porte de la chambre. Il resta là où il se trouvait, essayant désespérément de ne pas penser à elle se glissant nue sous l'eau. De ne pas imaginer les jets chauds coulant sur sa peau, ni les mains de Kelli se déplaçant sur ses seins, entre ses jambes…

Il ferma les yeux et lutta contre lui-même, restant là assez longtemps pour donner à Kelli le temps de finir et de se glisser sans risque sous les draps, parce qu'il y avait une chose dont il venait de se rendre compte avec une certitude totale et complète. Peu importe qu'elle l'ait qualifié d'homme bien même pas trente minutes auparavant.

Les choses qu'il voulait faire à Kelli James étaient complètement salaces.

10

La pièce était sombre quand la porte s'entrouvrit enfin et que Luke se glissa à l'intérieur. Kelli était pelotonnée de son côté du lit, les yeux fermés pour ne pas être tentée de le fixer bêtement.

La porte de la salle de bains s'ouvrit et se referma, l'eau se mit à couler, et il s'écoula suffisamment de temps pour que, dans des circonstances normales, elle se soit endormie.

Mais ce n'était pas une nuit normale. Lors d'une soirée ordinaire, elle n'attendait pas que Luke la rejoigne au lit.

Le bruit de ses pas était presque inaudible alors qu'il marchait sur la moquette en direction du lit, et quand il s'assit, le matelas, suffisamment grand et ferme, s'affaissa à peine sous son poids.

Il s'allongea, la tête sur l'oreiller, ajusta la couette, puis resta immobile.

C'était plutôt décevant après toutes ses attentes pleines d'espoir.

Seulement, plus elle restait là à essayer de se détendre, et plus *lui* restait là à faire semblant de dormir – parce qu'il était impossible que qui que ce soit puisse rester aussi immobile à moins que ce ne soit délibéré ou d'avoir été assommé –, plus elle était amusée.

Elle ouvrit les yeux.

Suffisamment de lumière filtrait par le rideau ouvert pour voir qu'il fixait le plafond.

— Je suis tentée de crier « Bouh ! », avoua-t-elle doucement, mais tu pourrais te faire mal en quittant cette position rigide dans laquelle tu t'es enfermé.

Les lèvres de Luke tressaillirent et il roula sur le côté, ses yeux marron se déplaçant alors que son regard errait sur son visage.

— C'est très prévenant de ta part de t'être retenue, alors.

Ils se fixèrent jusqu'à ce que Kelli remarque que leurs respirations s'étaient synchronisées. Elles étaient lentes et régulières, étrangement, étant donné le martèlement frénétique de son cœur.

Elle tendit la main entre eux, ses doigts caressant la joue de Luke. Le début de barbe rugueux sur son menton gratta brièvement sa paume avant qu'elle ne passe les doigts dans les boucles à l'arrière de son cou.

Le visage de Luke se tendit. Pas de colère, mais comme s'il avait mal. Elle ne se donna pas la peine de demander ce qui n'allait pas parce que ce qui se passait était assez évident. Un plaisir et une douleur identiques se propageaient dans son corps.

Si elle avait été plus intelligente, elle aurait connu les mots parfaits à dire.

Si elle avait été plus courageuse, elle ne se serait pas donné la peine de parler du tout. Elle aurait simplement roulé sur lui et laissé la suite se passer.

Luke attrapa son poignet entre ses doigts, et elle pensa que tout allait se finir à ce moment-là. À la place, il rapprocha sa main. Ouvrant ses doigts et déposant un baiser sur sa paume.

Le cœur de Kelli se mit à battre à une cadence encore plus

folle quand il tourna sa main pour atteindre l'intérieur de son poignet, y posant les lèvres également. Impossible de cacher la vitesse à laquelle son pouls filait maintenant. Pas lorsqu'il posa la langue sur sa peau et remonta lentement sur l'intérieur de son avant-bras vers son coude. Ses lèvres et ses dents s'en mêlant comme s'il avait peur qu'elle déguerpisse.

S'enfuir ? *Non*. S'écrouler, peut-être, complètement défaite par le désir tourbillonnant qui filait à travers elle.

Luke tira sur les draps, les repoussant alors qu'il se rapprochait, et la seconde suivante il était au-dessus d'elle, taquinant de ses lèvres son épaule, remontant, et frôlant l'emplacement chatouilleux à la base de son cou.

— Oh mon Dieu, chuchota-t-elle.

Il y avait tant de choses auxquelles penser. Trop à ressentir. Elle choisit de se concentrer sur la manière dont la bouche de Luke envoyait des ondes de choc à travers son corps, et sur les baisers remontant de son cou jusque sous son oreille.

Le corps de Luke couvrait le sien, son torse était nu, comme elle le découvrit lorsque ses mains se levèrent d'elles-mêmes. Sa peau était chaude sur ses muscles tendus, et elle se permit d'explorer à la manière dont elle s'était languie de le faire pendant si longtemps.

Elle laissa traîner le bout de ses doigts sur son dos, ses ongles étaient à peine assez longs pour gratter sa peau, mais ce fut tellement satisfaisant quand un grognement torturé s'échappa des lèvres de Luke et qu'il éloigna brusquement sa bouche du lobe de son oreille, qu'il taquinait.

Ses jambes étaient piégées entre celles de Luke, et il maintenait son aine au-dessus d'elle. Étant donné ce qui s'était passé plus tôt dans la journée, elle n'allait pas bouger les genoux à proximité.

Puis elle n'eut plus à prendre de décision parce qu'il l'avait prise pour elle. Ajustant légèrement son poids, il posa un genou entre les cuisses de Kelli, les écartant pour pouvoir s'installer entre elles.

Luke recula assez pour pouvoir regarder son visage alors qu'il baissait son corps contre le sien.

— Kelli ? demanda-t-il.

Elle leva les mains, les enroula à l'arrière de sa tête, unissant leurs lèvres, l'embrassant férocement, prenant la chaleur qu'il lui rendait.

Elle leva les jambes et les enroula autour de lui avec un grognement alors qu'il se courbait sur elle. Le long renflement épais de son érection reposait contre elle, et Kelli avait la tête qui tournait déjà, rien qu'à l'*idée* de ce contact.

Elle ne savait pas si elle devait maudire ou bénir le fait de porter un pyjama au lit. Il portait aussi quelque chose, ce qui signifiait qu'il y avait entre eux deux épaisseurs sur leurs jambes, et juste son débardeur entre leurs torses.

Rien entre leurs lèvres. Rien entre leurs langues, excepté une folle danse de désir et d'ardeur sexuels.

Il s'appuya sur un coude. L'embrassant toujours, taquinant toujours sa langue de la sienne, pendant que son autre main se posait sur sa taille. Il tira sèchement sur son débardeur pour le dégager de son pantalon de pyjama, puis il passa la main sous l'élastique, ses doigts dérivèrent sur son ventre et remontèrent.

Elle avait besoin d'air. Elle avait besoin...

— Mon Dieu, Kelli. C'est si bon de t'avoir sous moi. Les choses que tu me fais...

Sa main avait atteint sa poitrine, et sans hésitation il la prit fermement. Un grognement sourd s'éleva du torse de Luke et son corps trembla légèrement.

— Pareil, fut tout ce qu'elle put sortir avant qu'il ne bouge de nouveau, remontant son haut pour exposer un de ses seins.

Après y être allé aussi lentement, c'était un choc qu'il change de rythme, parce qu'une seconde plus tard, ses mains entouraient ses deux seins nus, qu'il fixait avec admiration.

Juste ce qu'il fallait de lumière se répandait sur les draps pour lui donner une image parfaite à ranger dans ses souvenirs : Luke Stone… rêvassant devant ses seins.

Il secoua légèrement la tête.

— C'est immoral que tu les aies couverts et cachés pendant si longtemps.

Kelli se mit à rire.

— Ne crois pas que je vais me mettre à faire des corvées toute nue. La paille gratte, et la poussière s'infiltrerait partout.

Il lui lança un sourire alors que son regard croisait le sien.

— Honnêtement ? Je ne veux pas que tu sois nue dans l'écurie. Je ne veux pas que qui que ce soit d'autre les voie parce que, *bon sang*…

Il s'agenouilla au-dessus d'elle, ses cuisses puissantes le soutenant et l'empêchant de l'écraser alors qu'il levait les deux paumes pour caresser sa peau sensible. Les mamelons de Kelli durcirent contre lui, les callosités rêches des mains de Luke étaient parfaites, tout comme elle l'avait toujours imaginé.

Son contact taquin s'intensifia lorsqu'il saisit les extrémités entre ses doigts et les fit rouler doucement.

— Oh mon Dieu, *oui*. Comme ça.

Elle arqua le dos, traversée par le plaisir.

Il émit un son appréciateur.

— Sensible ?

— Parfois. En ce moment…

Elle s'arrêta parce qu'il lui était impossible de parler tandis qu'il avait les lèvres sur elle. Il aspira son mamelon dans sa bouche, durement puis doucement, passant le bout de sa langue contre l'extrémité sensibilisée.

Mais quand il la quitta pour glisser plus bas sur son corps, déposant des baisers vers son nombril, Kelli oublia de respirer.

Il émit un petit rire, le son était déplacé et pourtant parfait.

Kelli se tortilla sur ses coudes et le fixa.

Luke Stone, entre ses jambes. C'était un spectacle à ne pas manquer.

— Qu'est-ce qui te fait rire ?

Il tira sur l'élastique de son pantalon de pyjama préféré, le rouge avec des lignes noires usé et doux après de multiples lavages.

— Pourquoi ne suis-je pas surpris ?

— Ne te moque pas de mon costume de Spidey, dit-elle aussi sérieusement qu'elle le put, étant donné que Luke Stone était entre ses jambes en plus du reste.

— Je ne me moque pas, dit-il en levant un sourcil alors qu'il passait un doigt sous le bord élastique et le baissait lentement. Je pense qu'il est parfait pour toi. Ça explique beaucoup de choses.

Il abandonna sa tâche avec le tissu entassé autour de ses mollets, mais il était passé à quelque chose de plus intéressant, alors Kelli se dit que ce n'était pas le moment de le distraire. Pas quand il glissait un doigt épais à travers les poils bouclés entre ses cuisses. Frottant le bout de son doigt sur son clitoris, puis plus bas. Remontant, puis de nouveau plus bas.

Luke prit une respiration contrôlée alors qu'il continuait de la caresser, un plaisir puissant la picotait et s'élevait à chacun de ses mouvements. Quand il parla, sa voix était devenue plus basse et rauque, comme s'il avait avalé des gravillons.

— Si je dois aller en enfer, je pourrais aussi bien t'envoyer au paradis d'abord.

Il posa ses lèvres sur elle, s'emparant de son clitoris. En même temps, il retourna sa main et, sans pitié, glissa deux doigts en elle.

— Oui, gémit Kelli.

Il accéléra le rythme, à la fois de sa bouche et de ses doigts qui la faisaient s'envoler plus haut. Elle n'était pas loin du septième ciel, à la base, mais à chaque pénétration déterminée, il titillait tous les endroits à l'intérieur qui avaient besoin d'être remplis. Utilisant sa langue et ses doigts pour la tourmenter, les deux se combinèrent comme s'il avait mis au-dessus de l'orifice un réservoir à hélium et avait ouvert entièrement la valve.

En un instant, elle passa de l'excitation à l'orgasme, enfonçant les talons dans le matelas et pressant ses hanches contre lui.

Ce ne fut qu'à ce moment-là qu'elle se rendit compte qu'elle avait entremêlé ses doigts dans les cheveux de Luke tout en l'éloignant de son clitoris trop sensible.

— Oh mon Dieu, c'était parfait.

Il inclina la tête en arrière pour la regarder, essuyant ses lèvres humides du dos de la main et révélant un large sourire.

— Content que tu le penses. Je me suis amusé.

Elle l'attrapa par les épaules et essaya de le faire remonter, de revenir sur son corps.

— J'ai des préservatifs... commença-t-elle.

Mais le reste de la phrase fut enterré sous l'assaut des lèvres de Luke alors qu'il l'embrassait vigoureusement.

Elle passa les bras et les jambes autour de lui, essayant de les faire rouler tous les deux pour pouvoir entraîner cette soirée vers une conclusion logique.

À la place, Luke les fit ralentir. Il la cloua sur place de son corps alors même qu'il adoucissait leur baiser. Taquin maintenant, un simple contact, puis il s'éloigna. Un autre contact, jusqu'à ce qu'il soit clair que malgré l'érection ferme pressée contre elle, il n'avait pas l'intention d'aller jusqu'à la pénétration.

Aucune idée pourquoi, mais elle pensait qu'en cela aussi, il était adulte. Elle se détendit sous lui. Pas comme si elle abandonnait, était en colère ou s'endormait. Mais plutôt comme si elle le laissait prendre les rênes.

Continuer de prendre les rênes puisque, pendant les dernières minutes, il n'y avait eu que lui aux commandes.

Mais elle pressa les paumes contre les joues de Luke,

mettant autant de tendresse dans son baiser que possible jusqu'à ce qu'il ajuste leur position. Il tendit la main pour l'aider à remettre ses vêtements en place avant de se rallonger à côté d'elle.

~

LA TENIR SERRÉE contre lui était plus ou moins parfait. Oui, il était toujours en érection, mais même si son corps voulait continuer, son cerveau avait atteint ses limites.

Séparer la Kelli qu'il connaissait depuis huit ans de cette toute nouvelle femme n'était pas une tour de force qu'il pouvait accomplir en l'espace de douze heures.

Qu'il ait cédé à la tentation de la toucher avait davantage à voir avec le fait qu'elle méritait quelque chose de spécial pour avoir été une personne suffisamment raisonnable pour gérer sa stupidité d'une manière mature et positive.

Des orgasmes pour la récompenser d'avoir agi comme une adulte. Il se mit à rire doucement alors qu'il se déplaçait, attirant Kelli contre son corps tandis qu'il se positionnait en cuillère contre son dos.

Elle ajusta le bras de Luke sous sa tête pour qu'il soit là où elle le voulait, ce qui lui fit de nouveau pousser un petit rire.

— Tu es bien trop à l'aise pour me bousculer, la taquina-t-il.

— Je suis trop exigeante pour faire des compromis quand il s'agit d'être à l'aise.

Elle prit une profonde inspiration et la laissa sortir lentement, se trémoussant plus près. Son doux postérieur accueillit sa verge de façon tentante, mais il était clair qu'elle n'essayait pas de pousser le programme de la soirée plus loin. Elle se mettait vraiment à l'aise.

Kelli lui caressa l'avant-bras jusqu'à rejoindre la main de Luke, posée sur son ventre. Il avait été tenté de la glisser sous son haut, mais alors que la main de Kelli allait et venait sur ses doigts, il se pencha pour presser le nez contre son cou et inspira profondément. Il n'avait pas besoin de plus.

Des respirations lentes et calmes suivirent. Kelli s'endormit.

Luke resta là longtemps, à réfléchir.

Son esprit rejoua un tas de souvenirs. Kelli errant dans le ranch, à cheval, conduisant un tracteur tout en transportant une moissonneuse.

Est-ce que cela faisait partie du problème ? Qu'elle ait toujours été là ?

Peut-être que c'était une des raisons pour lesquelles cela semblait si normal. Kelli faisait partie de sa vie depuis longtemps. De plus, elle était une amie. Quelqu'un en qui il avait confiance. Elle savait comment le faire sourire, et elle savait exactement comment lui faire perdre son calme. Et pourtant elle semblait toujours si imperturbable.

Elle était simplement... Kelli.

Un petit ronflement lui échappa, qu'il trouva absolument adorable. Puis elle remua suffisamment pour qu'il recule légèrement, lui laissant de la place pour changer de position.

Elle roula instantanément, faisant jaillir ses bras et ses jambes. Un de ses bras frappa le visage de Luke, un de ses pieds l'atteint vivement au mollet. Il se tourna instinctivement, bien trop tard pour que ça lui soit utile si elle avait accidentellement visé de nouveau ses noisettes.

— Tu es une femme sacrément dangereuse, murmura-t-il en fixant son visage.

Il lui écarta les cheveux du front d'une caresse et la regarda jusqu'à ce que le sommeil le surprenne.

Elle le réveilla deux fois dans la nuit avec ses bras qui s'agitaient et ses coups de pied. Quand cela se produisit la deuxième fois, il était bien trop fatigué pour se sentir amusé, ramenant son corps *inconscient de son environnement* contre lui et l'immobilisant.

Elle était peut-être petite, mais un coup de pied au hasard

pourrait transformer son feu vert au rouge bien mûr de son côté à lui.

Luke se réveilla dans un lit vide, la porte de la salle de bains bougeant encore alors qu'il regardait la pièce autour de lui à la recherche de sa partenaire de lit qui avait disparu.

— Kelli ?

Elle sortit la tête de derrière la porte une seconde plus tard, les yeux brillants alors qu'elle incurvait un doigt et lui faisait signe de se joindre à elle.

— Dépêche-toi.

Il hésita trop longtemps, puisqu'elle roula des yeux puis sortit pour arracher le drap du dessus et lui attraper la main.

— Ne t'inquiète pas, je ne vais pas abuser de toi sous la douche ou quoi que ce soit. Il faut que tu voies ça.

Cette fois il la suivit, la curiosité l'emportant. Elle le guida vers la baignoire profonde qui se trouvait dans le coin de la salle de bains y entrant, bien qu'elle soit vide, pour pouvoir s'asseoir sur le bord opposé et pointer les montagnes du doigt.

— Regarde.

C'était un peu étrange, d'entrer dans une baignoire vide. Il se pencha sur elle, et la joie bouillonna en lui alors que le rire de Kelli résonnait.

La chute de neige massive avait déjà bien été mise à profit ce matin-là. Quelqu'un avait construit une armée de bonshommes de neige, avec les habituelles branches pour les bras et les carottes pour le nez. Ici et là il y avait des bonnets et des écharpes.

Une harde de cerfs se nourrissait à l'orée des arbres. Quelques-uns étaient accompagnés de faons, ils devaient avoir un an maintenant, mais avaient toujours une curiosité exacerbée. Deux jeunes s'étaient aventurés parmi les bonshommes de neige, reniflant et grattant la neige à leur base.

Un faon trouva une écharpe très à son goût autour du cou d'une femme des neiges, s'emparant de l'extrémité et la mordillant timidement, avant de tirer très fort dessus. L'écharpe se resserra tellement autour du cou de la femme des neiges que la pauvre créature fut décapitée.

La tête détachée roula vers l'animal, et le chaos s'ensuivit.

Des queues se levèrent et des éclats blancs fusèrent tandis que les cerfs bondissaient en arrière, percutant d'autres bonshommes de neige. En quelques secondes, la harde avait piétiné la neige, et la plupart des bonshommes de neige avaient été démolis.

Kelli riait si fort qu'elle ne pouvait plus respirer. Elle se tourna vers Luke, attrapa son bras et l'attira avec elle au fond de la baignoire où elle chercha à reprendre son souffle entre deux éclats de rire.

Lui-même avait la tête qui tournait.

Comment n'avait-il pas vu ça avant ? Comment n'avait-il pas vu la vraie Kelli ?

11

Quand l'après-midi arriva, Kelli avait grand besoin d'une pause. Ce n'était pas que rien se soit mal passé, mais entre le buffet du petit déjeuner, une matinée remplie d'autres rencontres et un film au déjeuner où ils avaient mangé des hamburgers et regardé *Hidalgo*, elle en avait assez.

Elle resta assise patiemment pendant que des replays de l'année précédente du Kentucky Derby démarraient et qu'elle préparait son évasion, quand une voix douce résonna à son oreille.

— Prête à filer à l'anglaise ?

Elle découvrit Diane à ses côtés. La belle femme noire leva un doigt devant ses lèvres puis fit signe à Kelli de se joindre à elle.

Son premier choix aurait été de se faufiler à l'étage pour faire la sieste avec Luke, mais ne le pouvant pas, filer en douce avec Diane lui paraissait un excellent second choix.

Étant donné qu'elle ne savait pas où se trouvait Luke, elle était plus que prête à faire passer Diane à la première place.

De plus, elle devait admettre la vérité... les probabilités de faire la sieste si elle l'avait trouvé étaient minces.

Heureusement, le bruit et le chaos dans la salle de réunion leur permirent de s'éclipser sans être vues. Diane passa amicalement le bras sous celui de Kelli alors qu'elles se dirigeaient tranquillement vers le hall principal.

— Tu t'amuses ? demanda Kelli, avant de se rendre compte que la question pouvait paraître un peu trop juvénile.

Un sourcil délicat s'éleva en un arc parfait.

— Qu'est-ce qu'on ne peut pas aimer en immersion complète dans le monde équin ?

D'accord, Diane était peut-être riche comme Crésus, mais bon sang, Kelli l'aimait bien.

— C'est exactement ce que je disais, mais il y a des fois où mes amies semblent penser que quelque chose d'autre existe.

Diane s'arrêta, se posa un doigt sur les lèvres et fit mine de se plonger dans ses pensées. Puis elle secoua la tête, ses boucles rebondissant avec enthousiasme.

— Non. Je n'arrive pas à trouver autre chose.

Elles riaient encore alors qu'elles étaient retournées à leur étage, retirant leurs bottes et se mettant à l'aise.

— Jack m'a envoyé un texto tout à l'heure. Il a pris quelques en-cas et les a laissés pour nous dans le mini-frigo, annonça Diane en déposant des paquets de chips, un pot de sauce et des barres chocolatées sur la table basse avant de s'allonger sur un canapé. En y repensant, j'ai menti tout à l'heure. Il y a d'autres choses à apprécier dans ce monde que les chevaux.

Kelli chipa un KitKat sur la table, enfonçant les dents dans le chocolat avec un gémissement joyeux.

— La nourriture.

— Les quatre groupes alimentaires, élabora Diane. Les chips, le bacon, le chocolat, et encore plus de chocolat.

— C'est un homme bien, ton Jack, dit Kelli en levant une

chips chargée de sauce en l'air pour porter un toast avant de mâcher avec enthousiasme.

Les yeux de sa nouvelle amie s'illuminèrent.

— Voilà autre chose à ajouter à la liste des passe-temps agréables. Les hommes. J'aime bien ton Luke.

Kelli appréciait qu'on le qualifie de *sien*, même si ce n'était que pour une courte période.

— C'est un bon gars, dit-elle honnêtement.

Diane la regarda attentivement.

— Je suis curieuse, mais si tu ne veux pas en parler, n'hésite pas à me dire de m'occuper de mes oignons.

Cela semblait inquiétant.

— Quelle est ta question ?

— Tu as dû rencontrer Penny Talisman, étant donné que tu travailles à Silver Stone depuis longtemps.

— Ce n'est pas un secret. Bien sûr que je l'ai rencontrée.

— Ça ne va pas être gênant quand tu la reverras à l'avenir ? Enfin, notre monde n'est pas si grand que ça, signala Diane.

— Je ne vois toujours pas en quoi ce serait un problème, répondit Kelli honnêtement même si elle prit le temps d'y réfléchir.

Penny et elle ne seraient jamais meilleures copines, mais savoir que Luke ne lui gardait pas rancune signifiait que Kelli ne pouvait pas s'accrocher à grand-chose d'autre qu'à la jalousie de ce que l'autre femme ait eu un avant-goût de cet homme qu'elle n'avait toujours pas eu.

Mais la jalousie était une émotion bête. C'était le passé. Penny n'avait pas de futur avec Luke...

Kelli leva les yeux vers ceux de Diane.

— Je ne pense pas qu'elle savait ce qu'elle avait, conclut-elle.

La porte s'ouvrit brusquement derrière elle, mais Diane hocha la tête lentement, avec une expression ressemblant étrangement à de l'approbation, avant qu'elle ne se retourne et envoie un baiser à son homme.

— Je pensais bien que nous vous trouverions ici, belles dames, les taquina Jack.

Luke entra dans la pièce sur les talons de Jack, souriant alors qu'il s'avançait vers le canapé où Kelli était étendue. Il s'écroula près d'elle suffisamment fort pour qu'elle rebondisse, tirant avantage de sa distraction momentanée pour lui voler son paquet de chips.

— Hé, c'est mon paquet de malbouffe, se plaignit Kelli.

— Pas le temps de se disputer, répliqua Luke en repliant le haut du paquet pour le laisser tomber sur la table. Mets ton maillot de bain, nous allons à la piscine.

— Mais nous nous détendions, se plaignit Diane. Et discutions entre filles.

Jack l'attira pour un baiser.

— Ce qui signifie que vous parliez de nous. C'est comme une incantation magique. Vous nous avez fait apparaître à vos côtés, et maintenant vous êtes coincées avec nous.

— Oh, dit Kelli en agitant un doigt vers Diane d'un air entendu. C'est comme une de ces malédictions. Tu sais, récite les mauvaises paroles et tu restes coincée dans les limbes pour toujours. Ou répète trois fois « *Bloody Mary* »...

Luke la fit tomber dans ses bras, ignorant son cri alors qu'il se levait et la balançait par-dessus son épaule avant de s'en aller vers leur chambre.

— On se retrouve ici dans cinq minutes, Jack, proposa-t-il.

Un cri aigu résonna derrière eux, puis le rire de Diane.

— Homme des cavernes, se plaignit-elle.

— Femme de Cro-Magnon a besoin maillot de bain, grogna Jack. Dix minutes, Luke. Je vais essayer de ne pas être distrait.

Kelli posa les mains sur le dos de Luke et se redressa suffisamment pour voir Diane traverser la pièce. Elle était dans les bras de son petit ami, tous deux s'embrassant alors que Jack se déplaçait à l'aveuglette.

La dernière chose que Kelli vit fut lui qui se cognait dans un mur. Le rire de Diane résonna fort.

Puis Kelli vola dans les airs, rebondit sur le lit. Une seconde plus tard, elle était clouée sur place par un corps fort et masculin, les lèvres de Luke sur les siennes.

Oh *oui*.

Malheureusement, le baiser fut bref. Rapide, mais suffisamment salace pour la laisser le souffle court alors qu'il roulait sur le côté et la laissait seule et abandonnée.

Elle se pelotonna en tailleur pour le regarder alors qu'il fouillait dans son tiroir de commode et en sortait un short de bain.

Dix minutes passeraient vite.

Kelli attrapa le maillot de bain qu'Ivy ne lui avait pas seulement prêté mais carrément offert, prétendant qu'il était trop beau pour le renvoyer à la boutique. Quelqu'un s'était bien planté parce que la tenue était de trois tailles trop petite pour Ivy, et était presque parfaite pour Kelli.

Il n'avait également rien à voir avec cet une-pièce qu'elle portait habituellement quand elle allait nager au Big Sky Lake ou aux Heart Falls.

Elle n'avait pas le temps d'être timide ou faussement effarouchée, alors elle tourna le dos à Luke et se déshabilla, enfilant le shorty du maillot de bain puis se tortillant dans le haut du bikini.

Elle se pencha pour ajuster ses seins dans les bonnets du soutif comme Tansy le lui avait appris, et un grognement bruyant résonna derrière elle.

Kelli se redressa brusquement, jetant un coup d'œil par-dessus son épaule et découvrit Luke qui fixait son postérieur, une main pressée fermement à l'avant de son short de bain.

— Ton popotin est une merveille, gronda-t-il.

Les mots sortirent d'une voix basse et rauque. Elle se tourna vers lui, et le regard de Luke remonta vers ses seins. Il jura encore doucement alors que sa main faisait un va-et-vient sur la longueur de son érection.

— Enterre-moi maintenant, parce que je suis sur le point de crever.

Il était difficile de parler. La bouche de Kelli était devenue sèche rien qu'en le regardant. Quelles étaient les chances que Jack et Diane soient en fait à l'heure ?

Ou peut-être que la vraie question était : pourquoi est-ce que les gens pensaient que la ponctualité était un concept si important, de toute façon ?

Elle grimpa sur le lit, se déplaçant vers lui comme un chat.

— Veux-tu mettre en route un chronomètre ?

— Kelli, l'avertit Luke, mais il ne s'éloigna pas.

Il ne détacha pas les yeux d'elle, même s'il ne semblait pas pouvoir décider s'il voulait regarder en haut ou en bas.

— Nous allons le faire. Tu veux ma bouche ou ma main ? demanda-t-elle, d'une voix haletante et basse.

Luke jura encore avant de déplacer sa main pour la plonger sous l'élastique de son short. Il ajusta sa poigne, les doigts enroulés à l'évidence autour de sa verge. Il se masturbait rapidement.

Kelli se rapprocha en rampant.

— Luke ?

— Touche-moi.

Les mots sortirent en une supplique gutturale, et elle se mit à genoux pour pouvoir baisser l'élastique assez loin et voir ce qu'il faisait.

Il continua à caresser son membre, faisant apparaître le gland violacé dans son poing comme un diable dans une boîte érotique. Kelli posa les doigts sur ses abdominaux rigides, qui formaient une tablette de chocolat, chacun de ses muscles tendu alors qu'il la regardait fixement.

Elle suivit les bords de sa tablette de chocolat, descendit vers sa hanche puis suivit le sillon qui séparait sa jambe de son aine. Le mouvement rapide continua, et il grogna de nouveau alors qu'elle touchait la peau délicate sous sa verge, caressant ses bourses tendues.

Puis il se mit à jouir, se caressant, les yeux fermés alors que son torse s'arquait. Il releva son autre main pour couvrir son gland, attrapant le sperme qui jaillissait.

Kelli était comme une gosse dans une confiserie... elle ne savait pas où regarder.

Si, elle savait. Parce qu'aussi fascinant que ce soit de voir la beauté du corps de Luke, c'était l'expression sur son visage qui la fit sourire. La douleur transformée en plaisir. La satisfaction... et pourtant une envie dévorante inassouvie.

Les yeux sombres de Luke croisèrent les siens et elle frissonna d'excitation.

Ce n'était que le début.

~

Ils étaient dans la piscine depuis plus de trente minutes, et Kelli n'avait pas cessé de sourire.

Luke étira les bras le long du jacuzzi où Jack et lui s'étaient repliés, mais son regard restait fixé sur la malicieuse fée brune qui semblait déterminée à l'époustoufler à chaque occasion.

Qui eût cru qu'une bombe se cachait sous ces couches de denim ?

Il supposait qu'il devait se féliciter d'avoir gardé au cours des dernières années son cerveau loin de tout ce qui était pervers quand il s'agissait d'elle. Mais le changement signifiait que, maintenant, il appréciait vraiment d'explorer mentalement ce nouveau territoire. Kelli sortit de la piscine pour échapper à un groupe de préadolescents qui riaient, et il laissa ses yeux dériver sur elle avec plaisir.

Elle était mince, et pourtant assez pulpeuse lorsqu'il l'avait sentie sous lui au lit pour que ce soit bien trop difficile de s'arrêter, mais bien trop agréable pour continuer.

Peut-être qu'il *était* aussi intelligent qu'il l'avait toujours cru, parce que cela faisait vingt-quatre heures qu'elle avait lâché sa bombe sur lui, et maintenant qu'il s'était remis du choc, il était plus que prêt à satisfaire sa demande.

Cette sensation d'extrême justesse continuait à grandir.

— J'allais te demander quelques autres détails sur toi et Kelli, mais je peux barrer la moitié des questions de ma liste.

La voix de Jack contenait une bonne dose d'amusement.

Luke éloigna son regard des seins de Kelli avec réticence. Ils étaient comme un cadeau de Noël arrivé en retard, bien emballé avec un nœud rouge cerise.

Jack sourit encore plus, et Luke se prépara à être nargué.

— Quoi ? demanda-t-il.

— Je n'ai pas besoin de te demander ce que tu vois en elle, en dehors de ce qui est évident.

Luke se hérissa devant le regard appréciateur de Jack.

— Remets tes yeux dans tes orbites. Tu as ta propre meuf.

— Que j'aime et que j'adore, mais ça ne signifie pas que je ne peux pas apprécier la chance que tu as. Et je ne parlais pas que de l'emballage, expliqua Jack en se tournant vers lui, son expression devenant un peu plus sérieuse. Je ne l'ai pas vue sur le terrain, mais à l'entendre, elle connaît son affaire.

— Kelli est la meilleure, affirma Luke.

— C'est pour quand, le mariage ? demanda Jack. Parce que si ça ne te gêne pas que je te dise ça, je pense que tu serais malin de t'en occuper dès que possible.

Cela avait été tellement facile de se retourner vers la piscine et de la regarder avec les gamins alors qu'elle et Diane jouaient à chat avec eux. La chaleur dans son ventre provenait d'une attirance physique évidente. Une chose qu'il n'avait pas remarquée jusque-là.

Kelli était douée avec les enfants. Elle adorait ses nièces et était merveilleuse avec leurs amies, même quand il s'agissait de les aider pour des fêtes d'anniversaire et autres.

Une image d'elle tenant un enfant apparut dans son cerveau, et cela ne le fit pas flipper. Peut-être que c'était le fait qu'*elle faisait déjà essentiellement partie de la famille*, mais c'était encore une autre partie de leur relation qui semblait appropriée.

— La Terre à Luke, répondez.

Bon sang, il la fixait encore.

Il se retourna vers Jack et essaya de se souvenir de la dernière question, mais il ne se la rappelait plus

— Qu'est-ce que tu m'as demandé ?

Son ami le tapota sur l'épaule.

— Tu es dingue d'elle.

Le commentaire aurait dû faire paniquer Luke, et pourtant cela semblait quand même approprié.

— Nous avons besoin de temps. Le changement dans notre relation est nouveau, et même si ça se passe bien, nous avons beaucoup de choses à résoudre.

Rien dans cette réponse n'était un mensonge, et cette découverte donna de l'espoir à Luke. Il pourrait transformer cette situation désastreuse en quelque chose de positif, puis de parfait sans beaucoup d'effort.

Jack haussa un sourcil.

— Un petit conseil. Elle est maintenant sur le radar de plus d'une douzaine de ranchs, et même si peu d'entre eux ont des concurrents disponibles que ça intéresserait de se battre avec toi pour se retrouver dans son lit, ils veulent tous voir ce qu'elle peut faire avec leur troupeau.

C'était un avertissement juste, mais sur lequel Luke ne voulait pas s'attarder. Pas quand un sentiment d'urgence s'intensifiait pour faire savoir à Kelli qu'il avait non seulement vu le changement dans les feux de signalisation, mais qu'il était prêt à emprunter l'autoroute à toute vitesse.

— Sur ce, je pense que nous devons aller récupérer nos femmes.

Luke se leva, l'eau ruisselant sur lui. Jack se joignit à lui et tous deux se rapprochèrent de la piscine principale.

Kelli poursuivait un ballon qui avait roulé sur la terrasse et sous une chaise. Elle était à quatre pattes lorsqu'il s'approcha à grands pas, hochant poliment la tête vers la femme assise sur la chaise qui portait des vêtements de ville et un manteau.

— Excusez-moi.

Il attrapa Kelli par la taille, la souleva dans les airs alors qu'elle poussait un cri de surprise.

— Quoi... ? *Luke ?!*

Il lui retira le ballon des mains et le lança vers Jack, profitant de la chaleur de son corps contre le sien alors qu'il avançait à grands pas vers l'eau.

— Est-ce que tu attendais quelqu'un d'autre ?

Elle passa les bras autour de ses épaules, s'y agrippant étroitement, les yeux écarquillés alors qu'elle fixait son visage.

— Peut-être. J'ai commandé un petit ami gonflable à piles sur Amazon.

Un éclat de rire échappa à Luke.

— Je suis bien mieux. Grandeur nature *et* je ne me dégonfle pas aussi facilement.

Ce qu'elle allait lui répondre fut perdu dans un cri aigu lorsqu'il plongea avec elle. Ils atterrirent dans le grand bain, au fond de la piscine, et Luke poussa sur ses pieds pour les ramener à la surface, la retournant dans ses bras alors qu'il se dirigeait là où il pouvait avoir pied.

L'eau dégoulinait sur les joues de Kelli, une de ses nattes posée sur leurs deux épaules.

Elle s'accrocha à lui alors qu'elle le fixait du regard.

— Tu vas faire perdre mon équipe, l'avertit-elle.

— On ne peut pas laisser faire ça, répondit-il alors qu'il glissait les mains sur ses hanches, puis plus bas.

Il empoigna brièvement son fessier, frottant son corps contre le sien juste pour se torturer.

— Luke, murmura-t-elle en faisant un signe de la tête pardessus son épaule. Il y a des enfants. Tiens-toi bien.

— Je sais, promit-il, mais il ne la lâcha pas.

Il la fit pivoter simplement dans ses bras en la tenant bien, un bras passé autour de sa taille pour la garder contre lui. Il leva une main en l'air et fit signe à Diane.

— Ici. Lance-le ici.

Diane se tenait dans le petit bassin, jaugeant la distance entre elle et le groupe d'une douzaine d'enfants qui se rapprochait rapidement.

— Passe longue, cria-t-elle avant de frapper le ballon de plage du poing.

Kelli leva les bras en l'air alors que Luke la soulevait, lui donnant la hauteur supplémentaire dont elle avait besoin pour s'emparer du jouet égaré.

Elle cria lorsqu'elle l'attrapa, lui lançant un sourire ravi avant que la panique ne s'installe.

— Oups. Ils vont en avoir après nous maintenant.

Les quinze minutes suivantes furent une vague d'énergie et de chaos. Les enfants criaient, l'eau clapotait, les rires résonnaient. Les équipes étaient plus ou moins variables, la personne tenant le ballon étant une cible légitime.

La seule chose constante, c'était que Luke restait près d'elle parce qu'être séparé même d'un pas de Kelli lui aurait paru trop éloigné.

La soulevant, les mains posées sur sa taille ou ses hanches. La baissant contre son corps et laissant sa peau douce frôler la sienne. Passant brusquement derrière elle et lui mettant secrètement la main au panier – il s'assura de ne pas le faire trop souvent parce que c'était dangereux. Il n'avait pas besoin d'être plus excité qu'il ne l'était déjà.

Quand les mères qui étaient en train de discuter frappèrent dans leurs mains et informèrent les enfants qu'il était l'heure de se préparer pour le dîner, Luke était aussi dur qu'un diamant et prêt à faire ce qu'il fallait à ce sujet.

Kelli fut momentanément entourée d'une meute de préadolescentes qui durent toutes la prendre dans leurs bras avant de sortir de l'eau et de s'en aller avec leurs mères.

Jack et Diane s'étaient repliés dans le jacuzzi. Kelli se retourna, baissa légèrement le menton alors qu'un éclair apparaissait dans ses yeux.

— Je devrais te faire sortir de la piscine tout de suite pour te punir de m'avoir mise dans tous mes états.

Luke franchit de nouveau la distance entre eux, la serrant contre son corps.

— Tu veux que je marche avec ce handicap ?

Quelle femme sournoise. Elle passa la main autour de son cou, secouant légèrement la tête.

— C'est la faute de qui si tu souffres ? Je pensais que nous ferions quelque chose *à ce propos* avant de descendre.

Luke lança un coup d'œil autour de lui, mais tout le monde avait abandonné la piscine et le froid grandissant. Jack et Diane restaient dans le jacuzzi, mais ils étaient occupés à s'embrasser. Il s'empara de la main libre de Kelli et la glissa sur son corps pour que sa paume se presse contre son membre dur.

— Je t'ai dit que j'étais mieux qu'un petit ami gonflable.

Elle ricana.

— Est-ce comme une de ces bougies magiques qu'on ne peut jamais éteindre ? Avoir ton érection éternelle autogonflante. Peu importe combien de fois on s'en occupe, il y en a toujours une autre juste après.

La sensation de sa main sur lui le rendait fou, mais ils n'allaient pas recommencer. Pas quand il y avait tellement d'autres meilleures options.

— Nous devons y aller, lui dit-il.

Même pour lui, sa voix semblait effrayante. Limite dangereuse et assurément chargée de désir.

Elle le poussa, et il la lâcha, la suivant lentement. Montant les marches à l'extrémité de la piscine et ignorant son érection qui était entièrement visible et formait une bosse sous son short.

Il enfila son peignoir, regardant Kelli faire de même. Il l'interrompit quand elle fut sur le point de passer la ceinture autour d'elle, refermant le tissu sur son corps lui-même. Ses doigts frôlaient les renflements de ses seins alors qu'il feignait d'ajuster le tissu duveteux.

Il serra les extrémités de sa ceinture alors qu'il regardait fixement son visage. Les joues de Kelli avaient rougi comme si elle avait passé des heures dans le jacuzzi, et quand elle s'humecta les lèvres, ça l'acheva.

S'ils réussissaient à retourner dans leur chambre, ce serait un satané miracle.

12

____

elli avait la tête qui tournait lorsque Luke glissa les doigts entre les siens et les éloigna de la terrasse de la piscine. Au loin, des cloches sonnaient, et en dehors du grondement délicat des ascenseurs et des sons en coulisses, tout était calme et paisible.

À l'intérieur de son corps, elle était enfiévrée et glacée.

Le son le plus bruyant qu'elle entendait était le sang qui se précipitait derrière ses tympans. Ils se tenaient côte à côte devant l'ascenseur, les chiffres illuminés descendant lentement vers eux, qui attendaient au rez-de-chaussée. Luke agrippait sa main, passant le pouce sur ses articulations de manière répétée.

Elle avait peur de le regarder, peur de croiser son regard dans le miroir au cas où ce serait le coup de grâce qui lui ferait perdre sa retenue.

Tous leurs contacts avaient fait monter la pression à l'intérieur jusqu'à ce que – oubliez la discussion sur les petits amis gonflables – ce soit *elle* qui soit comme un ballon prêt à exploser. Tout ce qu'il lui faudrait, ce serait une suggestion trop directe et elle lui sauterait dessus. Ici, maintenant.

Elle fourra sa main libre dans la poche de son peignoir, ce qui lui arracha un hoquet lorsque ses doigts se refermèrent sur une pochette carrée qui crissa à son contact.

— Oh mon Dieu, chuchota-t-elle.

— Quoi ?

La voix de Luke... était rauque, emplie de désir avec un self-control d'acier.

La porte de l'ascenseur s'ouvrit, et il l'entraîna à l'intérieur, utilisant son bracelet pour accéder à leur étage.

Au lieu de répondre, elle leva les yeux, vérifia les coins de l'ascenseur.

Une touche d'amusement perça.

— Je suis presque sûr qu'ils ont des caméras de sécurité ici.

Elle se tourna vers lui.

— Alors je suppose que je ne devrais pas créer de scandale en utilisant ça.

Elle remonta suffisamment la main pour exposer le coin du préservatif.

Il ferma les yeux et laissa sortir une longue et lente expiration, ses épaules larges se contractèrent, et ses doigts se resserrèrent étroitement sur son corps.

— Ne me tente pas.

— Je ne fais rien, affirma-t-elle.

Luke se rapprocha d'elle, la haussant contre son corps.

— Tu es toi. Ça suffit à tenter un saint.

Au diable les convenances. Kelli enroula les jambes autour de lui, plongeant les doigts dans ses cheveux pour unir leurs lèvres.

Ou en tout cas, ça avait été son plan. Luke vint à sa rencontre plus qu'à mi-chemin, l'embrassant goulûment. Ses doigts pressèrent son postérieur. Sa langue batailla avec la sienne, la rendant si folle de désir qu'elle ne se rendit pas compte que les portes de l'ascenseur s'ouvraient.

Mais elles avaient bien dû s'ouvrir, parce que soudain ils se retrouvèrent dans le couloir, elle plaquée contre le mur le plus proche, l'épaisse érection de Luke pressée contre son clitoris à travers le fin tissu de leurs maillots de bain, ses seins écrasés contre lui, et c'était bon, mais c'était loin de suffire.

Tout venait de lui. *Luke* l'embrassant, la consumant. Lui faisant tourner la tête. Il recula juste assez pour la porter un peu plus loin avant de perdre toute retenue, pivotant sur place et la coinçant contre la surface verticale la plus proche.

La troisième fois qu'il le fit, elle sentit enfin du bois contre son dos au lieu du placo. Kelli tendit le bras à l'aveuglette, tournant désespérément son bracelet devant la serrure de sécurité alors que les dents de Luke s'enfonçaient dans son cou.

Un bip résonna, et il pressa la poignée. La porte s'ouvrit derrière elle, puis il fit deux pas dans la pièce et elle ne put plus attendre.

Elle repoussa frénétiquement le peignoir de Luke, écartant le textile alors qu'il lui faisait la même chose.

Le tissu tomba sur le sol, et les mains de Luke se dirigèrent vers le haut de son bikini. Quant à Kelli, elle attrapa le haut de son short de bain et le tira sur ses cuisses, faisant jaillir sa verge, et elle tendit la main...

— *Bon sang.*

Kelli fit volte-face, saisissant son peignoir en même temps que Luke attrapait le haut de son short de bikini et le lui retirait.

Il la souleva de nouveau. Elle eut juste le temps d'attraper le préservatif dans la poche de son peignoir avant qu'il ne trébuche sur le reste du chemin vers leur chambre.

Tant de possibilités s'offraient à elle maintenant qu'ils disposaient d'un lit et de toute l'intimité qu'ils voulaient, mais l'urgence persistait.

— Tout de suite, exigea Kelli en levant le préservatif.

La tentation apparut dans les yeux de Luke, mais il secoua la tête.

— Je dois te préparer...

Maudit soit cet homme. À l'instant où il relâcha sa prise, elle se libéra, reprenant son équilibre avant d'enrouler les doigts autour de sa verge.

Luke grogna alors qu'elle remontait la main.

— *Kelli.*

Il avait posé une main sur son sein, le serrant étroitement avant de le relâcher délibérément.

— Maintenant, dit-elle d'un ton sec. Bon sang, Luke. Baise-moi donc.

Comme si un barrage avait cédé, il bougea. La plaquant contre le mur, clouant ses hanches contre elle, il prit ses seins au creux de ses mains et posa sa bouche sur elle. La suçant et la mordillant alors qu'il déplaçait ses dents sur sa peau et remontait sur son cou.

Faisant étrangement plusieurs choses à la fois, puisque lorsqu'il la souleva une seconde plus tard, plaçant la jambe gauche de Kelli sur sa hanche pour qu'elle s'ouvre largement, il avait déjà enfilé le préservatif.

Il se glissa juste entre ses replis, montant et descendant, étalant ses sécrétions contre son clitoris alors que ses grandes lèvres s'ouvraient, s'enroulaient autour de lui, et le lubrifiaient.

La langue de Luke s'enfonça dans sa bouche au même rythme. Imitant le sexe, la faisant planer plus haut.

Luke recula juste assez pour la regarder dans les yeux alors qu'il la soulevait un peu plus. Le gland épais de sa verge glissa un peu plus loin, désormais placé devant son orifice.

— Oui, dit-elle d'une voix sifflante.

Lentement, lentement puis, alors que le visage de Luke se tendait, il poussa les hanches en avant et s'enfonça profondément, la remplissant complètement d'un seul coup de reins.

Oh mon Dieu, c'était bon. Kelli enfonça les doigts dans ses épaules et haleta, attendant que son corps cesse de bourdonner, mais cela n'était pas près d'arriver. Pas avec lui qui la touchait, la taquinait.

Faisait traîner ses mains sur ses cuisses et son postérieur comme s'il ne pouvait pas s'en empêcher.

Elle était sur le point de lui dire de *s'y mettre* quand il lut dans ses pensées. Il passa un bras sous un de ses genoux et lui écarta les cuisses d'une telle façon que, si elle n'avait pas été si souple, cela n'aurait pas fonctionné.

Un commentaire de petite maligne monta à ses lèvres, mais avant qu'elle ne puisse le sortir, il la pénétrait. Reculant assez lentement pour que chaque épais centimètre frictionne des nerfs hypersensibles.

Plongeant sa verge de manière à heurter son clitoris avant de coller son abdomen ferme contre le sien. À chaque mouvement, ses seins s'écrasaient contre lui et ne lui laissaient nulle part où se réfugier.

Reculer, *donner un coup de reins*. Recommencer de nouveau. Plus fort désormais. Le son discordant de la respiration de Luke provenait aux oreilles de Kelli alors qu'il appuyait la tête contre le mur à côté d'elle. Ses doigts s'enfonçaient sur ses fesses alors qu'il contrôlait le mouvement, plongeant profondément sans relâche. Encore, et encore, alors que la tension échappait à tout contrôle.

Une faible odeur de chlore s'accrochait à leur peau, mais la seule qu'elle sentait, c'était celle de Luke. Son goût dans sa bouche. La sensation de son corps qui l'entourait, au-dessus d'elle, sur elle, et en elle.

Unis, et si délicieusement salaces alors qu'il accélérait. Ses mouvements étaient brutaux et brefs, prévus pour la faire grimper aux rideaux. Il ajusta sa position, plaçant Kelli sur un de ses bras. Quand il leva sa main libre vers sa bouche et mouilla ses doigts, Kelli retint son souffle.

Il glissa la main sur son ventre et toucha son clitoris, le frottant fort alors qu'il la pilonnait.

Elle alla à sa rencontre, s'arquant alors que le plaisir s'abattait précipitamment. Son intimité se serra étroitement autour de lui et elle gémit son prénom.

Luke jura, se pressant contre elle. Ses coups de reins devinrent erratiques, désynchronisés, alors qu'il projetait la tête en arrière et jouissait.

Tous deux tressaillaient et étaient secoués des soubresauts comme s'ils étaient pressés contre une clôture électrique. Se contractant. Tremblant. Haletant.

La pièce tourna longtemps, et jusqu'à ce que tout se stabilise, elle resta là, ressentant la satisfaction dans tout son corps.

Waouh.

Finalement, Kelli détendit ses mains, relâcha ses doigts un à un, là où elle les avait enfoncés sur les épaules de Luke.

Il tourna la tête et pressa ses lèvres contre la joue de Kelli. Elle pivota vers lui, et ils se touchèrent de nouveau, plus doucement maintenant, inspirant difficilement alors qu'ils tentaient de reprendre le contrôle de leur respiration.

Il était encore enfoui en elle.

Rien que d'y penser, c'était inouï, et alors que Kelli laissait ses doigts dériver sur la joue de Luke, le fixant dans les yeux, elle se sentit un peu fragile.

Cela avait été parfait, bien mieux qu'elle ne s'y était attendue. Vu le nombre d'années qu'elle avait passées à imaginer ce fantasme, elle avait placé la barre haut.

Elle traça du doigt une ligne sur ses lèvres, les regardant fixement.

— On devrait aller ranger la salle de séjour, chuchota-t-elle. Avant que Jack et Diane ne reviennent.

— Bonne idée. Je vais m'en occuper dès que j'aurais récupéré mes jambes, dit-il en lui mordillant le bout des doigts, alors qu'un doux sourire incurvait ses lèvres. Était-ce amusant ?

Elle émit un « hum » comme si elle y réfléchissait.

— Je crois, mais pour en être absolument sûre, nous ferions mieux de réessayer.

— Bien sûr. C'est en forgeant qu'on devient forgeron.

Il se retira lentement, ignorant sa protestation. Et alors qu'il la portait jusque dans la douche et la posait avec un regard qui promettait de l'intensité, Kelli se rendit compte qu'elle n'avait pas grand-chose de quoi se plaindre.

— Encore ? demanda-t-elle.

Le sourire sexy de Luke répondit à cette question.

IL ÉTAIT TENTANT d'oublier la raison pour laquelle ils étaient là et de rester simplement au lit avec Kelli. Seul le fait qu'elle serait trop endolorie pour marcher s'il continuait comme ça permit à Luke de résister à l'envie de recommencer une troisième fois d'affilée.

La douche avait été une super occasion d'explorer et de s'amuser jusqu'à se rendre tellement fous l'un l'autre qu'il avait été soulagé de n'avoir à se déplacer que jusqu'au meuble sous le lavabo pour prendre un préservatif.

Même s'il n'allait *pas* dire à Lisa que son cadeau avait été utile.

Il ramena Kelli dans leur lit et la sécha. Son expression amusée affichait clairement qu'elle se prêtait au jeu.

— Souris autant que tu veux, je ne suis pas gêné.

Il lança la serviette, s'allongea près d'elle pour continuer à passer les mains sur sa peau.

— Tu es beaucoup plus tactile que je ne m'y attendais, c'est tout.

Il passa le dos de ses doigts sur ses seins, dessinant des cercles autour de ses mamelons. Souriant lorsqu'ils durcirent.

— Qu'est-ce qui te fait dire ça ?

— Aucun de vous, les garçons Stone, n'est très câlin, signala-t-elle. Sauf peut-être Dustin, et je pense qu'il essaie de le cacher parce qu'il ne veut pas que l'un de vous lui fasse des remarques.

— Peut-être que ça a à voir avec le fait que nous tripotons tout le temps des trucs pour nos corvées, dit-il en fronçant les sourcils alors qu'il remarquait de faibles bleus sur les avant-bras de Kelli. Tu as fini par te blesser.

Kelli se redressa sur ses coudes.

— Il t'a fallu tout ce temps pour t'en rendre compte ?

Luke haussa les épaules, se pencha pour embrasser délicatement sa peau.

— Je ne regardais pas tes bras tout à l'heure. Il y avait d'autres parties plus distrayantes.

Comme ses seins, qui étaient juste là, à quelques centimètres de ses lèvres...

Avant qu'il ne puisse céder à la tentation, il se redressa et embrassa le bout de son nez.

— Habille-toi.

Elle soupira.

— O.K. Je mets mon armure.

Ils étaient en train de ramasser les vêtements qu'ils avaient semés depuis la porte d'entrée jusqu'à leur chambre, et avaient presque fini de cacher les preuves, quand le téléphone de Kelli sonna.

Elle baissa les yeux avec un froncement de sourcils.

— Numéro inconnu.

Elle répondit, écarquillant les yeux instantanément.

— Oui, madame. Je suis libre en ce moment. Où voulez-vous qu'on se retrouve ?

Kelli leva un pouce pile au moment où le téléphone de Luke bipait, et il tendit la main pour vérifier ses messages.

Walker.

À l'arrière-plan, Kelli était encore au téléphone.

— Je peux descendre dans environ cinq minutes, proposa-t-elle. D'accord, je vous verrai à ce moment-là.

Elle raccrocha, la bouche ouverte en un hurlement silencieux.

Luke haussa un sourcil.

— Je suppose que tu m'abandonnes ?

— Pendant un moment. Oh mon Dieu, Luke ! Mme Petrie veut discuter. Elle dit qu'elle doit en savoir plus sur Silver Stone, et est-ce que j'aime mon thé sucré ou pas ?

Kelli bondissait d'excitation. Il l'attira contre lui et l'éteignit avant de lui incliner la tête, soudant leurs regards.

— Je t'avais dit que tu étais une rock star.

— Je ne pense pas que les rock stars s'amusent autant, avança-t-elle en se mettant sur la pointe des pieds pour l'embrasser avec enthousiasme avant de glisser hors de ses bras et de fourrer ses pieds dans ses bottes.

Une seconde plus tard, elle avait enfilé une veste et se dirigeait vers la porte.

— Si tu vois Diane avant moi, dis-lui que nous discuterons plus tard. Oh, et envoie-moi un texto si tu as besoin de moi.

— Pareil, lui rappela-t-il.

Elle était partie avant qu'il n'ait pu dire autre chose. Il n'avait pas eu le temps de lui confier à quel point il s'était amusé, ou à quel point les dernières heures avaient été parfaites.

Peut-être que c'était une bonne chose car son cerveau allait vraiment trop vite, vu la manière dont ce nouveau statu quo lui semblait tout à fait normal. Bon sang, Kelli était la meilleure chose qui lui soit arrivée, et commencer enfin à en être conscient...

Au lieu de répondre au texto de son frère, Luke tenta de l'appeler en espérant que Walker se trouve quelque part où il y avait du réseau.

— Hé. Je ne voulais pas t'interrompre au cas où tu serais au milieu d'un contrat, expliqua Walker. Tu es bien occupé ?

Une culpabilité momentanée s'installa, parce que pendant les deux dernières heures Luke n'avait rien fait pour faire progresser les intérêts financiers de Silver Stone.

D'un autre côté, il ne pouvait pas sociabiliser tout le temps.

— Je fais juste une pause. Ce n'est pas comme participer à un rodéo ou à une conférence de presse. Nous parlons de chevaux, et de Silver Stone, mais il s'agit surtout de faire connaissance avec les gens.

Walker émit un son évasif.

— Ce n'est pas pour te mettre la pression ni quoi que ce soit, mais une de ces personnes a-t-elle l'air intéressée à l'idée de balancer du cash dans notre direction ?

— Kelli vient de répondre à une invitation avec la grande dame des écuries Trafalgar, répondit Luke avec un grand sourire. Kelli fait tomber les oiseaux des arbres par son charme, Walker. C'est tellement cool de la regarder.

Son frère resta silencieux pendant un instant, et quand il reprit la parole, il semblait amusé.

— Je suppose que tu es heureux de lui avoir demandé de t'accompagner ?

Mince. Avait-il mal jugé la situation ?

— Ouais, elle fait des merveilles, mais je suis désolé. J'aurais dû te demander si tu voulais venir.

— Oh, bon sang, non. Je n'insinuais rien sur le fait de m'avoir laissé à l'écart. Je suis *content* que tu ne m'aies pas poussé de nouveau sous le feu des projecteurs. J'ai déjà fait ma part. Je me demandais juste comment les choses se passaient entre Kelli et toi.

Luke était à deux doigts de tout avouer, mais ce serait un désastre potentiel puisqu'il ne savait toujours pas ce qui se passait ni ce qui se produirait quand il rentrerait chez lui.

Quand *ils* rentreraient.

Ouais, le fait que lui et Kelli avaient couché ensemble n'était pas une info à balancer par téléphone. Il préférerait être chez lui pour gérer les problèmes en personne. *Si jamais* il y avait des problèmes.

Il n'y en aurait peut-être pas, si leur aventure était terminée.

Je ne suis pas prêt à ce que ce soit terminé...

Seigneur, il ne savait pas ce qui se passait. Garder le silence était l'idée la plus intelligente.

— Ça va super bien. On s'éclate.

Prenant le temps d'y réfléchir, il se pressa d'ajouter :

— En fait, on trime jour et nuit. Tu sais, c'est absolument épuisant. Je pourrais bien avoir besoin de quelques vacances en rentrant.

Walker émit un petit rire.

— Crétin.

— Frangin. Tu aurais dû voir la taille du steak que j'ai été forcé de manger hier soir.

— Parce que l'honneur de Silver Stone en dépendait ?

— À peu près, répondit-il alors que son téléphone vibrait. J'ai un autre appel. On se parle plus tard.

— Merde pour la suite.

Luke changea de ligne, écarquilla les yeux lorsqu'il remarqua le nom qu'affichait l'appel. Arabian Treasures. C'était le ranch de Timothy Carlyn.

L'homme en question alla droit au but.

— Vous avez du temps pour un café ?

— Bien sûr. Où voudriez-vous qu'on se retrouve ?

Timothy lui indiqua où aller. Luke raccrocha avec l'impression que la magie d'un conte de fées se répandait sur lui. De leur avoir fait décrocher une invitation à cet événement, Bertram n'allait pas recevoir une bonne bouteille, il allait en recevoir une caisse.

Luke se regarda dans le miroir avant d'aller à son rendez-vous, se dépêchant de se rendre à l'étage principal et ouvrant l'œil, à la recherche de Kelli. Non pas qu'elle ait besoin qu'il vérifie comment elle allait, mais il prendrait plaisir à la voir de nouveau frayer avec Mme Petrie.

Timothy Carlyn se leva et serra la main de Luke, mais son regard erra.

— J'espérais que Kelli serait avec vous.

Quelque chose d'un peu sombre et dangereux glissa dans ses tripes avant que Luke ne puisse l'étouffer.

— Elle est avec les dames. Est-ce un problème ?

Carlyn fit un geste vers l'autre bout de la pièce. Des sièges en cuir rembourrés et confortables étaient placés de chaque côté d'une table basse qui comportait une cafetière et un plateau de pâtisseries.

— Pas du tout. Je voulais simplement que vous sachiez qu'elle est toujours la bienvenue. Je ne crois pas qu'il faille mettre les femmes à l'écart quand nous parlons affaires.

Comme excuse, son explication était logique, mais elle était également étrange, étant donné qu'ils n'étaient pas là pour parler affaires. À moins qu'ils ne le soient....

Luke abandonna sa tentative de deviner.

Carlyn était le professionnel ultime, ramenant la conversation sur une discussion des races récentes à Silver Stone qui montraient le plus de puissance. Luke se lança dans les données et les projets de reproduction, et les choses se déroulaient sans à-coups jusqu'à ce que Carlyn change de sujet.

Et revienne à Kelli.

— Alors c'est quelque chose de récent, vos fiançailles ?

Le dos de Luke se raidit.

— Très.

Tenant son café, l'homme l'examina de ses yeux gris avant de jeter un coup d'œil par la fenêtre.

— N'étiez-vous pas fiancé à Mlle Talisman pendant plusieurs années ?

Enfin une question directe après que toutes les autres personnes avaient tourné autour du pot. De toute façon, Luke n'avait pas besoin de le cacher.

— Nous l'étions, mais nous avons rompu en août. Ça s'est fait d'un commun accord, et nous sommes encore amis.

— Et maintenant vous êtes avec Kelli, continua Timothy en posant sa tasse. Détendez-vous, fiston. Je ne vous accuse de rien. Je trouve ça intéressant que Kelli soit à Silver Stone depuis long-temps, et que vous ne découvriez que maintenant votre attirance.

— Parfois, il est difficile de voir ce qu'on a juste sous le nez, admit Luke avec une complète honnêteté.

Quelque chose dans le ton de sa voix avait dû rendre ça clair, parce que Carlyn hocha lentement la tête.

— Vous savez quoi que ce soit sur la famille de Kelli ? Elle me fait penser à quelqu'un.

C'était un coup d'épée dans l'eau. Luke ouvrit la bouche, puis la referma.

Bon sang. Il ne savait *rien* sur la famille de Kelli. Mais il lui était impossible de l'avouer.

Il chercha précipitamment quelque chose à dire.

— Je ne suis pas sûr qu'il y ait nécessairement un lien. À qui vous fait-elle penser ? Peut-être que nous pourrons trouver s'il y a une raison.

Timothy se redressa soudain, triturant son manteau.

— Oh, c'était juste une pensée au hasard. Rien qui doive vous inquiéter. Je vais y réfléchir encore un peu, voir si je ne peux pas trouver tout seul.

Il se leva abruptement, prenant Luke au dépourvu.

Il dut se lever précipitamment alors que Timothy lui offrait une poignée de main d'au revoir.

— Désolé, je dois filer. J'ai oublié que j'attendais un appel.

— Pas de problème, lui assura Luke.

Mais Timothy Carlyn s'en allait déjà, le dos bien droit alors qu'il s'éloignait rapidement.

Luke le regarda s'en aller, totalement perplexe, et maintenant extrêmement curieux.

Pourquoi n'avait-il jamais osé poser de questions à Kelli sur sa famille avant ?

13

———————

La journée de samedi s'acheva tard. Jack et Diane étaient pelotonnés près du feu, ce qui signifiait que Luke et Kelli s'étaient retirés dans leur chambre.

Ils étaient assis sur le lit, et elle pouvait enfin raconter à Luke tout ce dont elle avait discuté avec Sadie Petrie. Luke restait silencieux pendant qu'elle s'exprimait, mais il hochait la tête au bon moment.

Puis il éteignit les lumières et lui fit l'amour, la taquinant et la touchant jusqu'à ce qu'elle se tortille de désir. La satisfaction sexuelle envahissait et enserrait Kelli aussi étroitement que la manière dont Luke la maintenait contre son corps.

Les deux jours suivants passèrent vite, et Kelli aurait dû se sentir épuisée. À la vérité, entre l'excitation et le sexe, elle fonctionnait à l'adrénaline pure.

Ce n'était pas comme si elle n'avait jamais travaillé sans relâche avant, mais elle ne voulait rien rater.

Le lundi, Luke et elle se joignirent aux Petrie pour le dîner. Joseph Petrie s'excusa de les monopoliser, mais ça ne dérangeait pas Kelli. Sadie était marrante, et aucun des deux ne cilla quand elle commanda un steak de la taille de celui de Luke, puis vola quelques tranches de plus sur son assiette.

Quand ils furent de retour dans la suite, Diane leur annonça que tous les quatre sortaient pour aller danser. Kelli fut tentée de bondir sur Luke avec un cri de joie.

À la place, elle lui tapota la joue malicieusement.

— Je t'avais dit que nous avions besoin de nos jeans.

Jack se mit à rire. Diane l'entraîna hors de la pièce, mais aucun d'eux ne perdit de temps avant de se retrouver pour descendre.

— Ce n'est pas une partie de l'hôtel qui a été réservée pour le gala et où tout le service est compris, les avertit Jack. C'est le pub classique de l'hôtel, mais il semble attirer une bonne foule.

— Alors ce n'est pas un open bar, résuma Kelli en haussant les épaules. Pas de problème. Je ne veux pas boire, je veux danser.

L'endroit était étrangement bondé pour une villégiature cachée dans les montagnes. Quand elle mentionna quelque chose là-dessus à Luke, il haussa les épaules.

Il avait entouré d'un bras les épaules de Kelli alors qu'ils se frayaient un chemin dans la salle comble.

— Beaucoup de personnel qui travaille dans les endroits comme le Palisade. J'imagine que lorsqu'ils ont du temps pour faire la fête, c'est agréable de ne pas devoir aller bien loin.

Elle lança un coup d'œil autour d'elle, regardant les couples déjà sur la piste. Vérifiant quels gars semblaient pouvoir garder le rythme.

Une surprise totale la frappa quand Luke l'entraîna avec lui, et pendant une seconde, les bras ballants, elle le fixa avec confusion.

Il se mit à rire alors qu'il entrelaçait leurs doigts, utilisant la main qu'il avait sur sa hanche pour l'attirer contre son corps.

— Est-ce que tu cherchais vraiment un partenaire de danse ?

— Les vieilles habitudes ont la vie dure, s'excusa-t-elle. Peut-être que nous ne savons pas danser, le taquina Kelli.

Les flammes dans les yeux de Luke grandirent.

— Chérie, on danse depuis un moment. Nous nous en sortirons très bien.

Il la fit tournoyer, et il avait raison. Il n'y avait pas de maladresse, pas de gêne dans leurs pas. C'était comme s'ils étaient faits l'un pour l'autre. Kelli se détendit dans ses bras et le laissa diriger.

Ils avaient fait le tour de la piste pendant une demi-douzaine de chansons avant qu'il ne fasse un geste vers le côté.

— C'est l'heure de la pause.

— J'ai besoin d'eau, acquiesça-t-elle, et d'une pause pipi.

Il pointa les toilettes des dames du doigt. Elle se mit sur la pointe des pieds et l'embrassa sur la joue avant de s'éloigner. Un rapide coup d'œil par-dessus son épaule lui montra qu'il fixait ses fesses, un sourire lui fendant le visage. Kelli roula un peu plus des hanches tout en s'en allant.

Elle était aux anges. Absolument aux anges.

Elle entra dans les toilettes, sifflant joyeusement, puis s'arrêta lorsqu'une femme devant le miroir se redressa brusquement.

Des signaux d'alarme se déclenchèrent dans la tête de Kelli. Elle avança lentement, ignorant les cabines des toilettes comme si sa seule raison d'être là était de vérifier son maquillage... ce qui était un peu exagéré étant donné qu'elle ne portait pas grand-chose d'autre que du baume à lèvres.

Sa mascarade avait dû être suffisamment convaincante, car que l'autre femme ne fila pas.

Kelli joua un peu avec ses cheveux, replaçant quelques mèches derrière ses oreilles avant de lancer un coup d'œil dans le miroir de manière très décontractée pour regarder sa voisine. Celle-ci avait effacé des larmes. Peut-être appliqué du maquillage supplémentaire sur un bleu.

C'était des salades. Même si elle devait dire quelque chose, Kelli savait qu'elle devait y aller prudemment.

— Parfois, c'est plus facile de demander de l'aide à une étrangère qu'à ses amies.

La femme cligna des yeux, sursautant comme l'avaient fait les cerfs dans la neige plus tôt dans la semaine.

— Quoi ?

Kelli se tourna lentement, levant un doigt vers son propre visage.

— Parfois, il arrive des accidents, et je comprends ça. Mais parfois, nous avons besoin d'une main tendue.

Elle inspira profondément et essaya de croiser le regard de sa voisine, se penchant pour se faire aussi petite et peu intimidante que possible.

— Vous avez besoin d'un coup de main, ma belle ?

La femme hésita alors qu'elle examinait Kelli. Elle ouvrit la bouche et la referma.

Puis finalement, elle inclina très légèrement le menton.

— J'aurais bien besoin qu'on me ramène.

L'esprit de Kelli s'emballa. Un trajet en voiture était tout à fait faisable. Si elle devait payer un taxi, qu'il en soit ainsi.

— Est-ce que ça va suffire pour que vous soyez en sécurité ?

Elle hocha pensivement la tête.

— J'ai des colocataires. Elles ne laisseront rien d'autre m'arriver. Je l'ai rencontré il y a quelques semaines, et il était vraiment gentil, jusqu'à aujourd'hui.

— Ils sont tous vraiment gentils jusqu'à ce qu'ils ne le soient plus. Les ordures, je veux dire, rectifia Kelli en se rapprochant. Il y en a de bien là dehors. Hé, je m'appelle Kelli.

— Gina.

— Est-ce qu'il vous attend au bar ?

Gina hocha la tête.

— Combien de temps va-t-il encore attendre avant de venir vous chercher à votre avis ?

La femme haussa les épaules.

— Il est en train de boire. Je n'en ai aucune idée.

D'accord. Ça pourrait se passer plus facilement qu'elle ne le pensait.

— Pouvez-vous rester ici pendant que je vais chercher de l'aide ?

Les yeux de la femme s'écarquillèrent.

— N'appelez pas les flics.

Parfois c'était la bonne chose à faire, mais ce qui inquiétait plus Kelli c'était de faire sortir Gina d'ici en un seul morceau.

— Je ne le ferai pas, mais je dois aller chercher mon fiancé. C'est un des gars bien dont je vous ai parlé. Nous allons vous ramener chez vous.

Gina hésita, en tout cas jusqu'à ce qu'elle lance un coup d'œil dans le miroir. Elle grimaça.

— Je ne sais pas pourquoi vous êtes prête à m'aider, mais je ne vais pas refuser.

Kelli hocha rapidement la tête.

— Restez là. Cachez-vous dans une cabine si vous voulez. Je vais revenir et prononcer mon prénom quand nous serons prêts. Je serai aussi rapide que possible.

Elle se dépêcha de retourner vers la piste de danse, cherchant Luke frénétiquement. Lui et leurs amis se tenaient sur le côté, et elle fila vers lui, le cœur battant.

Luke passa un bras autour d'elle tandis que son sourire s'effaçait.

— Qu'est-ce qui ne va pas ?

— J'ai besoin de ton aide.

Une heure plus tard, ils étaient sur le chemin du retour, et Luke luttait avec des émotions des plus étranges.

Jack et Diane les avaient aidés à faire sortir la femme du bar sans que son partenaire ne la remarque, puis Kelli s'était assise sur le siège du milieu de la camionnette de Luke, le bras autour de Gina, alors qu'il les emmenait tous les trois chez elle à Canmore.

Ils avaient tous les deux insisté pour s'assurer que les colocataires de Gina étaient à la maison avant de partir. Il y avait eu un déluge d'étreintes de la part de toutes les femmes reconnaissantes après qu'ils eurent escorté Gina jusqu'en haut des marches de sa maison.

Quelques minutes après être remontée dans la camionnette, Kelli envoya un rapide texto à Diane pour lui faire savoir que tout s'était bien passé, puis lut la réponse à haute voix.

— Elle dit : « Dieu merci. Roulez prudemment, et nous vous verrons demain matin. Nous allons nous coucher. »

Kelli se pelotonna contre Luke, les doigts enroulés autour de son biceps alors qu'elle posait la tête contre lui.

— Ce n'est pas la fin de soirée à laquelle je m'attendais, ajouta-t-elle.

Peut-être que c'était pour ça qu'il se sentait si partagé. Luke était fier que Kelli ait aidé quelqu'un et un peu ému que, cette fois, elle ait été assez honnête pour venir le chercher.

Mais une bonne partie de lui était morte de trouille que s'interposer dans des situations dangereuses soit si important pour elle. Elle était comme un aimant attirant les problèmes qui pourraient l'amener à être blessée sérieusement un jour.

Il attrapa sa main et la leva jusqu'à ses lèvres, déposant un baiser sur ses articulations.

— Tu as bien agi.

— Si l'enfoiré qui l'a frappée ne revient pas. Si elle est assez forte pour lui dire de la laisser tranquille.

Kelli inspira profondément et expira lentement. Ils étaient dans les ténèbres, les phares illuminant la route qui serpentait vers le pays de Kananaskis.

Ce n'était pas une conversation qu'il avait envie d'avoir

pendant qu'il devait se concentrer sur la route. Alors il déposa un rapide baiser sur sa tempe et posa un bras sur ses épaules, la serrant contre lui alors que tous les deux restaient silencieux.

À l'aise, et pourtant pas vraiment. Ils n'avaient pas besoin de bruit pour remplir l'espace, pas avec les années qu'ils avaient passées à travailler ensemble. Mais il y avait tant de questions que Luke voulait lui poser, de choses qu'il voulait mieux comprendre.

Il la garda lovée contre lui alors qu'ils remontaient jusqu'à la suite penthouse. Jack avait laissé la cheminée allumée, et la chaleur s'attardait dans l'air.

Luke passa un doigt sur la joue de Kelli.

— Tu veux un verre ?

Elle tendit la main vers lui, le tirant vers le sol.

— J'ai besoin de me détendre.

Il l'aida à s'installer sur le doux tapis devant les flammes mais évita ses mains.

— Je peux t'aider pour ça. Je reviens dans une seconde.

Le temps qu'il revienne de la salle de bains, elle fixait le feu, le regard triste.

Il se glissa en face d'elle, lui retira ses chaussettes et regarda ses sourcils se lever vers la racine de ses cheveux.

— Qu'est-ce que tu fais ? demanda-t-elle.

Il leva une bouteille de lait corporel qu'il avait prise sur le plan de travail de la salle de bains.

— Un massage de pieds ?

— Oh mon Dieu. Oui, s'il te plaît.

Elle tendit la main par-dessus sa tête et attrapa un coussin sur le canapé. Elle le fourra derrière son dos pour pouvoir s'affaler plus confortablement.

Kelli ferma les yeux lorsqu'il appuya le pouce le long de sa voûte plantaire. Encore et encore, en mouvements réguliers, il massa ses talons et ses orteils, et ils restèrent assis en silence, en dehors du faux crépitement de la cheminée.

Que demander ? Parce que cela allait être une conversation gênante quoi qu'il arrive.

Ce fut elle qui brisa le silence.

— Je suis contente que tu aies été là pour m'aider. Je veux dire, pour aider Gina.

— Moi aussi, mais ça m'inquiète, admit-il doucement. Je sais qu'il y a beaucoup de situations pourries dans le monde, Kelli, et je suis content que nous ayons pu aider Gina. Mais si je n'avais pas été dans le coin, tu l'aurais quand même aidée. N'est-ce pas ?

Elle se redressa pour croiser son regard.

— Oui.

— Même si ça signifiait que tu pourrais être blessée ?

— Si je ne veux pas apporter mon aide parce que j'ai trop peur, et si personne d'autre n'intervient ? Alors quoi, Luke ?

Il n'y avait pas de réponse à ça, parce qu'elle avait raison.

Mais lui aussi avait raison d'avoir la trouille que ça finisse mal un jour.

— Tu as déjà été sérieusement blessée, n'est-ce pas ? L'été dernier.

Elle hésita à peine avant de hocher la tête.

— Quand tu as tellement flippé parce que j'avais des bleus. Je me suis interposée, et il n'était pas très content.

— Je veux toujours savoir qui c'était, grogna-t-il. Mais puisque tu ne veux pas me dire qui, veux-tu me dire pourquoi ?

Elle se roula en boule et posa les mains dans les siennes, parlant avec une conviction totale.

— Parce que c'est ce qu'il faut faire.

Il secoua la tête.

— Ce n'est pas suffisant. Enfin, je suis d'accord que c'est ce qu'il faille faire, mais pourquoi est-ce que tu mènes ce combat ?

Elle s'immobilisa, ce qui était inquiétant quand il s'agissait de Kelli. Ses doigts s'entremêlèrent aux siens comme si elle se recentrait à son contact.

— Ma mère.

Ce fut au tour de Luke de retenir son souffle. Attendant qu'elle soit prête.

Elle s'humecta les lèvres nerveusement avant de hocher légèrement la tête, comme si elle avait rassemblé son courage.

— Je ne parle pas beaucoup d'elle.

Il émit un son dubitatif, et elle soupira d'exaspération.

— Bon d'accord. Je n'ai *jamais* parlé d'elle. Je ne pense pas qu'elle était très courageuse, ni très intelligente en fin de compte. Et pourtant je ne connais pas toute l'histoire, alors qui suis-je pour la juger ?

— Était-elle avec quelqu'un de violent ? demanda-t-il doucement.

Mon Dieu. Il glissa les doigts sous le menton de Kelli et le souleva pour que son regard croise le sien.

— Est-ce que quelqu'un t'a fait du mal à *toi* ?

— Je suis partie avant que qui que ce soit ne puisse me frapper. Et je voulais qu'elle parte aussi, mais elle a refusé, raconta Kelli, l'air inquiète. Tu ne vas pas flipper, n'est-ce pas ? Ou piquer une crise ?

— As-tu une raison de penser que je vais réagir ainsi ?

Elle plissa le nez.

— Avant que je ne te dise autre chose qui pourrait te choquer, je vais terminer de répondre à ta première question. Je pense que c'est pour ça que ça me dérange au point de devoir faire quelque chose. Mon moi de quinze ans n'a pas pu sauver ma mère, mais peut-être que je peux sauver quelqu'un d'autre.

Trop courageuse et trop forte pour son bien.

— Je n'ai aucun problème à l'idée que tu sauves le monde du moment que tu me laisses t'aider. Tu ne dois pas te mettre en danger, Kelli. Promets-le-moi.

Elle hocha la tête.

Puis quelque chose d'autre le frappa.

— Quinze ans ? répéta Luke en la regardant. Explique-toi.

— Je suis partie. Ce n'était pas mon père. Le gars avec qui ma mère vivait a ramené à la maison de fausses pièces d'identité pour moi. Il a dit que c'était pour que je puisse aller acheter de la bière et des cigarettes pour lui et ses potes, mais je ne lui faisais pas confiance. Et je ne faisais pas confiance à ses amis qui traînaient avec lui et qui me regardaient d'une drôle de façon... je doute qu'ils pensaient servir mes intérêts, si tu vois ce que je veux dire.

— Alors tu es partie.

— Ça semblait l'option la plus sûre.

Pour la première fois depuis qu'elle avait commencé à lui parler, Kelli eut l'air coupable.

— J'ai en quelque sorte vidé leurs portefeuilles et pris l'argent dans le congélateur quand je suis partie. Il n'y en avait pas tant que ça, mais il y en avait assez avec ce que j'avais déjà économisé pour m'amener jusqu'à Silver Stone.

Attendez. Le cerveau de Luke se déconnecta de nouveau.

— Tu avais *quinze ans* quand tu t'es pointée à Silver Stone ? Tu me racontes des salades.

Les lèvres de Kelli tiquèrent.

— Mon Dieu, je me souviens si clairement de ce jour-là ! Vous étiez en train de marquer des veaux. C'était chaos total parce que certains des ouvriers de chez l'Oncle Frank, qui étaient censés venir, n'étaient pas là. C'était parfait parce que tout ce que j'avais à faire, c'était de prendre une monture et commencer à travailler. Avant que nous ayons terminé, Ashton était prêt à m'adopter.

Luke était ébahi.

— O.K., maintenant que tu m'as complètement laissé comme deux ronds de flan avec tout ça, aide-moi avec les maths. Quel âge as-tu ?

— Vingt-trois ans. Presque vingt-quatre, rectifia-t-elle. Ce qui ne fait que trois ans de moins que tu ne pensais que j'avais, alors ne fais pas d'histoire au sujet de la différence d'âge entre nous. Si c'était ce que tu étais sur le point de faire, ne t'en donne pas la peine.

— Est-ce que quelqu'un d'autre le sait ? demanda-t-il.

Elle secoua la tête, puis la hocha avec réticence.

— Tansy le sait. Personne d'autre, parce que c'était inutile, et je ne suis même pas sûre de la raison pour laquelle je viens de te le dire, sauf que...

Elle inspira profondément, puis changea de position et grimpa sur lui, chevauchant ses hanches pour s'asseoir sur ses cuisses, se pelotonnant contre lui. Kelli prit les joues de Luke dans ses paumes.

— Ça me semble approprié de te le dire.

— Je n'arrive pas à croire que je ne t'aie jamais posé de questions sur ta famille.

— Je n'en ai jamais parlé non plus, signala-t-elle.

Cela n'allégeait pas la culpabilité ni la stupidité de son absence d'actions.

— Maman a quitté la maison juste après avoir obtenu son diplôme au lycée. Elle disait que ses parents étaient pénibles. Toujours à lui donner des ordres et ils n'approuvaient pas ses amis ni les gars qu'elle appréciait, raconta Kelli avant de pousser un reniflement sonore. Étant donné ce que je sais sur mon père – qu'il est parti quand elle est tombée enceinte – et des enflures qu'elle a fréquentées par la suite, ses parents n'avaient probablement pas tort.

— Alors tu n'as jamais rencontré tes grands-parents ?

— Non. Je ne pense pas qu'ils savent que j'existe. Maman avait la double nationalité, et je sais que ses parents vivaient aux États-Unis. Elle ne m'a dit que peu de choses sur eux, habituellement quand elle était saoule ou dans la lune.

Kelli avait passé les doigts dans les cheveux de Luke et les caressait doucement. Encore et encore, comme un point d'ancrage.

— Je suis désolé.

Il l'avait murmuré, mais il le sentit jusque dans ses orteils. Elle avait mérité mieux que ça.

Elle secoua la tête.

— La manière dont j'ai grandi et le fait que je sois partie quand je l'ai fait n'est pas vraiment une chose triste. Ce n'est pas comme lorsque tu as perdu tes parents. Ma mère a fait des choix. Ils étaient mauvais, mais elle pouvait toujours prendre des décisions. Ta mère et ton père n'ont pas choisi ce qui leur est arrivé.

— Je ne pense pas que nous devions mesurer à quel point les tragédies de nos vies sont tristes pour qu'elles soient dévastatrices, signala Luke. Mais je suis content que tu me l'aies dit. Je suis honoré que tu me fasses confiance, et je vais le garder pour moi. Je te le promets.

Elle se pencha et l'embrassa, ses lèvres douces et délicates contre celles de Luke. Et quand bien même il aurait été facile d'accepter et de faire monter la température, cela ne semblait pas approprié.

Il y avait vraiment de l'alchimie entre eux, et s'ils avaient continué à se bécoter, cela aurait été naturel et logique. Mais il n'insista pas, conservant la douceur du baiser, et après quelques instants, Kelli brisa le contact entre leurs lèvres et se pencha, l'étreignant étroitement.

Il la caressa, défit ses nattes et passa les doigts dans ses cheveux jusqu'à ce qu'ils reposent sur son dos en un doux rideau. Des contacts tendres qui les reliaient de manière aussi intime que s'il était à l'intérieur du corps de Kelli.

Ils restèrent là, s'étreignant, jusqu'à ce qu'elle soit sur le point de s'endormir dans ses bras. Il l'emmena dans la chambre et lui enfila son pyjama Spiderman avant de se mettre au lit et de l'entourer de son corps.

Quelles que soient les erreurs qu'il avait commises par le passé, il avait l'impression d'avoir franchi un cap. Il ne savait toujours pas comment Kelli avait fini à Silver Stone plutôt qu'ailleurs. Ce serait une histoire pour une autre fois, mais le destin l'avait amenée ici, et maintenant après tant d'années, le destin l'avait menée dans ses bras.

Là où était sa place...

... et cette idée ne suffisait-elle pas à renverser sa pensée logique et ordonnée ?

Pourtant, cela tombait sous le sens. L'avoir près de lui semblait parfait.

Peut-être que c'était fou de penser ainsi alors qu'elle n'avait suggéré qu'une aventure, mais ce qui grandissait entre eux était bien plus profond qu'une aventure. C'était *ce qu'il fallait*.

Il n'allait pas refuser un cadeau qui arrivait droit des mains du destin.

14

───────

Les deux jours suivants passèrent comme dans un brouillard. Il y avait des périodes d'activité entre des moments calmes à discuter avec tous ceux qui participaient au gala. Kelli était fascinée, amusée et épuisée.

Épuisée à cause du sexe. Oh Seigneur, le *sexe*.

Luke l'avait réveillée les deux nuits. Il avait dit que c'était sa faute parce qu'elle lui avait donné un coup de pied et l'avait réveillé en premier, et qu'il utilise ses doigts pour la pousser au paroxysme était sa manière de se venger.

Le sexe au milieu de la nuit constituait un genre de justice avec laquelle elle n'avait aucun problème.

Le sexe du matin avait été assez spectaculaire aussi. Elle aimait bien se réveiller au chaud et à l'aise au lit avec lui, sentir son érection durcir contre elle alors qu'elle se rapprochait de lui en se trémoussant.

Il l'avait taquinée et tourmentée jusqu'à ce qu'elle en tremble, puis l'avait placée sous lui et l'avait prise durement contre le matelas, s'enfonçant en elle jusqu'à ce qu'elle soit prête à hurler. Elle avait dû enfouir le visage contre son torse pour s'empêcher de réveiller tout l'hôtel... ouais, cela allait lui manquer quand ce serait terminé.

Mais les petits moments doux d'affection en dehors de la chambre étaient ceux qui faisaient s'emballer son cœur comme un train. La manière dont il la plaçait contre lui, ou prenait nonchalamment ses doigts entre les siens pendant qu'ils parlaient avec d'autres participants...

Kelli se rappela qu'elle devait profiter de chaque minute mais qu'elle ne devait pas interpréter quoi que ce soit là-dedans autrement que comme deux personnes, qui, bien que complètement compatibles, partageaient simplement un but commun. Ils étaient allés bien au-delà de leur problème initial où Luke avait dépassé les convenances. Elle ne pensait pas que qui que ce soit soupçonnait son mensonge au sujet de sa *conjointe*. Elle se forçait à se sentir très heureuse de ce fait pour le bien de Silver Stone.

Revenir à la réalité, ça allait craindre.

Il y avait d'autres choses desquelles être heureuse pour Silver Stone. Elle avait pu montrer combien leur affaire était fantastique à tout le monde à ce moment-là. Probablement jusqu'à ce qu'ils en aient la nausée, si elle était honnête.

La dernière journée de l'événement arriva, et Diane et elle allèrent petit déjeuner seules, les gars étant partis faire du ski de fond ou quelque autre absurdité.

Elles partagèrent leur repas avec les propriétaires d'une autre écurie plus petite invités au gala. Le jeune couple aussi espérait faire passer leur affaire familiale au niveau supérieur. Ils étaient également en train de faire passer leur famille au niveau supérieur, car la femme était enceinte de six bons mois et son mari s'occupait de l'enfant de deux ans qui avait été sanglé à une chaise haute pour l'empêcher de trop s'agiter.

Kelli avait un grand sourire lorsque la jeune famille s'en alla, et elle tendit la main de l'autre côté de la table vers son troisième donut, qui devrait être son dernier. Diane se reversa du café tasse et se renfonça dans son siège, regardant pensivement par-dessus le bord de sa tasse alors qu'elle le buvait à petites gorgées.

Sa nouvelle amie semblait déterminée à se concentrer sur tout, sauf sur le visage de Kelli.

— Quelque chose ne va pas ? Est-ce que je me suis tachée avec mon petit déjeuner ? demanda-t-elle.

Diane secoua rapidement la tête.

— J'étais en train de penser que c'était triste de devoir revenir à la réalité demain.

Voilà une pensée réfrigérante. Son séjour fantasmagorique et idyllique touchait à sa fin. Malgré tout…

— Il y a des choses à attendre avec impatience à la maison aussi. J'ai hâte d'essayer cette technique que tu as suggérée sur Chili Pepper.

— Il faudra que Jack m'emmène à Silver Stone pour que je te voie travailler avec elle moi-même.

Ne serait-ce pas excitant ?

— Vous serez toujours les bienvenus.

Kelli fut frappée de panique lorsqu'elle se rendit compte de son erreur.

Précisément celle pour laquelle elle avait engueulé Luke, d'une certaine manière, ce qui signifiait qu'elle aurait dû la voir venir. C'était sa faute d'avoir accepté de mentir de toute façon.

Jack et Diane leur rendraient visite à Silver Stone, ce qui était merveilleux et fantastique. Et étant donné ce que Kelli savait désormais ce que Diane prévoyait pour l'avenir, cela pourrait avoir une signification merveilleuse pour le ranch.

Mais cela signifiait aussi qu'ils s'attendraient à les voir, Luke et elle, *ensemble*.

Cette idée faisait tout tourbillonner en elle et déchira le bonheur de Kelli en lambeaux.

Elle chercha précipitamment quelque chose à dire qui n'impliquait pas de laisser échapper la vérité, parce que, même si c'était ce qu'elle voulait partager, elle ne le pouvait pas. Pas sans en avoir parlé à Luke d'abord.

Alors elle tint sa langue. Mais son donut n'avait plus aussi bon goût. Il s'était transformé en sciure sur sa langue, et il était presque impossible de déglutir à cause du nœud qui s'était formé dans sa gorge.

Sa nouvelle amie – cette femme douce à qui Kelli mentait depuis un moment, maintenant qu'elle saisissait sa sottise – se pencha en avant, l'inquiétude dans le regard.

Kelli serra sa tasse. Avait-elle dit accidentellement quelque chose sans le vouloir ?

— Ce soir, c'est la grande fête, commença Diane lentement. Et il se trouve que j'ai découvert quelque chose qu'à mon avis tu devrais savoir.

La sensation écœurante dans les tripes de Kelli était un rappel ferme de la raison pour laquelle elle avait pour habitude de dire la vérité. Son imagination travaillait à fond à trouver des révélations horribles.

Encore une fois, son visage avait dû la trahir parce que Diane fit claquer sa langue d'un air rassurant.

— Oh, chérie. Je ne voulais pas te faire peur. Ce n'est rien de terrible, mais je voulais t'avertir que les Talisman seront à la soirée. Mon père me l'a dit parce qu'il y a une affaire sur laquelle je suis censée me renseigner auprès de Sean Talisman, et c'est la seule opportunité cette semaine.

Le soulagement l'envahit.

— Alors, Penny sera là…

— Je présume que oui.

Nom d'une pipe, c'était une excellente nouvelle, toutes proportions gardées, étant donné tous les autres désastres que Kelli avait imaginés.

— Ce n'est vraiment pas un problème.

— Tu l'as déjà dit, et je te crois, affirma Diane rapidement. C'est juste que je sais que si c'était *moi* qui allais à un événement où l'ex-fiancée de *Jack* allait faire une apparition – non pas qu'il en ait une, mais tu vois ce que je veux dire –, je voudrais le savoir.

Kelli hocha la tête.

— Être prévenue qu'elle sera là m'épargne quelques moments gênants. Merci de me l'avoir dit, mais vraiment, tout va bien.

Diane rompit en deux son donut, plaçant un bout dans sa bouche alors qu'elle regardait Kelli de près.

— Tu as une robe ?

— Une qui va t'époustoufler, répondit Kelli fièrement. Mes copines m'ont équipée, parce que comme nous en avons parlé, je suis plutôt une fille du genre jean et flanelle.

— L'habit ne fait pas le moine ni la nonne.

Cependant, Diane tapotait ses doigts sur la table en le disant, et un sourire espiègle s'étirait.

— Mais porter de beaux vêtements est agréable, et il n'y a rien de tel que la bonne tenue digne de renverser les gens pour faire péter la forme à une femme, continua-t-elle avant de vérifier sa montre. Le programme est léger aujourd'hui, avec le bal habillé ce soir. Je vais appeler le spa et nous y faire entrer en douce cet après-midi pour un peu de bien-être.

Kelli hésita.

— C'est moi qui offre, ajouta Diane.

Elle leva une main alors que Kelli essayait de protester.

— Tu me rendras service. Nous pourrons passer plus de temps ensemble, et franchement, même si tu es trop gentille pour vouloir remuer le couteau dans la plaie de Penny, je suis un peu plus vile. J'ai vu la manière dont Luke te regarde en temps normal. Je veux voir la tête de Penny quand elle verra la manière dont il réagit quand tu es pomponnée.

Bon sang, Luke devait gagner un prix d'interprétation s'il réussissait à ce point à avoir l'air « fou d'elle ».

Mais Kelli resta muette à ce sujet. Elle essayait de trouver le courage d'accepter son offre, pas à cause de Penny en soi, mais à cause de cette robe froufroutante, et de la manière dont ses amies s'étaient mises en quatre pour l'aider.

Le bonheur débordant d'Hanna lorsqu'elle avait trouvé Brad... peut-être qu'une partie de cette magie avait rejailli sur elle, parce qu'avoir pu être avec Luke pendant toute cette semaine serait un souvenir que Kelli chérirait toujours.

Elle hocha la tête vers Diane.

— J'adorerais être ta Cendrillon, fée marraine, mais je t'avertis maintenant que je ne suis pas très fan de maquillage.

Diane quitta la table. Elle attendit que Kelli la rejoigne avant de lui passer un bras autour de la taille et de la guider hors de la salle.

— Laisse-moi m'inquiéter de ça. Les fées marraines savent s'y prendre avec la magie.

Les gars étaient revenus, et tous les quatre passèrent le reste de la matinée et le déjeuner ensemble avant que Diane n'emmène Kelli rapidement se faire faire une beauté. On lui manucura les ongles, et ses cheveux furent rafraîchis. Quand elle protesta devant la coiffure relevée et élégante que Diane demanda, son amie s'arrêta net, plantant les mains sur ses hanches pour mieux lui lancer un regard mauvais.

— Tu ne vas *pas* te natter les cheveux, lui dit Diane fermement. C'est parfait pour toi et dans quatre-vingt-dix-neuf pour cent des tâches que tu effectues. Et si j'avais l'air mignonne avec des nattes, j'en porterais aussi, mais pas ce soir. Ce soir, je vais leur laisser dompter mes boucles, alors tu vas te faire chic aussi.

— J'aime bien tes cheveux, lui dit Kelli honnêtement.

Diane tira sur une des longues anglaises et elles sourirent toutes les deux lorsqu'elle reprit sa place en rebondissant.

— Ils sont vivants et pleins d'énergie. Ils te correspondent. Je ne suis pas du genre chic, insista Kelli.

Les yeux de Diane s'illuminèrent, mais elle resta autoritaire.

— Donne-moi ton téléphone.

Kelli ne savait pas ce qui se passait, mais elle le sortit et le déverrouilla.

Diane tapa rapidement dessus. Kelli présuma que c'était pour rechercher une coiffure à suggérer, même si la raison pour laquelle elle n'utilisait pas son propre téléphone...

Un instant plus tard, le son familier d'un texto résonna.

Diane lut le message puis lui rendit le téléphone avec une lueur de satisfaction dans les yeux.

— Tu vois ? Nous sommes d'accord.

La messagerie était ouverte et il y avait un texto envoyé à Tansy *et* sa réponse.

Diane avait écrit en premier : « Hé. Ici Diane, et je suis avec Kelli. Elle dit que tu es une de ses meilleures amies, alors aide-moi et dis-lui qu'elle ne peut pas porter des nattes à un bal habillé. »

Tansy : « Salut, Diane. Merci de prendre soin de ma copine. »

Tansy : « Hé, Kelli ? Ne sois pas bête, écoute Diane. Tu feras pleurer Hanna si tu ne fais pas honneur à cette robe. Et aussi... des photos pour avoir des preuves que tu l'as fait. »

Voilà pourquoi, une heure plus tard, Kelli faisait de son mieux pour garder le sourire aux lèvres, car Diane était passée à fond aux commandes, puis avait eu le culot de refuser de la laisser regarder ce que la coiffeuse réalisait.

La lueur dans les yeux de Diane devenait de plus en plus vive alors que Kelli luttait pour ne pas remuer comme une enfant de deux ans.

— C'est parfait, dit finalement Diane à la coiffeuse. Je vais l'emmener en haut pour pouvoir la maquiller.

La chaise se retourna vers le miroir, et Kelli remarqua son reflet pour la première fois. Elle jura doucement.

— Est-ce vraiment moi ?

Diane s'avança derrière la chaise, ses cheveux remontés en chignon élégant avec un superbe demi-turban aux couleurs vives enroulé autour.

— Nos mecs ne vont pas savoir ce qui leur arrive.

Kelli leva une main vers les anglaises qui pendaient de chaque côté de ses tempes. Elle s'embêterait tous les jours avec ça, mais c'était bon de savoir qu'elle pouvait être élégante.

— C'est joli. Merci, Diane.

Son amie leva un doigt, son téléphone à la main.

— Hé, chéri. Nous avons terminé de nous faire bichonner, mais nous devons mettre nos robes et nous maquiller. Vous êtes habillés ?

Diane avait mis son téléphone sur haut-parleur, et la voix profonde de Jack portait clairement dans l'air.

— Presque prêts. Tu veux que je le sorte d'ici ?

— Tu lis dans mes pensées, charmant homme. Nous vous retrouverons au bal.

Un petit rire jovial porta sur la ligne.

— Que manigances-tu, femme ?

— Un désordre constructif, promit Diane. Maintenant, file.

Il lui envoya un baiser puis raccrocha.

Diane lança un sourire à Kelli.

— Allons, Cendrillon. Nous avons encore un peu de travail avant de partir à l'assaut du château.

CETTE SEMAINE AVAIT ÉTÉ INCROYABLE, mais alors qu'elle touchait à sa fin, Luke avait été tenté d'ignorer le dernier événement et de se pelotonner devant la cheminée avec Kelli.

La seule raison pour laquelle il ne l'avait pas fait tenait à ce qu'elle avait en fait semblé excitée par l'idée d'un grand bal, et à ce stade, il était plus divertissant de la regarder que de profiter du pur plaisir de leur escapade complaisante.

Il ignora les verres de vin sur la table et attrapa une bière à la place, se retournant pour observer la foule grandissante.

— Ça va être un choc de rentrer à la maison, admit-il auprès de Jack.

— Ne te leurre pas, répondit celui-ci. Tu es tout aussi impatient que moi de rentrer pour voir ce qui s'est passé pendant que nous étions partis. Il y a quelque chose dans le fait d'être sur le terrain qui fait du bien à un homme.

— Amen à ça.

Ils entrechoquèrent leurs bouteilles, se souriant.

De la musique jouait doucement en fond sonore, et quelques personnes étaient déjà sur la piste de danse. Voilà une autre chose qu'il attendait avec impatience, se rappela Luke. Danser lui offrait une raison de tenir Kelli dans ses bras, et il en était reconnaissant.

Coucher avec elle était incroyable. L'avoir contre lui, ou près de lui à parler simplement s'était avéré presque aussi agréable.

— Nous pensons à vous faire venir dans le Sud en mai.

Jack lâcha sa bombe comme si ce n'était rien. Luke essuya la bière sur le côté de ses lèvres alors qu'il essayait de rester calme.

— Nous voudrions que vous jetiez un œil sur ce que nous possédons qui pourrait fonctionner avec les lignées que vous développez.

Luke attrapa la main de Jack et la serra avec reconnaissance.

— Nous serions ravis.

— Aucune garantie pour l'instant, signala Jack avec une certaine réticence. Mais Kelli et toi avez sérieusement impressionné Diane. Elle n'est pas facilement convaincue.

— C'est une excellente femme d'affaires. Je n'ai pas d'attentes, mais nous apprécierions l'opportunité de travailler plus étroitement avec vous.

— Luke ?

La voix féminine familière fit disparaître bien trop rapidement les bulles d'excitation dans son ventre.

Les yeux de Jack s'écarquillèrent légèrement juste avant que Luke pivote pour découvrir Penny Talisman qui se tenait devant lui.

Ses parents étaient plus loin derrière elle, avançant dans la salle. Sean hocha brièvement la tête lorsqu'il croisa le regard de Luke. Puis il l'ignora, s'avançant pour serrer la main de Timothy Carlyn.

Luke se reprit et se concentra sur la femme devant lui.

— Penny. Comment vas-tu ?

Elle haussa les épaules, lissa ses longs cheveux blonds en arrière et les passa derrière son oreille. Tout était exactement à sa place.

— Je m'occupe, comme d'habitude. Mon père me fait gérer le marché européen. Les contacts que j'ai créés l'été dernier s'avèrent très profitables.

— Tant mieux pour toi.

Elle eut l'air mal à l'aise, tendant la main derrière lui pour se présenter à Jack.

Luke aurait probablement dû le faire. Mais d'un autre côté, il n'en avait pas vraiment envie. Il n'avait pas envie de lui rendre de service, ni de faire l'effort d'être poli, ni... quoi que ce soit. Il ne ressentait rien sur l'échelle des émotions quand il s'agissait d'elle. Ce qui était intéressant.

Il lança un coup d'œil à sa montre et se demanda quand exactement les filles allaient se montrer. Il envisagea d'envoyer un texto à Kelli pour l'avertir que Penny était là, mais avant de pouvoir agir, un homme mince dans un costume très onéreux s'approcha pour les rejoindre.

Luke ne reconnut pas l'étranger, mais quand l'homme s'arrêta à côté de Penny et lui prit la main, Luke leva un sourcil.

Ce *n'était pas* de la jalousie. Tout ce qu'il ressentait pour

Penny était un intérêt commercial qui persistait à cause des échanges continus entre leurs ranchs.

Malgré tout, les joues de Penny rougissaient. Elle se reprit pour le présenter.

— Dimitri Zabou. D'Italie.

— Et maintenant d'ici, ajouta-t-il avec un léger accent, portant la main de Penny à ses lèvres pour l'embrasser alors qu'il la regardait dans les yeux. Penny et moi sommes fiancés.

Oh, *vraiment* ? Luke fit quelques un ou deux calculs et trouva quelques informations intrigantes.

Dimitri prit congé :

— Ton père a promis de me présenter à quelqu'un. Viens nous rejoindre dès que tu le pourras, *cara mia*.

Jack s'en alla aussi après avoir lancé à Luke un regard particulièrement significatif. Penny hésita, instable sur ses talons élégants hauts comme il ne l'avait jamais vue au cours de toutes les années ensemble.

Il lança un coup d'œil vers la porte, se demandant de nouveau où pouvait bien être Kelli.

— Félicitations. Je vous souhaite le meilleur à toi et Dimitri.

Heureusement, il le pensait. C'était agréable de ne pas ressentir d'animosité persistante envers elle.

Penny glissa sur le côté pour attirer son attention.

— Ça peut sembler stupide, mais je voulais te remercier. Merci de nous avoir aidés à retrouver la raison et d'avoir annulé nos fiançailles.

Il haussa les épaules.

— De rien.

Elle continua précipitamment, remuant sur place comme si elle avait hâte de s'en aller mais qu'elle était déterminée à dire ce qu'elle avait à dire.

— Je suis contente que tu sois avec Kelli. Je suis contente de savoir que tu as quelqu'un qui te rend heureux. Parce que je sais qu'avec moi ce n'était pas le cas. Et la situation peut paraître louche, mais je suis vraiment amoureuse de Dimitri. La relation que j'ai avec lui est différente de celle que nous avions. Peut-être que c'est pour ça que c'est tellement agréable de voir que tu as trouvé la même chose. Avec Kelli.

— Tu peux dire ça au bout de cinq minutes d'une simple conversation formelle ?

Il n'avait pas eu l'intention de sortir ce commentaire aussi direct, mais qu'il en soit ainsi.

Penny incurva les lèvres en un sourire. Quelque chose de bien plus sincère que tout ce qu'il se souvenait avoir vu durant toute leur relation.

— J'aurais pu le dire dès la première minute. Je ne t'ai jamais vu aussi heureux, Luke. Et j'en suis contente. Je te souhaite le meilleur.

Elle posa les doigts sur son bras et se rapprocha, se penchant pour l'embrasser sur la joue. Penny aurait pu disparaître, parce qu'à cet instant, les portes s'ouvrirent et Kelli entra.

Les lumières scintillaient sur sa robe couleur crème. Comme d'habitude, elle avait les cheveux tirés en arrière, mais cette fois, au lieu que sa longue natte soit posée sur son épaule, quelque sortilège la maintenait en hauteur sur sa tête comme une couronne.

Leurs regards se croisèrent, et il lui fut impossible de détourner les yeux. Ce n'était pas seulement dû au fait qu'elle était magnifique, même si elle l'était. Tant de bonheur brillait dans ses yeux que Luke avait les jambes en coton alors qu'il s'avançait pour la rejoindre.

Elle avançait lentement, glissant sur le sol comme si elle s'approchait furtivement d'un poulain nouveau-né. Ses hanches se balançaient sous la robe, faisant étinceler le tissu par ses mouvements. Le décolleté arrondi s'incurvait vers le bas, exposant le haut du renflement de ses seins. Sobre et pourtant sexy comme le péché.

Ils se retrouvèrent au milieu de la salle, et il lui attrapa la main.

— Je t'embrasserais bien, mais je ne veux pas faire de dégâts sur toi.

Kelli sourit.

— J'aime bien quand tu fais des dégâts sur moi, mais ouais, étant donné le temps que ça a pris à Diane de me mettre du rouge à lèvres, peut-être devrais-tu te retenir une minute.

Cela allait lui demander beaucoup plus de volonté qu'elle ne pourrait l'imaginer.

— Tu es superbe.

Elle tourna sur elle-même, la robe bouffant sur ses cuisses. Ses bottes de cow-boy couleur crème étaient la seule chose quelque peu familière dans sa tenue.

— Ça semble étrange, et pourtant très, très agréable, dit-elle en se retournant pour passer une main sur les revers de la veste de Luke. Et waouh. Quel bel homme !

Il sortit son téléphone et glissa un bras autour d'elle.

— Souris, l'incita-t-il.

Elle se mit à rire et s'appuya contre lui tandis qu'il prenait un selfie.

— Ne bougez pas, ordonna quelqu'un d'autre en levant un énorme appareil photo pour indiquer ce qui se passait. Je prends des clichés officiels pour le gala.

Luke rangea son téléphone, et ils prirent la pause un moment avant que l'homme ne leur tende une carte. Luke la glissa dans sa poche avant de guider Kelli vers la piste de danse.

La tenir contre lui alors qu'ils entamaient un slow était quasiment parfait.

— Est-ce que c'est Penny que j'ai vue ? demanda Kelli.

Il ne pouvait pas détacher les yeux de ses lèvres.

— Je suppose.

Elle se mit à rire, et le son semblait remonter depuis ses

orteils avant de cascader sur eux deux comme un rayon de soleil étincelant.

— Bonne réponse.

— Pas que je veuille passer beaucoup de temps à parler d'elle, mais pour info, elle est fiancée à quelqu'un qu'elle a rencontré l'été dernier.

Les yeux de Kelli s'écarquillèrent, puis la colère apparut sur son visage.

— Chut. N'aie pas l'air aussi indignée. Elle et moi, c'est terminé. J'ai simplement pensé que je devais te le dire.

— Elle a vraiment de la chance que tu ne sois pas du genre rancunier, dit Kelli.

— Elle a de la chance que tu me croies quand je te dis que c'est bon, parce que je suis sûr que tu aurais fait de sa vie un enfer pour me défendre, n'est-ce pas, ma meuf sauvage ?

Kelli grogna, mais son sourire était revenu quand elle se balança discrètement contre lui d'une manière étudiée pour l'époustoufler et faire voler en éclats son self-control.

Ils dansèrent, changeant de partenaires lorsque d'autres hommes arrivaient pour la lui voler. Il prit son tour avec les autres femmes, les épouses et les filles, mais durant tout ce temps il ne pouvait détourner le regard de Kelli.

Leur semaine avait commencé sans que Luke se pose de questions, mais quelque part, la magie s'était produite. Ses œillères lui avaient été retirées, et il avait enfin compris ce qui était là depuis le début.

Kelli était vraiment parfaite pour *lui*, pas seulement pour Silver Stone.

Alors que le bal continuait, des appareils photo cliquetaient. Les conversations variaient des généralités au plus spécifique, des invitations étaient sous-entendues, et Luke savait que c'était un tournant dans sa vie.

15

K elli n'avait jamais vraiment pensé en détail à ce qui était arrivé à Cendrillon cette nuit-là après qu'elle avait quitté le bal.

Oh, elle savait qu'elle s'était enfuie par les escaliers et avait perdu sa chaussure. Bien que les contes de fées n'aient pas vraiment fait partie de son répertoire en grandissant, elle en avait lu assez aux filles de Caleb. Même si Disney l'avait minimisé, Kelli était presque certaine que les heures suivant le bal avaient impliqué une tonne de larmes et de regrets que la magnifique aventure soit terminée.

Elle ressentirait également ces émotions par la suite, mais alors que Luke la menait dans leur chambre, elle écarta la tristesse imminente et se concentra sur l'instant présent.

Elle avait été une princesse, ce soir-là. Une chose à laquelle elle ne s'était jamais attendue ou dont elle avait eu très envie, mais bon sang, pour une fois dans sa vie, la soirée avait été vraiment magique.

Le retour à la réalité serait pour le lendemain, mais ce soir-là elle allait s'accrocher à ce monde de fiction et laisser Luke l'attirer de nouveau dans ses bras, dans l'intimité de la chambre assombrie.

Il fredonnait, une des chansons de Walker, si Kelli la reconnaissait bien, alors que tous deux dansaient pieds nus sur la moquette moelleuse devant la fenêtre. Ils étaient baignés de lumière, et de temps à autre sa robe scintillait.

Les mains de Luke la tenaient si fermement que Kelli posa la tête contre son torse et soupira joyeusement.

— J'ai passé un moment merveilleux. Merci beaucoup de m'avoir emmenée.

Il émit un petit rire.

— Nous nous intégrons bien. Je savais que tu y arriverais.

— Je ne sais pas si c'est vraiment moi, le taquina Kelli, changeant de position pour pouvoir glisser les mains autour de son cou en se balançant contre son corps. Je suis une ouvrière de ranch, pas une débutante.

— Tu es *Kelli*. Tu es forte, tu es magnifique, et j'ai hâte d'être de nouveau en toi.

Un éclair traversa tout le corps de Kelli.

— D'accord.

La magie de la soirée continua, et Kelli s'y accrocha des deux mains aussi fermement qu'elle s'agrippait aux épaules de Luke.

Il l'embrassa, et l'esprit de Kelli s'envola. Rien ne la retenait au sol en dehors de ses mains qui erraient sur elle, s'arrondissant sous son fessier avant qu'il en fasse glisser une sur la peau nue de son dos puis dans ses cheveux.

Ses lèvres taquinèrent le coin de la bouche de Kelli avant d'errer sur ses joues et vers le lobe de son oreille.

— Dieu merci, je peux faire des dégâts maintenant. Je n'arrivais pas à décider pendant toute la soirée si je voulais t'enlever cette robe ou simplement relever le bas et te baiser sur place.

Un frisson la parcourut, puis un autre, alors qu'il aspirait le lobe de son oreille dans sa bouche et tout l'oxygène de la pièce disparut.

— Cela aurait pu être gênant au milieu de la piste de danse.

Il émit un « hum » et la fit pivoter vers la fenêtre. Les ténèbres à l'extérieur transformaient la vitre en miroir, renvoyant leur reflet alors que leurs hanches continuaient à se balancer. La longue bosse de son érection la taquinait.

— Faisons semblant, chuchota-t-il. Dis que tu as envie de moi.

Elle leva un bras, utilisant leur reflet pour s'aider à le passer autour du cou de Luke. La sensation de son corps contre son dos était un mur de désir.

Une partie de la vérité lui échappa.

— Désespérément.

Elle retint « toujours et pour l'éternité » dans son aveu, parce qu'il n'y avait pas moyen qu'elle gâche un moment aussi terriblement magnifique que cette soirée.

Il lui embrassa le cou. Ses mains s'installèrent fermement sur ses hanches une seconde avant qu'il ne rassemble le tissu avec ses doigts, remontant doucement le bas alors qu'il regardait par-dessus l'épaule de Kelli et révélait lentement un peu plus ses jambes.

Peu à peu, jusqu'à ce que le bout de ses doigts frôle ses cuisses, et qu'un étrange son hoquetant s'échappe des lèvres de Kelli.

Un « hum » joyeux résonna derrière elle.

— Tu es tellement sexy, bon sang.

Oh Seigneur.

La main de Luke glissa entre ses cuisses et se posa sur son intimité. L'approbation de la jeune femme devint plus bruyante.

— Tu mouilles, Kelli. Je peux le sentir à travers ta petite culotte.

Il pressa un doigt contre le tissu et la taquina entre ses

replis. Un éclair blanc la frappa lorsqu'il entra délibérément en contact avec son clitoris.

Luke retira une des bretelles de sa robe, et le tissu s'affaissa sur lui-même assez bas, exposant un sein.

— Nom de Dieu. Si j'avais su que tu étais pratiquement nue là-dessous, nous aurions quitté la salle il y a des heures.

— L'excitation fait partie du jeu, le taquina-t-elle, agitant les hanches un peu plus fort alors qu'elle tendait la main pour la presser contre sa verge, enserrant l'épaisse longueur.

Il écarta l'entrejambe de sa petite culotte et glissa un doigt dans son intimité. La taquinant à l'intérieur et à l'extérieur, provoquant une sensation mesurée juste pour que son corps meure d'envie d'en avoir plus.

Luke avait désormais introduit deux doigts un peu plus profondément. Kelli écarta les jambes et agrippa son poignet tandis qu'il s'activait.

La main gauche de Luke glissa sur sa poitrine, prenant son sein nu dans sa paume, le soulevant et le serrant. Ses mains bougeaient à l'unisson jusqu'à ce qu'elle veuille désespérément retirer tous ses vêtements et utiliser l'énorme lit près d'eux.

Il ne voulut pas la laisser battre en retraite. Il poussa ses deux doigts profondément puis ne bougea plus, l'immobilisant alors qu'elle remuait.

— J'ai besoin de toi, l'avertit-il. J'ai besoin de te prendre.

Ses doigts se retirèrent puis la pénétrèrent de nouveau.

— Profondément pour que tu puisses m'enserrer à fond.

Elle se pressa contre lui.

— *Oui.*

Les mains de Luke disparurent, et elle geignit comme un chiot abandonné seul dans l'écurie.

Mais il était simplement en train de se déplacer, tendant la main entre eux pour ouvrir sa braguette et libérer sa verge, qu'il couvrit d'un préservatif. Il s'empara de Kelli à nouveau alors qu'il l'ancrait contre son corps de la main gauche.

Il releva l'arrière de sa robe, écarta ses sous-vêtements, puis plaçant sa verge contre son intimité, il la glissa à l'intérieur tout en regardant son visage dans le reflet devant eux.

Oh *Seigneur*, c'était bon.

Cela semblait impossible, mais son sexe bandé paraissait tellement plus imposant dans cette position ! La tenant assez haut pour que ses orteils touchent à peine le sol, il plia les genoux et s'enfonça complètement en elle.

— *Luke.*

Le mot lui échappa violemment alors qu'elle s'agrippait à son poignet. Il la laissa dans l'impossibilité de faire autre chose que de vivre cette expérience, la ressentir.

Savourer le plaisir qu'il imposait à son corps.

Le reflet était assez salace pour la rendre folle sans même que Luke s'y emploie. Mais alors qu'il allait et venait en elle, si fort que ses seins rebondissaient, les doigts de Luke glissèrent sur elle jusqu'à entrer de nouveau en contact avec son clitoris.

— Regarde-nous, ordonna-t-il. Nom de Dieu, regarde-*toi*. Tu es la perfection même, venant à ma rencontre comme si tu ne pouvais te rassasier de ma queue. Comme un ange qui ne ferait que taquiner jusqu'à ce que le diable surgisse pour le baiser durement.

Elle gémissait, l'envol était juste là devant elle, entre les caresses implacables et les obscénités.

— Plus fort, exigea-t-elle. Vas-y.

Luke perdit la tête. Avec un rugissement il fit volte-face et la plaqua à plat ventre sur le lit. Les jambes de Kelli pendaient vers le sol, le corps pressé contre le matelas. Posant la main au milieu de son dos, il la cloua sur place et laissa ses hanches se déchaîner. Plus rapidement désormais, il la pilonnait profondément, l'étirant de son membre épais, écartant les lèvres de son intimité à chaque coup de reins.

Le matelas rebondissait, et les doigts de Luke lui agrippaient les hanches assez fort pour la maintenir là où il fallait alors que l'orgasme montait et l'emportait.

— *Luke...*

Il la percutait, couvrant son corps du sien comme un étalon sur une pouliche alors qu'il posait ses lèvres contre son cou, la mordant pratiquement.

Les soubresauts continuèrent alors qu'il jouissait. Sa verge tressaillait en elle. Kelli sentait le frottement du tissu de son pantalon sur ses cuisses nues. Leurs corps se balançaient, et leurs respirations étaient erratiques. Pendant de longues minutes après qu'ils eurent atteint la jouissance, le matelas continua de trembler.

Il fit reposer une partie de son poids sur elle, la piégeant, comme s'il laissait son empreinte sur elle.

Pendant ce temps, Kelli emmagasinait tous les souvenirs possibles. À un certain moment, les instants magiques arrivaient toujours à leur terme, mais jusqu'à la dernière seconde elle les savourerait tous jusqu'au dernier.

— C'était sérieusement obscène, et fort apprécié, chuchota-t-elle.

Luke émit un petit rire, se souleva assez pour déposer un baiser sur sa nuque avant de rouler sur le côté et de se retirer.

— Tu m'as l'air parfaitement dévergondée pour une débutante.

Elle se sentait trop cotonneuse pour bouger.

— Si c'est un avantage professionnel, je vais devoir examiner plus en détail mes perspectives d'avenir.

Il laissa traîner ses doigts sur sa cuisse, taquinant son intimité humide.

— Je suis prêt à t'entraîner au dévergondage, lui dit-il. Juste pour m'assurer que tu aies les bonnes compétences. Mais je suis presque sûr que tu seras une superstar quoi que tu fasses.

Kelli se força à s'éloigner de ses doigts excitants. Elle roula sur le côté et ramena les jambes sous elle. S'asseyant au bord du lit, Luke la fixa, semblant ne pas se soucier d'être complètement habillé, en dehors de sa verge qui pendait par la braguette ouverte de son pantalon.

Et aussi impressionnante que soit cette partie de lui, ce n'était plus son sexe qu'elle regardait, de toute façon. C'était son visage... ses *yeux* et leur expression de contentement. Voilà ce qu'elle voulait mémoriser. Voilà ce qui lui manquerait.

Il attrapa ses doigts et les porta à sa bouche.

— Tu veux te doucher avec moi ?

Encore une chose que Cendrillon n'aurait jamais refusée.

— Fais couler l'eau, j'arrive dans une minute.

Luke se pencha sur le lit, lui déposa un rapide baiser sur les lèvres, se leva et s'éloigna, son postérieur parfait se déplaçant sous son pantalon.

Kelli resta dans la clarté de la lune, le cœur palpitant, tandis que l'euphorie embrasait toujours son corps. Au milieu de cette perfection, elle chercha la nouvelle voie qu'elle devait suivre. Celle qui lui permettrait de battre en retraite, de trouver la sécurité et un endroit solide où se tenir.

La magie avait duré plus qu'une nuit, mais elle commençait à disparaître. Bientôt, ce serait le retour à Silver Stone et à la magie ordinaire de la vie de tous les jours qu'ils créaient là-bas.

Et cela convenait à Kelli. Vraiment. Elle était contente d'avoir pu vivre pendant un bref moment quelque chose qui était bien au-delà des rêves d'une fugueuse.

Elle se leva et regarda une dernière fois son reflet dans la glace. Une princesse ? Une débutante ? La femme devant elle leva une main vers sa coiffure défaite et sourit doucement. Tandis que Kelli retirait la robe empruntée, elle dit au revoir au personnage dans le miroir.

C'était bon. Kelli James, ouvrière en chef à Silver Stone, était une femme correcte, avec des compétences qui déchiraient et un tas d'amis.

La seule chose qu'elle n'aurait pas c'était Luke Stone.

Plus après ce soir-là.

LA SALLE du petit déjeuner était pleine de monde. Certains se pressaient de prendre une dernière tasse de café avant de se dépêcher d'aller à l'aéroport. Certains prenaient leur temps… ceux qui n'avaient pas de longs voyages ou avaient des vols plus tardifs.

Tout le monde profita de l'occasion pour se dire au revoir et vérifier les coordonnées échangées.

Jack tapa plusieurs fois sur l'épaule de Luke avant de la lui serrer fort. Son sourire éclatant était sincère à cent pour cent.

— Tu auras de mes nouvelles d'ici peu, promit-il, mais je suis presque sûr que ce sont les filles qui nous diront quand et où nous nous retrouverons.

Luke l'attrapa par la main et l'étreignit encore.

— J'apprécie, mec. Et merci pour la suite partagée, et d'avoir pris tellement soin de Kelli. Diane et toi.

— Hé, elle est facile à vivre. Tout comme toi, répondit Jack en faisant un geste de la tête. Diane, chérie. Nous devons y aller.

Diane étreignit Kelli puis lui agita un doigt devant le visage.

Kelli sourit, mais elle avait l'air un peu triste. Elle était de nouveau habillée de la tête aux pieds en jean, avec ses nattes en place et ses bottes aux pieds.

Luke était tellement occupé à la fixer qu'il faillit tomber à la renverse quand Diane passa les bras autour de lui et l'étreignit avec enthousiasme.

— Nous restons en contact, promit-elle.

Puis elle baissa la voix :

— Ma copine a quelque chose à l'esprit, mais elle ne veut pas me dire quoi. Prends soin d'elle, d'accord ?

— C'était le plan, promit-il.

Il y eut de l'agitation, puis le hall retrouva son calme. Luke se tourna vers Kelli, qui venait de finir de dire au revoir à Mme Petrie, et se tenait désormais devant la cheminée massive dans la zone d'attente, fixant les flammes.

Luke tira sur une de ses nattes pour attirer son attention.

— Nous devrions prendre la route, nous aussi, lui dit-il. Elle est dégagée maintenant, mais on ne sait jamais quand cet anticyclone va bouger.

Kelli hocha la tête.

— Je suis prête.

Elle grimpa dans la cabine, se laissa tomber sur le siège passager et posa son sac de voyage sur le siège entre eux. Quand elle sortit de la paperasse et commença à la feuilleter, il émit un petit rire puis la laissa faire.

Cela avait été une longue semaine, et il ne lui avait pas laissé beaucoup de moments à elle.

Luke mit la musique en route et se détendit, profitant de la conduite facile pour retourner au ranch. Il passa mentalement en revue quelques listes qu'il avait établies, et le contentement l'envahit. Leur période de gala avait été un succès total.

L'erreur qu'il avait commise s'était avérée pratiquement la meilleure chose qu'il ait jamais faite.

Le lendemain. Le lendemain, ils s'assoiraient et feraient une liste commune de toutes les personnes qu'ils devaient contacter par e-mail ou par téléphone, mais les douze prochaines heures seraient consacrées à les ramener à la maison, à prendre une douche bien chaude et à dormir. À un certain moment, ils annonceraient des nouvelles prometteuses à la famille, mais une douche et son lit étaient incontestablement au sommet de ses priorités.

Peut-être qu'il roulerait droit jusqu'à sa maison. Ils devraient aller chercher les affaires de Kelli dans sa chambrée, mais ça n'avait pas besoin d'être fait séance tenante. Il n'y avait aucune raison pour qu'il ne puisse pas jeter toutes leurs affaires sales dans sa machine à laver.

Il avait hâte de la voir dans une de ses chemises, se promenant dans sa maison. Même si son pyjama Spiderman avait un certain charme.

Quand ils arrivèrent à la périphérie de Heart Falls, Kelli replia le travail qu'elle avait posé sur ses cuisses et le rangea, lui lançant un coup d'œil.

— Arrête-toi au pressing, s'il te plaît. Je dois y déposer la robe d'Hanna.

Il était à deux doigts de lui proposer de lui en acheter une identique, mais sa mine l'avertit qu'elle était trop fatiguée pour qu'il la taquine.

— Bonne idée. Je vais déposer les affaires que Josiah m'a prêtées.

Quelques minutes plus tard, ils avaient repris la route et étaient presque arrivés.

Kelli se tourna vers lui, une partie de son ancien enthousiasme revenu.

— Merci pour tout. Je pense vraiment que ça s'est bien passé. Tout le monde a pensé que Silver Stone semblait fantastique, et je parie que les commandes vont commencer à arriver.

Il tendit la main à côté du sac sur le siège entre eux et lui attrapa les doigts, passant le pouce sur ses articulations.

— Tout le monde a pensé que *tu* étais fantastique. Je t'avais bien dit qu'ils t'adoreraient.

Elle émit un son vulgaire.

— Ouais, enfin, ça s'est avéré mieux que je ne le pensais, mais ce n'est pas le genre de cadre dans lequel j'ai envie de me retrouver régulièrement.

Il était sur le point de lui demander s'il y avait quelque chose dont elle avait absolument besoin dans sa chambre quand elle pointa la maison du doigt :

— Tout le monde est là. Il s'est passé quelque chose ?

Il lâcha sa main, soudain inquiet. Il y avait un tas de camionnettes garées devant la maison.

— Oh mon Dieu, et si quelque chose n'allait pas avec Tamara ?

Ils n'étaient qu'à une minute de la maison, mais Kelli envoyait déjà un texto.

La tension monta alors que Luke se garait sur l'emplacement vide près de la camionnette de Walker, se détendant lorsque Kelli poussa un soupir de soulagement.

— Tamara va bien. *Mon Dieu,* je vais la tuer, quand même.

— Que se passe-t-il ?

Kelli ouvrit sa portière, lisant toujours sur son téléphone.

— Elle dit que c'est une réunion de famille. Ils t'attendent.

La peur fut remplacée par de l'agacement.

— Ça aurait été sympa s'ils m'avaient prévenu ce matin, ronchonna-t-il.

Il se dirigea vers la porte de derrière, marquant une pause après deux pas quand il se rendit compte que Kelli n'était pas avec lui. Il pivota et la vit marcher résolument sur la route enneigée, valise à la main.

— Hé. Où est-ce que tu vas ?

Elle s'arrêta, les épaules visiblement raidies même à cette distance.

— Déballer mes affaires.

Quelque chose n'allait vraiment pas.

— Tu dois venir.

Le visage de Kelli se tendit.

— Luke, c'est une réunion de *famille.* Vas-y. Ils t'attendent.

Quelque chose se brisa. Il s'avança dans la neige vers elle d'un pas énergique et s'empara de la valise, la lui arrachant des mains.

— Qu'est-ce qui ne va pas ?

— Rien. Je te l'ai dit, je dois aller déballer mes affaires, prendre une douche et me mettre au travail.

— Vraiment ?

Kelli eut l'air perplexe.

— Est-ce que ce n'est pas bien ?

— Pas bien du tout, bon sang.

Avant qu'il ne puisse lui remonter les bretelles ou l'attraper par les épaules pour la secouer, le nom de Luke résonna.

Ils se retournèrent tous deux vers la maison, où sous le porche arrière se tenait Caleb.

— Hé. Désolé de ne pas vous avoir avertis avant, mais c'est le seul moment où nous avons pu réunir tout le monde. Venez, il faut qu'on parle.

Ce n'était pas comme si Luke pouvait se plaindre. Pas après être parti une semaine, mais c'était vraiment un timing pourri.

Il leva la main en l'air pour signaler qu'il avait entendu.

— J'arrive tout de suite.

— Toi aussi, Kelli, ajouta Caleb.

Cet ordre fit que Kelli se fana comme un bouquet de marguerites laissé trop longtemps au soleil.

— Tu es sûr ? demanda-t-elle.

Caleb s'était déjà retourné et était rentré dans la maison. Kelli laissa sortir un profond soupir avant de dépasser Luke et de s'avancer vers la maison.

Il la suivit, retenant sa langue. Mais à l'intérieur de lui-même, il luttait pour donner du sens aux cinq dernières minutes.

Bon sang, qu'est-ce qui s'était mal passé ?

16

────────

C'était ce qui s'éloignait le plus d'une échappée réussie.

Kelli passa la porte du débarras extérieur, s'arrêtant assez loin à côté de l'entrée pour permettre à Luke d'y pénétrer aussi. Puis elle se rendit compte que c'était une erreur, parce qu'au lieu de retirer ses affaires et d'aller rejoindre le reste de sa famille, il resta près d'elle, le regard noir, comme s'il voulait reprendre la conversation qu'elle avait tenté d'éviter à l'extérieur.

Elle lui tourna le dos, retira ses bottes, et se rapprocha plus près de Tamara. Elle vola un cookie sur le plan de travail en passant, en prit une bouchée en espérant que la poussée de calories lui donnerait l'énergie de survivre à ce chaos.

C'était *censé* être simple. Elle était censée pouvoir s'en aller.

Tamara l'examina et hocha vivement la tête.

— Les vacances t'ont fait du bien.

Kelli ouvrit la bouche puis la referma. Elle lança un coup d'œil à Luke, qui venait de se relever après avoir retiré ses bottes. Il semblait sur le point de s'énerver.

Ce n'était certainement pas la direction vers laquelle elle

devait se tourner. Elle se força à sourire et hocha vivement la tête.

— Je pense que c'était un succès. Mais que se passe-t-il ?

Caleb se leva, s'avançant devant la cheminée. Il prit son temps en lançant un coup d'œil sur la famille rassemblée, qui en plus de Luke incluait Tamara, Walker et Ivy, et Dustin, perché sur le dossier du canapé.

Ashton était également présent. Kelli se sentit un peu mieux de ne pas être la seule personne à ne pas faire partie des Stone dans la pièce.

Luke approcha, se tenant près de Kelli, mais croisa les bras au lieu de la toucher. Elle fixait Caleb des yeux, s'efforçant de ne pas bondir sur place.

— Je suis content que les choses se soient bien passées, et nous voulons tout savoir là-dessus, mais Tamara et moi avons parlé et nous nous sommes rendu compte que nous devions mettre les choses à plat et que le plus tôt serait le mieux. Vous savez tous que nous luttons pour sortir du rouge. Il ne nous faudrait pas grand-chose, mais la vérité c'est qu'il ne faudrait pas grand-chose non plus pour nous envoyer dans l'autre direction.

— Est-ce vraiment aussi désespéré ? demanda Ivy, les doigts entremêlés à ceux de Walker, tous les deux assis à l'extrémité de la pièce.

— Peut-être. Comme je l'ai dit, ça peut aller dans un sens comme dans l'autre. Le truc, c'est que certaines des mesures que nous pouvons prendre nous feront emprunter de nouvelles voies, et certaines devront débuter dès ce printemps.

Caleb se déplaça sur la droite, tendant la main vers celle que Tamara lui avait tendue, l'acceptant comme s'il puisait de la force dans ce contact.

Il se retourna vers sa famille.

— Je sais que nous aimons tous Silver Stone, mais nous devons faire ce qui est raisonnable pour toute la famille. Pour nous tous, et cela signifie qu'au final nous serons tous heureux d'avoir pris cette nouvelle direction, si c'est possible.

— Vous ne pouvez pas vivre votre vie en fonction des décisions des autres, dit Ashton franchement. Et on peut rarement rendre tout un groupe de personnes heureux quand on change les choses.

— Je suis d'accord, approuva Walker. Mais exposons nos options, et nous partirons de là.

Caleb hocha la tête.

— Juste pour info, Tamara et moi avons parlé à Ginny. Elle a partagé quelques idées, et elle sait ce qui se passe.

— Est-ce qu'elle prévoit de rentrer plus tôt et de démarrer les jardins d'ASC ? demanda Dustin. Parce que, si nous sommes à court d'argent, ça ne me dérange pas de travailler deux fois plus pour m'assurer que nous puissions mettre ça en route.

Caleb hocha la tête.

— Ginny l'a proposé, mais elle est en plein milieu d'une incroyable opportunité. Si elle met fin à son expérience de compagnon maintenant, elle ne pourra jamais avoir une autre chance. Je ne veux pas de ça pour elle.

— Mais... Et si ça signifie qu'elle a un endroit où rentrer ? insista Dustin.

Tamara leva une main pour le rassurer.

— C'est sur la liste, Dustin. Fais-moi confiance, nous pensons à tout.

Dustin croisa les bras sur son torse. Son expression était bien plus têtue que Kelli ne se souvenait l'avoir vue. Ce devait être difficile à ce stade de sa vie d'être tout juste un jeune homme et de faire face à la possibilité de perdre le seul foyer qu'il ait jamais connu.

— Nous vous donnerons les détails plus tard, annonça Luke, mais je sens que nos revenus vont augmenter après la semaine passée dans les Kananaskis.

— Y a-t-il des commandes pour l'instant ? demanda Walker.

Kelli et Luke échangèrent un coup d'œil, mais durent secouer la tête.

— Peut-être bientôt.

— C'est sur la liste, promit Tamara.

Pourquoi est-ce que cela semblait aussi peu convaincant, presque condescendant que lorsqu'elle avait dit la même chose à Dustin ?

— Nous avons de la famille dans le Sud. Si nous finissons par vendre Silver Stone, nous aurons assez d'argent pour investir chez l'oncle Frank, continua Caleb avant de lancer un regard noir à Dustin qui avait lâché un juron. Sois poli, ou je te fais sortir d'ici en te bottant les fesses, et je te ferai le résumé à la fin comme nous le ferons avec les petites.

Dustin eut l'air légèrement honteux de se faire réprimander par Caleb, mais cela ne l'empêcha pas de faire un commentaire.

— Je ne vais pas aller vivre avec cet homme.

— J'en prends bonne note, dit Caleb.

— Nous pourrions aller dans le Nord, proposa Tamara. Avec la famille Coleman qui fusionne, il est possible que nous puissions faire une sorte d'investissement. Nous ne posséderions pas de terre, mais nous pourrions toujours faire de l'élevage.

Walker hochait lentement la tête, mais lui et Ivy avaient échangé un coup d'œil.

— Si nous finissons par devoir vendre Silver Stone, je trouverai quelque chose d'autre à faire. Ivy et moi resterons ici à Heart Falls pour être proches de sa famille.

Dustin jura.

Toutes les têtes se tournèrent brusquement vers lui alors qu'il se levait du dossier du canapé, plantant les poings sur ses hanches et foudroyant la pièce du regard comme s'il ne savait pas sur qui passer sa frustration.

— Alors c'est tout ? C'est la seule chose à laquelle vous pensez ? Vendre le ranch, déménager. Ce sont des *salades*, dit-il d'un ton cassant.

Caleb ouvrit la bouche, mais la réponse d'Ashton fut bien plus immédiate et directe. Le contremaître tendit la main et attrapa Dustin par l'oreille, le tirant sur le côté comme si le jeune homme ne faisait pas huit centimètres de plus que lui.

— Tu parles encore une fois comme ça devant les dames, et peu m'importe que tu penses que tu es un adulte, je te laverai la bouche avec du savon *et* te ferai nettoyer des stalles pendant un mois.

Dustin ferma brusquement la bouche, les lèvres comprimées en une ligne mince, mais il hocha brièvement la tête, et Ashton le lâcha.

Il s'éloigna prudemment d'un pas avec une mine légèrement honteuse en croisant le regard de Tamara.

— Nous ne pouvons pas vendre, dit-il, la voix rauque comme s'il luttait contre des larmes. Nous *devons* rester ensemble, en famille. Je l'ai promis. Silver Stone est le seul lien que j'aie avec maman et papa.

Il s'en alla, filant dans le couloir. Un instant plus tard, la porte d'entrée s'ouvrit puis se referma en claquant, et la pièce devint silencieuse.

Tamara soupira.

— Il a raison. Quitter Silver Stone signifierait abandonner beaucoup de souvenirs.

— Bons et mauvais, si nous sommes honnêtes, dit Luke. Mais je suis d'accord avec Dustin, nous devons faire tout ce que nous pouvons pour essayer de rester.

D'autres idées furent évoquées. Caleb leur apprit où ils en étaient dans la recherche de pétrole et de gaz... En gros, toujours dans l'incertitude, car les méthodes précautionneuses de test qu'ils avaient choisies n'avaient pas encore produit quoi que ce soit de positif.

Ils pouvaient vendre du terrain. Ils pouvaient louer du terrain. Il y avait des options, mais aucune d'elles ne concernait l'élevage ni ne renforçait leur affaire.

— Kelli, tu n'as rien dit, signala Tamara.

Kelli cligna des yeux.

— Pourquoi est-ce que tu me demandes à moi ? Je ne suis pas de la famille.

Un soupir exaspéré jaillit de Luke, qui posa la main sur son épaule et l'attira vers lui.

— Tu es ici depuis plus de huit ans. Tu fais partie de la famille. Et de plus, toi et moi...

Elle le coupa, repoussant la main de son épaule avant qu'il ne puisse dire quoi que ce soit qu'il regretterait plus tard.

— Je vis peut-être ici, mais ça ne fait pas de moi quelqu'un de la *famille*.

Le regard incrédule dans les yeux de Luke était brutal.

— Réponds à cette satanée question.

— Surveille ton langage, Luke Stone, ou c'est à *toi* qu'Ashton va venir tirer l'oreille, répliqua-t-elle sèchement.

Elle se tourna vers Tamara :

— Je pense que Luke a raison en disant que de bonnes choses sont sur le point de nous arriver avec les chevaux. Pas seulement par les contacts que nous nous sommes faits aux pays Kananaskis, mais honnêtement, je pense que, d'ici à la fin de la saison des courses, nous aurons plus d'étalons qui rapporteront gros en droit de saillie.

— Autre chose ?

— Je pense que nous pourrions encore vendre du terrain autour de Heart Falls, suggéra-t-elle. Quand bien même ça me briserait le cœur, c'est probablement la terre la plus précieuse que vous possédez sans aucune construction.

— La vendre pour en faire quoi ? demanda Ivy en fronçant légèrement les sourcils.

— Des maisons. D'énormes surfaces... ou des petites. Vous êtes suffisamment proches de Calgary pour pouvoir être une ville-dortoir, ou un chouette sanctuaire calme pour des artistes.

Tamara hocha lentement la tête.

— Ça ne dérange pas les gens qui travaillent à distance de vivre un peu plus loin. Je vais l'inscrire. Je n'y ai pas pensé parce que ce n'était pas mon premier choix, mais nous devons tout envisager.

La conversation continua, mais à la première occasion, Kelli quitta la pièce, filant en douce comme si elle allait aux toilettes. Elle chipa ses bottes au passage, prenant discrètement le couloir que le pas de Dustin avait martelé.

Elle ferma prudemment la porte d'entrée pour l'empêcher de claquer et marqua une pause sur les marches de devant le temps d'enfiler ses bottes. Elle attrapa sa valise, que Luke avait remise dans sa camionnette, puis traversa la cour en direction de sa chambre.

Au loin, Dustin quittait l'écurie. Il monta sur son cheval et se dirigea vers les collines. Elle pensait savoir ce qu'il ressentait. Cette impression de perdre le contrôle n'était pas agréable.

Sa chambre était froide et vide, comme si tout le bonheur de la semaine passée avait été emballé et remisé très, très loin. Elle avait eu ce bref moment de perfection, mais c'était terminé et maintenant elle devait passer à la suite.

Elle posa sa valise dans le coin, attrapa ses affaires et se dirigea vers la douche. Après avoir placé son panneau « spa » pour dissuader les gens, elle se déshabilla et se glissa sous l'eau.

Et s'il se trouvait qu'elle avait un peu les larmes aux yeux à ce moment-là, personne ne le saurait jamais. L'eau qui coulait sur son visage provenait du robinet.

C'était son histoire, et elle allait s'y tenir.

Partagé entre ce qu'il savait être une réunion importante qui méritait toute son attention et le besoin pressant de poursuivre Kelli... Luke se trémoussait sur place comme un enfant agité.

Il ne s'était rendu compte que Kelli était partie que lorsqu'il avait jeté un coup d'œil vers la porte et avait découvert que ses bottes avaient disparu. Caleb posa une question, et l'envie de Luke de s'en aller fut freinée pendant encore dix minutes.

Jusqu'à ce que son agitation ne devienne trop prononcée.

— Qu'est-ce qui ne va pas chez toi ? demanda Walker en se rapprochant pour lui parler doucement. Est-ce que tu as attrapé des puces pendant ton séjour ? Arrête de remuer.

— J'ai juste...

Bon sang. Qu'était-il censé dire ? Lâcher la vérité serait périlleux.

Walker s'avança légèrement, fronçant les sourcils alors qu'il regardait autour de lui et additionnait rapidement deux et deux.

— Où est Kelli ?

— Je ne sais pas.

Ce qui énervait bien plus Luke que cela n'aurait dû.

Le regard de ce dernier s'assombrit encore.

— Pourquoi est-ce que tu me le demandes ? interrogea Luke, se forçant à baisser la voix en voyant Tamara froncer les sourcils dans sa direction.

Ashton et Caleb continuaient d'examiner les notes que le contremaître avait prises, alors ce fut en chuchotant que Luke envoya une réplique colérique à Walker.

— Peut-être que Kelli avait autre chose à faire, as-tu pensé à ça ?

— Vous avez une réunion privée, vous deux ? les interrompit Caleb. Parce que vous savez, ce n'est que notre gagne-pain que nous essayons de sauver.

Bon sang.

Luke passa une main dans ses cheveux.

— Désolé, s'excusa-t-il entre ses dents serrées.

Tamara regarda la pièce, tendant le cou alors qu'elle regardait du côté de Luke.

— Où est Kelli ?

— Elle était là il y a une minute, répondit Ashton en levant les yeux de ses papiers pour se tourner vers Luke. Où est-elle allée ?

Ce fut la goutte d'eau qui fit déborder le vase. Luke rugit pratiquement une réponse.

— Comment je suis censé le savoir, nom d'un chien ? Cette fichue femme semble avoir perdu la boule depuis les deux dernières heures. À l'évidence, je suis la dernière personne à qui vous devriez le demander, parce que je n'arrive même pas à trouver ce que j'ai fait pour la faire fuir quand...

Il se rendit soudain compte que non seulement il déblatérait, mais qu'il se plaignait de choses dont il ne devrait assurément pas discuter en public. Devant sa famille.

Devant l'homme dont Kelli disait qu'il l'avait pratiquement adoptée. Les figures pseudo-parentales avaient tendance à être protectrices, et ses frères ne l'étaient pas moins...

Lisa Coleman les devança tous, et elle n'était même pas dans la pièce la dernière fois qu'il avait regardé.

Elle lui rentra dedans, empoignant étroitement l'avant de sa chemise.

— Luke Stone, as-tu fait quelque chose pour contrarier Kelli ?

— Non, rétorqua-t-il, s'emparant de son poignet pour se libérer. Enfin, peut-être... Enfin... Mince, je ne sais pas.

— Luke, que se passe-t-il ? demanda Tamara. Je croyais que les choses s'étaient bien passées au gala.

— Ou est-ce que les choses se sont *plus que* bien passées au gala ? demanda Lisa, sourcil levé.

Luke les ignora toutes les deux et se concentra sur son frère aîné. Il croisa le regard de Caleb.

— Désolé, mais je dois y aller. Pas parce que ce n'est pas important, mais parce qu'il y a un problème avec Kelli, et je dois découvrir ce que c'est.

— Parce qu'elle et toi... ?

La question dans les yeux de Caleb ne disparaissait pas.

— Oui, elle et moi, répondit Luke sèchement, s'approchant lentement de la porte parce que, au diable tout ça, il n'attendrait pas plus longtemps. Tous ceux qui ont un problème avec ça pourront voir ça avec moi plus tard.

Puis, bon sang, Caleb leva les yeux au ciel. Il sortit son portefeuille et passa un billet de vingt dollars à Lisa avant de ramener son regard sur celui de Luke.

— Eh bien ? Qu'est-ce que tu fais encore là ? Va découvrir ce que tu as fait de travers.

Luke tourna les talons, jurant doucement alors qu'il se dirigeait vers la porte.

— Parce que ce doit être ma faute, bien sûr.

— Allons, frangin, tu la connais, celle-là. La vérité c'est que c'est *toujours* notre faute, lui dit Walker joyeusement. Ivy et moi devons y aller. On se retrouvera plus tard pour que vous puissiez nous raconter ce que vous avez fait, lança-t-il avant que la porte ne se referme derrière Luke.

Luke adorait sa famille. Chacun de ses membres perturbateurs, agaçants, bien trop observateurs. Et même s'ils avaient un énorme problème à régler avec le ranch, il avait son propre puzzle à résoudre d'abord.

Kelli avait laissé sa chambre déverrouillée, sa valise abandonnée. Ses bottes préférées étaient posées en tas désordonné, sa veste d'équitation toujours pendue aux patères, alors il doutait qu'elle soit allée à l'écurie.

Luke attrapa un objet dont il pensait pouvoir avoir besoin dans sa chambre, puis s'en alla à grandes enjambées pour faire le tour du bâtiment. Ses soupçons furent confirmés quand il repéra le panneau « Spa de Kelli ».

Son débat mental dura moins de trois secondes. Luke utilisa le passe-partout dans sa poche, puis verrouilla de nouveau la porte derrière lui.

L'eau coulait à fond, résonnant depuis la douche à l'arrière. Les vêtements que Kelli avait portés pendaient sur le mur du vestiaire. Luke lança sa veste sur le côté, ignorant tout le reste alors qu'il s'avançait sur le sol carrelé et passait l'entrée.

Kelli se tenait sous l'eau, dos à lui, la tête baissée. Ses cheveux pendaient en rubans châtain foncé sur ses épaules, l'eau coulant sur son corps nu. Elle avait une main posée sur le mur comme s'il l'aidait à rester debout.

Il déroula la corde qu'il avait amenée de sa chambre, la passa autour de sa main, la balança pour lui donner de l'élan, fit un autre tour et encore un autre, puis il la lança.

La corde en chanvre vola vers elle et passa par-dessus sa tête. Une fois qu'elle fut tombée plus bas que ses épaules, il tira prudemment dessus.

À l'instant où la corde toucha sa peau, Kelli pivota sur elle-même et ouvrit les yeux.

— Quoi… ?

Luke tira, s'avançant rapidement en remontant la main sur la corde, bloquant la position du nœud pour empêcher Kelli de s'échapper.

— N'essaie pas de t'enfuir ou je te jure que je vais te plaquer au sol et te ligoter.

Elle le foudroya du regard alors qu'elle se couvrait les seins des deux mains.

— Dégage d'ici. J'ai mis le panneau « ne pas déranger ».

— Ce panneau est pour Kelli l'ouvrière. Ça ne fonctionne pas quand nous sommes *simplement Luke*, ou *simplement Kelli*, et ça ne fonctionne certainement pas maintenant que nous sommes amants, bon sang. Alors, dit Luke en l'attirant contre son corps et en ignorant l'eau qui coulait et trempait tout, y compris ses bottes, tu pourras finir ta douche quand nous aurons terminé notre conversation.

— Quelle conversation ?

Les yeux de Kelli jetaient des flammes, dans une colère à la mesure de la sienne.

— Celle que j'*essayais* d'avoir quand tu as fichu le camp. Peut-être que c'était un mauvais timing que la famille organise une réunion, mais ça n'explique pas pourquoi tu me fuyais.

— Parce que nous sommes rentrés, gronda-t-elle. Nous pouvons arrêter maintenant.

Luke tressaillit de surprise, la serrant involontairement.

— Tu *veux* qu'on arrête ? Tu veux que ce qu'on partage soit fini ?

Le doute – et l'espoir ? – apparurent sur le visage de Kelli.

— Nous avions dit que c'était du court terme. Nous avions dit que nous ne serions un couple que pour la durée du gala.

— Tu l'as dit, toi, peut-être. Je ne m'en souviens pas. Je suis presque sûr que je n'ai pas donné mon accord sur un laps de temps.

— Tu n'as pas dit non.

— Si tu parles du moment où tu as dicté les règles en chemin pour le gala, je ne pouvais pas en placer une, rugit-il.

— Parce que tu faisais l'idiot.

Kelli parlait aussi haut que lui, mais une trace de sourire incurvait le coin de ses lèvres.

— Et c'est toi qui fais l'idiote maintenant, rétorqua-t-il. Alors nous sommes à égalité, et je te pardonne, comme tu m'as pardonné. Mais ÇA N'EST PAS TERMINÉ.

Puis il l'embrassa. Il la hissa contre son corps, laissant le feu faire rage dans ses tripes, remonter, sortir et les engloutir tous les deux.

Instantanément trempé lorsqu'il s'avança davantage sous le jet, Luke recala Kelli dans ses bras. Elle enroula ses jambes autour de lui et s'accrocha comme si elle n'avait aucune intention de le lâcher un jour.

Puis ils bougèrent ensemble, Kelli ouvrit brusquement la chemise de Luke, les boutons s'envolant et rebondissant sur la faïence. Luke détendit assez la corde pour qu'elle puisse passer sur ses hanches puis il la mit à l'écart quand il reposa Kelli sur le sol un moment pour pouvoir retirer le reste de ses vêtements.

Kelli l'aida à faire descendre son jean, sortant brusquement un préservatif de la poche arrière. L'ouvrant d'un coup sec et enveloppant sa verge douloureuse, de ses mains fermes et pourtant délicates. Le pantalon de Luke était coincé au niveau de ses chevilles, bloqué par ses bottes. Il sautilla sur un peu plus d'un mètre vers le siège en faïence qui était dans le coin et s'assit, entraînant Kelli.

Elle rampa sur le rebord, chevauchant ses cuisses. Alors qu'elle était sur le point de se déplacer sur lui, Luke prit les choses en main. Il la mit debout devant lui, puis il pressa sa bouche contre son intimité avec l'intention de la rendre folle.

Ce qu'elle lui faisait ressentir était... obscène, plein de désir et de la sensation d'être bien vivant.

— *Luke.*

Son prénom était un gémissement de plaisir et une requête pour en avoir plus, à laquelle il répondit. Il accéléra le rythme de sa langue, remonta une main sur sa cuisse jusqu'à pouvoir taquiner son intimité pendant qu'il tourmentait son clitoris.

Il utilisa son autre main pour maintenir Kelli contre lui, les doigts pressés contre son postérieur. La douceur de sa peau, la contraction de ses muscles, son goût sur sa langue...

Elle frissonna, et il rugit pratiquement alors qu'il la lâchait, orientait sa verge vers le sexe de Kelli.

Elle lui saisit les épaules et se plaça sur lui comme si elle s'installait sur son cheval favori. Elle ajusta légèrement les hanches, et la verge de Luke s'enfonça profondément en elle.

Elle soupira de plaisir comme si elle était prête pour une longue chevauchée intense.

Il pouvait s'exécuter. Bon sang, il pouvait vraiment s'exécuter.

Ils bougèrent ensemble. Luke lui donnait des coups de reins, attirant ses hanches en rythme rapide. Kelli se penchait pour s'assurer que ses seins se frottent contre la peau nue de son torse à la moindre occasion.

Il prit de nouveau sa bouche, taquinant sa langue en prenant Kelli avec rudesse alors qu'elle entremêlait les doigts dans ses cheveux avant de les empoigner. Elle l'enserrait à l'intérieur d'elle aussi, et le picotement dans ses bourses remonta rapidement le long de sa colonne vertébrale et se dirigea vers une explosion.

Leur orgasme arriva au même moment. Kelli pressa ses hanches contre lui, laissant échapper une série de cris qui le fit sourire alors même qu'ils le propulsaient vers le ciel. Éjaculant dans le préservatif, un plaisir douloureux fila à travers sa verge et fit trembler tout son corps.

Il en avait encore la tête qui tournait quand le corps de Kelli frissonnait encore et encore jusqu'à ce qu'un petit rire échappe à Luke. Elle geignit un peu, le son se transformant en rire alors qu'elle l'embrassait de nouveau, passant une main sur son visage, avant de reculer et de le regarder dans les yeux.

Il inspira profondément.

— Ce n'est pas fini entre nous, l'informa-t-il.

— J'ai cru comprendre.

— Et tu n'as pas le droit de partir d'un pas décidé sans me dire ce qui ne va pas.

Autant essayer de fixer toutes les règles possibles d'un coup.

— Tu n'as pas le droit de faire des hypothèses, rétorqua Kelli.

Luke lutta pour retirer ses bottes sans la lâcher, les éloignant du pied. Il se dégagea de son jean pour pouvoir se glisser sur le banc et la prendre plus confortablement dans ses bras.

— Tu peux bien parler.

Elle fit une grimace ironique.

— D'accord, nous avons foiré tous les deux.

— Mais nous avons arrangé ça, signala-t-il. Est-ce que ça va à nouveau entre nous ?

Kelli hocha la tête, tout en lui caressant le torse d'une main avant de remonter derrière sa tête. Ses seins nus rebondissaient devant le visage de Luke d'une manière terriblement distrayante.

— Ta famille doit penser... commença-t-elle, tout en écarquillant les yeux, puis croisant de nouveau les siens, paniquée. Luke, tu es sorti de là affreusement vite. Qu'as-tu dit à ta famille ?

— Que nous sommes *ensemble*, admit-il, prêt à esquiver si elle tentait de le frapper. Pas beaucoup plus... j'avais une femme à retrouver avant d'entrer dans les détails.

Pendant un horrible moment, il pensa qu'elle allait protester, mais à la place elle haussa lentement les épaules, les soulevant très légèrement alors qu'elle levait de nouveau les mains vers le mur.

Ses seins dansaient d'une manière *très* distrayante.

— Est-ce que tu penses... ?

— Ma famille t'adore, signala Luke avant de la laisser exprimer ses inquiétudes. Si quelqu'un a des problèmes, c'est moi.

— Eh bien, ça me convient, admit-elle. Parce que tu dois encore être puni. À défaut d'autre chose, pour m'avoir interrompue à l'instant.

Puis, avant qu'il ne puisse exiger qu'elle accepte d'emménager avec lui, ou autre chose dont il voulait s'assurer à cent pour cent, elle tourna un bras et se pencha en arrière...

De l'eau glacée jaillit d'au-dessus, trempant Luke instanta-nément alors qu'il rugissait de surprise.

Kelli se leva précipitamment, mais il était inutile qu'elle essaie de s'échapper. Il la souleva et la serra dans ses bras.

— Ce n'était pas très gentil. Maintenant c'est ton tour de te rafraîchir un peu les idées.

Elle s'accrocha à lui, poussant un cri perçant quand il les mena tous les deux sous l'eau glacée. Alors que l'eau chaude arrivait et que toute trace de colère disparaissait, les rires s'élevèrent.

Il ignorait la réponse à beaucoup de questions concernant l'avenir, mais cette partie-là, il la connaissait.

Lui, Kelli... et une douche collective sans personne d'autre.

Deuxième round, en approche.

17

———

Kelli fit de son mieux pour s'empêcher d'avoir un sourire narquois, mais elle était presque sûre que son amusement était évident alors qu'ils retournaient à sa chambre. Son corps était endolori juste aux bons endroits après que Luke avait insisté avec enthousiasme sur le statut de leur relation.

Mais ce qui était encore plus amusant, c'était que Luke était essentiellement habillé de vêtements mouillés, torse nu sous sa veste parce que la chemise qu'il avait portée dans la douche était irrécupérable.

Avec lui sur les talons, Kelli marqua une pause, la main sur la porte de sa chambre, pour lui lancer un regard d'avertissement.

— Nous ne commençons *rien* là-dedans.

— Non, acquiesça-t-il. Nous prenons une partie de tes affaires pour pouvoir aller chez moi.

Elle n'avait jamais pensé être du genre à ressentir des papillons dans le ventre, mais quelques-uns voletaient incontestablement dans ses tripes alors qu'elle examinait son expression sérieuse.

— Tu penses vraiment que c'est une bonne idée ?

Luke croisa les bras sur son torse, ses biceps se pressant contre sa veste en jean doublée.

— Je croyais que nous avions tiré au clair toutes ces absurdités dans la douche.

— Ma question n'a rien à voir avec le fait que toi et moi soyons ensemble, insista-t-elle. Mais si nous sommes...

Nom d'une pipe, comment était-elle censée appeler ça ? Cela avait été assez simple quand ils étaient au gala de considérer que c'était une aventure, mais désormais que c'était bien plus ?

Oh Seigneur, c'était bien plus...

Une autre nuée de papillons s'envola dans son ventre.

Luke ouvrit sa porte, posa une main au creux de ses reins et les guida à l'intérieur.

— Il n'y a aucune raison de nous geler pendant que nous trouvons ce qui te fait perdre les pédales.

— C'est juste que je peux vivre *ici* comme je l'ai toujours fait, commença Kelli, reculant devant lui alors que les sourcils de Luke montaient vers la racine de ses cheveux. Nous commençons seulement à...

Non. Elle ne savait toujours pas comment appeler ça.

Un doux « hum » échappa à Luke.

— Oh, je comprends.

Luke passa la main sur la nuque de Kelli, faisant tomber la serviette qu'elle avait enveloppée autour de ses cheveux alors qu'il enroulait les doigts autour. Il lui inclina la tête pour examiner son visage de plus près.

— Tu as raison. Si nous avions commencé à sortir ensemble même il y a un mois, je pourrais comprendre que tu veuilles « vivre » dans ta chambre et me rendre visite parfois, dit-il en franchissant la distance qui les séparait, frôlant de ses lèvres les siennes avant de se rapprocher lentement de son oreille. Mais, ma douce, maintenant que je t'ai eue dans mon lit pendant presque une semaine d'affilée, il n'y a pas moyen que je te laisse dormir où que ce soit, sauf à côté de moi.

— Enfoiré autoritaire, se plaignit Kelli.

Il la colla contre lui, tout son corps était chaud, dur et parfait.

— Exactement ce qui te plaît.

Bon sang, il avait raison. Sauf que quelque chose...

On frappa fort à sa porte, et elle renifla avant de retrouver son sang-froid.

— Je crois que c'est pour toi, dit-elle, ne cachant pas son amusement.

Luke fronça les sourcils, mais il la lâcha, recula et se dirigea vers la porte. Il jeta d'abord un coup d'œil par la fenêtre, puis jura doucement alors qu'il lançait un regard d'avertissement à Kelli.

— C'est Ashton.

Elle pencha la tête.

— Je l'ai vu se diriger par ici juste avant que tu ne me pousses à l'intérieur.

— Tu es méchante, Kelli James, grogna Luke.

Il ouvrit la porte.

Ashton se tenait là, le visage empli de fureur. Mais il n'essaya pas de frapper Luke, ce que Kelli considérait comme un bon début.

Le contremaître lança un coup d'œil à Kelli, l'examina de haut en bas d'un regard prudent avant de se tourner vers l'homme qui, pour ainsi dire, devrait être considéré comme son patron.

Seulement, Ashton était là depuis l'époque des parents de Luke, et il était plus qu'un simple employé. Et à cet instant, il n'avait pas du tout l'air content.

— Je dois te parler, gronda-t-il, se plantant devant Luke.

Les épaules d'Ashton se tendirent légèrement en arrière, comme s'il se préparait à frapper si nécessaire.

Cela n'inquiéta pas Kelli. Luke n'était pas colérique. Il ne s'emporterait pas, mais elle espérait sérieusement qu'il serait relativement poli. Ashton *était* son patron à elle, après tout.

Puis, bon sang, Luke fit comme s'il allait suivre docilement les ordres.

Kelli soupira théâtralement, attrapa Luke par le bras pour le freiner et pouvoir se camper devant lui.

Elle lui lança un regard mauvais alors qu'elle passait.

— Tu sais comment protester. Tu l'as fait assez avec moi au cours de la semaine passée. Mince, pendant l'heure passée. Alors je ne sais pas pourquoi tu es prêt à partir sans un mot cette fois.

Les lèvres de Luke tressaillirent.

Kelli concentra son attention sur Ashton.

— Et à moins que je ne tire de conclusions hâtives et que tu sois là parce que tu as besoin d'avoir une conversation privée sur le ranch avec Luke, alors peut-être que tu devrais parler à Luke *et* à moi. Si tu as l'intention de te mêler de mes affaires, je veux dire.

Ashton leva un seul sourcil.

— Bien. Nous allons faire ça ici, dit-il en posant les yeux sur Luke, la désapprobation lisible dans chaque centimètre de son corps robuste. Tu penses que tu as été respectueux et correct avec une femme qui est sous ma protection ? Ou est-ce que je devrais à juste titre te faire voler à l'autre bout de Silver Stone parce que tu as été un coco stupide, et que tu as agi sans penser aux conséquences ?

Luke serra l'épaule de Kelli avant de la pousser légèrement sur le côté.

— J'ai été indélicat et stupide au-delà de toute mesure avant que Kelli et moi n'allions au gala. Mais je peux honnêtement dire qu'elle m'a donné un coup de pied assez fort pour que je reprenne mes esprits. En plus, cette erreur m'a aidé à me rendre compte de quelque chose que j'aurais dû comprendre il y a longtemps.

Ashton fronçait toujours les sourcils, les yeux plissés et le corps rigide, mais il attendit sans proposer de tuer Luke, donc...

Jusqu'ici tout allait bien.

Luke passa la main autour de la taille de Kelli et l'attira contre lui.

— Je ne vais pas te dire que tu peux demander la permission à Kelli d'enterrer mon corps dans la parcelle du fond, parce que tu n'as pas besoin de ma permission ni de la sienne pour faire ce que tu penses être juste. Mais je pense qu'elle m'a pardonné ma stupidité, dit-il en haussant les épaules, et au-delà de ça, ce ne sont pas tes affaires.

D'accord, ce n'était pas la direction que Kelli avait imaginé que prendrait cette conversation.

Ashton non plus, à l'évidence, qui écarquillait les yeux.

— Je te respecte sérieusement, Ashton, continua Luke doucement. J'apprécie que tu aies été là pour nous après la mort de papa, plus que tu ne le sauras jamais. Mais je respecte Kelli aussi. Elle n'a pas besoin de ta permission ni de ta protection, à moins qu'elle ne la demande. Et puis zut ! j'aimerais qu'elle t'emmène comme renfort si elle décide de s'embarquer dans une de ses combines de sauvetage insensées sans moi. Mais le fait qu'elle et moi soyons ensemble, souligna-t-il en secouant la tête, ça ne te concerne pas à moins qu'elle dise que si.

Ashton croisa le regard de Kelli.

— Eh bien, petite ?

Elle ajusta sa position et s'appuya plus fermement contre Luke. Cela semblait franchement étrange de faire ça devant Ashton, mais peut-être que de s'entraîner durant le gala avait suffi à lui donner de l'assurance.

— Je n'ai pas besoin d'emprunter la pelleteuse. Pas cette semaine, en tout cas.

Près d'elle, Luke émit un petit son amusé. Ashton hocha la tête, regardant toujours Luke comme s'il était un reste de fumier dans une stalle autrement propre.

— Fais-moi savoir si tu changes d'avis.

Il ajusta son chapeau et tourna les talons, refermant la porte fermement derrière lui.

Aussi agréable que cela ait été d'entendre Luke la laisser prendre les rênes, c'était que la première barrière ait été franchie – que les gens soient au courant pour eux – qui fit déferler en elle le soulagement.

Kelli s'affaissa contre Luke.

— C'était gênant, dit-elle en pivotant contre lui, lui passant les bras autour du cou. Et c'était merveilleux. Une fois que tu as décidé de ne pas foirer, c'était génial.

Il frotta leurs nez l'un contre l'autre.

— J'ai peur que les habitudes puissent prédire que je vais continuer de foirer en rafales, mais je vais essayer de remédier à ça aussi rapidement que possible.

— J'apprécie.

Il baissa les yeux, incurvant les lèvres.

— Tu es prête à prendre quelques affaires ? Parce que je suis sérieux en te demandant de venir chez moi.

Elle n'allait pas mentir. Avoir la chance d'être encore dans son lit… ce n'était pas une chose qu'une fille voudrait refuser.

— Je viendrai, mais je garde cette chambre, l'informa-t-elle.

Il ne protesta pas. Il attendit simplement qu'elle mette d'autres affaires dans un sac, puis il ramassa sa valise et sortit avec elle.

C'était rapide, et pourtant après avoir été collègues et amis pendant tellement d'années, comme Luke l'avait dit, pouvoir passer du temps ensemble d'une manière plus physique était la progression logique.

Tout comme faire face à Ashton avait été le premier d'une longue série de défis.

Luke avait du travail, alors Kelli finit par aller dîner avec les autres ouvriers. Elle affronta leurs questions sur le gala, mais garda le silence pour l'instant sur elle et Luke. En partie, parce que leur curiosité ne se tournait pas là-dessus, et en partie parce que...

Parce que.

Après qu'elle eut terminé, Kelli se dirigea vers la maison du ranch, frappant à la porte de derrière avec hésitation dans l'espoir qu'elle pourrait trouver Tamara en suffisamment bonne condition pour une visite. Il était important qu'elle y aille et fasse part de ce qui se passait avant de se retrouver coincée pour le faire. C'était logique, mais...

La logique, c'était nul.

Lisa ouvrit la porte et son visage amical se fendit d'un immense sourire.

— Eh bien, alors.

— Tamara est là ? demanda Kelli.

Lisa fit un mouvement sec du pouce par-dessus son épaule.

— Tu veux dîner ?

— J'ai déjà mangé au réfectoire. Mais merci.

Kelli retira ses bottes puis traversa la pièce vers la salle de séjour. Elle s'arrêta, retenant son amusement.

Caleb était assis dans son fauteuil, l'air pas très à l'aise. La plus jeune de ses petites filles lui peignait les cheveux. Emma en avait ramené l'essentiel en de minuscules couettes pour pouvoir enrouler des élastiques au bout. Le processus avait laissé des touffes dressées de manière asymétrique partout sur sa tête.

Sasha était à sa droite, utilisant du vernis à ongles. Caleb avait fermé les yeux, comme si feindre que les filles n'étaient pas là ferait disparaître ce tourment, ou en tout cas y mettrait fin plus vite.

Kelli jeta un coup d'œil sur la droite. Tamara était pelotonnée dans son coin habituel du canapé, riant silencieusement alors que des larmes coulaient sur ses joues. Elle avait plaqué une main sur sa bouche pour empêcher le son de s'échapper.

— J'espère que je n'interromps rien, dit Kelli d'un ton aussi pince-sans-rire que possible.

Caleb grimaça, gardant les yeux bien fermés.

— Si je ne te vois pas, ça signifie que tu n'es pas là. Et si tu n'es pas là, tu ne peux pas savoir ce qui se passe, n'est-ce pas ?

— Ça me semble exact, acquiesça Kelli. La politique de l'autruche est une longue et honorable tradition.

Sasha ne leva pas les yeux alors qu'elle ajoutait des points noirs sur le rouge des ongles de son père.

— Kelli dit que si on ne peut pas voler, il faut être comme une autruche et courir aussi vite que le vent.

— C'est une très bonne citation de Kelli, assura Tamara à sa fille en essuyant ses larmes.

Elle lança un clin d'œil à Kelli puis tapota le siège à côté d'elle.

— Toi. Pose-toi là.

Elle n'avait pas prévu une discussion familiale, alors elle fut soulagée quand, un instant plus tard, Emma et Sasha s'approchèrent précipitamment et étreignirent leur mère avant d'entraîner Caleb hors de la pièce.

— Bonne nuit, maman. Bonne nuit, Kelli, dit Sasha.

— Bonne nuit, mamounette. Kelli, répéta Emma en lui lançant un baiser avant de retourner aider Sasha pour entraîner Caleb.

Lisa était encore dans la cuisine, mais Tamara parla assez bas pour ne pas être entendue.

— Tout ce que je veux dire, c'est... Promets-moi que tu te souviendras que tu fais partie de cette famille ? Quoi qu'il arrive.

Le cœur de Kelli s'emplit de chaleur.

— J'ai dit ça à Luke quand il faisait l'idiot. Alors, je pense que c'est une vérité bien établie.

Tamara lui adressa un grand sourire.

— Tant mieux pour toi.

Elle ferma les yeux et passa les bras autour de son ventre.

Kelli posa une main sur son genou.

— Il y a quelque chose que je peux faire pour t'aider ?

— J'ai juste la nausée. Encore. Ou c'est toujours la même, ça dépend comment tu vois ça.

La sœur de Tamara se tenait à présent près d'elles, elle se pencha pour lui donner un petit coup sur l'épaule.

— Hydrate-toi.

— Tu es un vrai garde-chiourme, se plaignit Tamara, mais elle ouvrit les yeux et accepta la tasse.

— J'ai appris de la meilleure, dit Lisa. J'ai une sœur, et elle était infirmière avant. C'était la pire des enquiquineuses quand on était malade. Elle disait toujours qu'il était important de faire ce qu'il fallait, peu importe que les gens se plaignent de se faire mener à la baguette.

— Tais-toi, marmonna Tamara en souriant. Tu n'as pas le droit de me balancer mes propres leçons.

Lisa lança un clin d'œil à Kelli.

— Contente de te revoir avec l'air aussi joyeux. As-tu passé du bon temps au gala ?

Seigneur, était-ce écrit sur son front, ce que Luke et elle avaient fait ? Il était impossible que l'expression innocente sur le visage de Lisa soit autre chose que fausse.

— Qu'a fait Luke après que j'aie quitté la pièce ? Sorti des photos ou une vidéo de tout ce que nous avons fabriqué ?

Lisa haussa un sourcil.

— Non, il y a des vidéos ? Parce que, *bon sang...*

Tamara renifla moqueusement.

Maintenant, Kelli ne savait plus à laquelle des deux lancer un regard meurtrier.

— Est-ce que ça signifie qu'il est de notoriété très publique que Luke et moi… ?

Elle ne savait toujours pas comment appeler ça.

Heureusemeînt, Tamara ne semblait pas avoir les mêmes difficultés à trouver les mots.

— Sortez ensemble ? Ouais, nous le savons pratiquement tous. Caleb n'avait rien compris quand l'idée s'est présentée l'autre jour, alors Lisa a tiré avantage de sa naïveté pour gagner quelques dollars.

— Nom d'une pipe, vous êtes terribles, se plaignit Kelli. En plus de tout le reste dont je m'inquiétais, je croyais que vous seriez au moins relativement contrariés. J'essaie de trouver quels problèmes cette relation provoquera si les choses ne marchent pas.

— Vous êtes tous les deux des adultes, signala Lisa. Aucun de vous ne va faire quelque chose d'affreusement stupide comme tromper l'autre ou être rancunier. Vous semblez honnê-tement vous plaire.

Elle haussa un sourcil.

— Ce n'est pas une mauvaise façon d'entamer une relation, termina-t-elle.

Kelli supposa que c'était vrai.

— Il me plaît. Beaucoup, admit-elle.

Lisa et Tamara échangèrent un coup d'œil avant de se retourner vers elle, toutes deux souriant d'un air narquois.

— Chérie, dis-nous quelque chose que nous ne savions pas déjà.

— Sérieusement ? Vous ne le saviez pas.

Tamara haussa un sourcil.

Lisa haussa les épaules.

— Il semble être un gars vraiment bien. Alors amuse-toi, mais sache que nous surveillons tes arrières.

— Seulement si tu promets de ne plus faire de paris basés sur ma relation, contra Kelli. Parce que ce n'est simplement pas bien.

Un lourd soupir échappa à Lisa, comme si elle était traitée très injustement.

— Tu casses tout mon plaisir, se plaignit-elle.

— Plus de paris, insista Kelli.

— Bon, d'accord, acquiesça-t-elle en allant vers la cuisine, parlant par-dessus son épaule. Laisse-moi prendre le thé et des cookies. Parce que c'est le moment idéal pour que tu nous craches le morceau sur ta semaine au gala.

— Concernant Silver Stone et les chevaux, ainsi que tes potins personnels, ajouta Tamara rapidement.

— Mais pas nécessairement dans cet ordre, lança Lisa malicieusement.

Kelli leur fit un compte rendu sur le gala, chanta bruyamment les louanges de Diane, et étrangement évita de partager quoi que ce soit de trop intime concernant ce qui s'était passé entre Luke et elle.

Mais elle rougissait. Beaucoup.

Quand la visite fut terminée et qu'elle flâna sur le long chemin entre la maison principale et celle de Luke, l'air glacial ne la toucha pas. Kelli était trop enveloppée par la chaleur de l'amitié féminine.

Voir Luke qui se tenait derrière la fenêtre de sa salle de séjour, la regardant approcher avec un sourire sur son beau visage, eh bien...

Elle ne savait peut-être pas exactement où tout cela allait, mais elle avait l'intention de s'y accrocher des deux mains pendant aussi longtemps qu'elle le pourrait.

18

Cette nuit-là avait été une première pour Luke.

Ce n'était pas que son ex-fiancée n'était jamais venue dans sa maison, mais quand il y repensait, il se rendait compte qu'elle était rarement restée pour la nuit, rarement été dans les environs plus de quelques heures ou parce qu'ils s'étaient arrêtés en chemin pour se rendre à un événement.

Mais Kelli ? Elle emplissait la maison de plus de vie et d'énergie qu'une seule personne ne devrait en posséder.

C'était naturel de l'avoir ici, assise en diagonale par rapport à lui alors qu'ils passaient en revue les notes de leur séjour au gala. Ils avaient créé une liste de relances potentielles pour le lendemain, la semaine suivante, et le mois suivant.

Ils travaillaient ensemble comme des partenaires, et peut-être que cela était en grande partie ce qui avait manqué à sa relation précédente. Passer du temps avec Kelli était normal, naturel et facile de toutes les manières positives.

Il avait du mal à effacer le sourire de son visage devant cette sensation agréable, normale et facile.

Et cette alchimie sexuelle qu'il y avait entre eux était hors norme, bon sang. La tentation surgissait sans prévenir, faisant dérailler ce qu'ils étaient en train de faire pour lancer le programme dans une direction complètement différente.

Comme lorsqu'il s'était penché par-dessus son épaule pour voir ce qu'elle avait écrit sur son bloc-notes. Cela avait été bien trop facile de se pencher un peu plus près et de frotter son nez contre le cou de Kelli.

Excité et distrait, il avait *fallu* qu'il l'embrasse à cet endroit. Ce qui avait mené à un autre baiser, et encore un autre jusqu'à ce que Kelli arrête de faire semblant de travailler et se retourne vers lui. L'instant d'après, ils s'étaient dirigés vers sa chambre, la paperasse oubliée jusqu'au lendemain.

Cette nuit-là, elle s'était endormie dans ses bras et il s'était retrouvé à l'écouter respirer, et cela avait été facile d'avoir l'impression que c'était ça, rentrer à la maison. C'était normal.

Elle avait toujours du travail établi selon l'emploi du temps d'Ashton, ce qui signifiait que le lendemain, ce fut elle qui l'embrassa tendrement à quatre heures du matin, avant de s'esquiver de ses bras et de sortir du lit.

Kelli lui fit tenir sa promesse et reprit le dressage de Chili Pepper. Trois jours plus tard, Luke posait les bras sur la barrière et regardait Kelli se pencher sur la selle, les bras pendant de chaque côté de l'encolure de la pouliche alors qu'elle se relâchait comme une poupée de chiffon.

— Je suppose que cette position rend un peu plus facile l'impact avec le sol, la taquina-t-il.

Kelli avait la tête tournée vers lui, et elle lui tira brièvement la langue mais resta silencieuse, tapotant Pepper prudemment sur le garrot avant de la talonner légèrement pour faire bouger de nouveau la jument.

Un des ouvriers qui avait aidé Kelli alors qu'elle travaillait s'avança et se joignit à lui à la barrière. Alex regarda Kelli avant d'examiner Luke avec une grande curiosité.

— Bon ? dit Alex.

Ça y était. C'était drôle, le nombre de questions qu'on pouvait mettre dans un seul mot selon le ton de la voix. Celle-ci avait contenu à la fois un avertissement et un « C'est quoi ce bazar ? »

— Oui ?

Luke avait vu les ouvriers les examiner avec intérêt, se demandant ce qui se passait exactement. Il n'avait aucune intention de cacher leur relation, mais comme il l'avait signalé à Ashton, ce n'était les affaires de personne d'autre que Kelli et lui.

Alex s'accouda sur la barrière.

— Je pense que tu n'es pas encore mort parce que Kelli est partante, mais juste pour info, nous gardons un œil sur toi. Moi, et le reste de l'équipe.

Luke était tenté d'utiliser la phrase favorite de Kelli et de balancer un « nom d'une pipe », mais cela l'amusait plus que ça ne le contrariait.

De plus, il était inutile de se sentir indigné. Que ça leur plaise ou non, c'était Kelli et lui qui tenaient les rôles principaux de la romance de la saison à Silver Stone.

Alors il repoussa son chapeau en arrière et examina Alex, gardant une expression aussi neutre que possible.

— Tant mieux pour vous.

Les lèvres d'Alex tressaillirent.

— Si elle décide qu'elle doit trouver mieux, il y a environ une douzaine de gars qui sont prêts à creuser un trou profond.

Kelli n'avait peut-être pas de parents dans le coin, mais elle avait certainement une tonne de membres de sa famille de son côté.

Luke tendit la main à Alex.

— Si vous sentez un jour le besoin de creuser ce trou, je viendrai m'allonger dedans de mon plein gré.

Alex se mit à rire alors qu'il tapait Luke sur l'épaule. Il lança un coup d'œil dans le manège, où Kelli était toujours affalée sur le dos de Pepper.

— Au fait, qu'est-ce que tu lui as fait ? C'est le sexe qui la rend cotonneuse ? demanda Alex.

— J'ai entendu, dit Kelli d'un ton sec alors qu'elle glissait du dos de Pepper, tournant sur elle-même en douceur pour se tenir près du cheval, longe à la main.

— J'espère bien. Peu importent les trucs bizarres que tu trafiquais, ça n'aurait pas dû impliquer tes oreilles.

Elle ricana avant de se forcer à décocher un regard meurtrier.

— Sois prudent quand tu taquines quelqu'un qui connaît la femme avec qui *tu* sors, l'avertit-elle.

— Et sur ce, si tu as fini le dressage pour la journée, je dois retourner à une liste de corvées aussi longue que mon bras, annonça Alex en inclinant son chapeau vers Kelli avant de s'éloigner rapidement vers l'écurie.

Kelli mena Pepper jusqu'à la barrière et la jument passa la tête par-dessus pour donner un petit coup à Luke, faisant tomber son chapeau par son salut enthousiaste.

Kelli se baissa rapidement pour le ramasser avant de grimper sur la barrière, elle tendit la main et lui posa le chapeau sur la tête. Elle se percha sur le haut de la barrière comme une petite fille, la joie pétillant dans ses yeux.

— Hé.

Luke se pencha en avant, posa une main de chaque côté de son corps alors qu'il rapprochait leurs lèvres à quelques centimètres de distance.

— Hé. Intéressante technique de dressage, mais on dirait bien que ça pourrait marcher.

— *Pourrait* marcher ? Est-ce que tu m'as vu les fesses par terre comme les tiennes l'étaient la dernière fois que tu as essayé de la monter ? Je ne crois pas.

Son expression s'altéra légèrement avant qu'elle n'admette :

— Diane m'a donné quelques idées, et ça m'aide vraiment.

Luke fit remonter une main sur le dos de Kelli alors qu'il ajustait sa position pour se rapprocher d'elle.

— C'est une très bonne amie. Les choses se passeront bien.

Il savait que Kelli s'inquiétait d'avoir menti à Diane et Jack, et il avait fait de son mieux pour la rassurer sans émettre de commentaire qui la ferait flipper.

Leur fausse relation était déjà devenue réalité. Il pensait qu'ils s'étaient rapprochés d'un pas pour aller *plus loin*. Seulement, il était bien trop tôt pour pousser Kelli.

Mais dans sa tête ? Des projets évoluaient à une telle vitesse que *lui-même* était un peu effrayé. La vérité était que le fait qu'ils soient ensemble était logique. Que cela lui ait pris aussi longtemps pour le comprendre était une erreur qu'il n'était pas près de répéter.

Mais il avait appris de sa bévue précédente et n'allait rien présumer. Non. Elle devait pouvoir s'associer à cette affaire à cent pour cent, et un autre composant manquait encore. Quelque chose le démangeait à l'arrière de son crâne qui permettrait d'arriver au niveau suivant.

Luke devait simplement trouver quoi.

Kelli arriva chez Tansy et Rose, fut conduite à l'intérieur avec les accolades habituelles, et mitraillée d'une série de questions totalement anodines. Ses amies firent preuve d'une retenue incroyable, demandant des détails sur l'hôtel, la nourriture, et toutes les tenues chics qu'elle avait vues le soir du bal.

Mais il y avait une limite à leur patience.

Maintenant qu'elle était enroulée dans un plaid douillet, une tasse de chocolat chaud entre les mains, deux visages l'observaient, une curiosité déchaînée sur les deux.

— J'aime bien que vous fermiez la boutique le mardi, dit

Kelli. Rester debout tard le lundi soir me donne l'impression d'être vilaine, comme si je ne respectais pas le couvre-feu.

Tansy et Rose échangèrent un coup d'œil.

— Elle a changé de sujet, dit Rose. Ça n'a rien à voir avec le gala, ou Luke, ou *quoi que ce soit* d'intéressant.

— Quelqu'un essaie d'éviter de partager les détails croustillants, répondit Tansy platement.

— Je ne vois pas pourquoi elle essaie de tergiverser. Ce n'est pas comme si la nouvelle ne s'était pas répandue comme une traînée de poudre à la minute où quelqu'un l'a vue avec Luke se galocher dans l'écurie, fit remarquer Rose en se tournant vers Kelli. Alex m'a dit que Luke joue les gros bras possessifs et tout ça, aussi. « Grrr », et ce genre de choses, quand les gars sont dans le coin.

— Oh, ça ce sont des histoires, intervint Kelli en se redressant brusquement. Luke n'agit pas de manière possessive. Et nous ne nous *galochons* pas. Nom d'une pipe, vous avez quel âge, douze ans ?

— Prétends que c'est le cas, et tu pourras nous donner des leçons. Que s'est-il passé exactement pendant que tu étais partie ? Parce que...

La sonnette retentit. Rose se leva.

— Zut. Tu étais en retard, et mon rendez-vous est pile à l'heure.

Elle attrapa son manteau et son sac à main, qui se trouvaient sur l'accoudoir du canapé.

— Tu me raconteras tous les meilleurs moments tôt ou tard, hein ?

— Peut-être, rétorqua Kelli. Si j'entends les commentaires détaillés de ce qu'Alex et toi vous fabriquez.

Comme Rose était en train d'ouvrir la porte, il avait dû l'entendre, parce que l'homme brun offrit un grand sourire à la pièce.

— Danser. C'est tout ce que je dirai, assura Alex en se concentrant sur Rose, sifflant d'un air appréciateur alors qu'il se dépêchait de l'aider à enfiler son manteau. Tu es jolie.

— Merci, répondit Rose en posant une main sur son torse, le repoussant dans le couloir. Nous devons y aller maintenant, avant que Bidule Une Fouineuse et Bidule Deux Fouineuse ne te mettent le grappin dessus.

— Au revoir, mesdames, lança Alex avec un petit rire.

— Au revoir, Alex. Au revoir, Rose. Ne fais rien que je ne fe… Peu importe, dit Tansy d'un ton pince-sans-rire. J'ai oublié à qui je parlais.

Rose se pencha pour attraper une botte. Tansy se baissa lorsque le gros objet vola vers sa tête.

Kelli se mit à rire doucement. Comme d'habitude, les sœurs se lancèrent également un rapide baiser et un au revoir en remuant les doigts avant que Rose ne referme la porte.

Ce qui laissa Kelli avec Tansy, toutes deux assises dans la pièce soudain silencieuse.

Il aurait été facile de raconter une partie de ce qui s'était passé entre Luke et elle quand les deux sœurs Fields étaient là – les deux qui se qualifiaient affectueusement de jumelles, même si elles avaient été adoptées et venaient de deux horizons bien différents.

Mais même si toutes trois étaient amies, Kelli et Tansy partageaient une amitié bien plus intime qu'entre qui que ce soit d'autre. Cette conversation ne se limiterait pas simplement à « la vache, tu sors avec Luke », elle serait plus profonde.

C'était effrayant, peu importe à quel point Kelli en avait envie.

Tansy recula en se trémoussant sur son fauteuil avant de tourner un sourire entendu en direction de Kelli.

— Tu veux bien me dire ce qui se passe ? demanda-t-elle. Si tu dis non, je n'insisterai pas. Tu le sais. Tes secrets t'appartiennent. Et même si tu me les dis, je ne les partagerai jamais. Je suis le fort Knox du Royaume des Gardiens des Secrets.

Ce qui était vrai. Jusqu'à la semaine dernière quand elle avait fait son aveu à Luke, Tansy avait été la seule personne qui avait entendu toute l'histoire du passé de Kelli – elle savait *tout*, y compris le vol de l'argent et la fugue. La seule chose dont Kelli n'avait pas directement fait part était son coup de cœur pour Luke.

En y repensant, il semblait qu'elle n'avait peut-être pas été aussi douée pour garder le secret sur Luke qu'elle l'avait cru. En tout cas, pas du côté féminin de la population.

Dieu merci, *Luke* ne l'avait jamais soupçonné.

Kelli choisit, comme d'habitude, l'honnêteté.

— Je veux bien t'en parler, seulement tout est vraiment embrouillé et tordu dans mon cerveau.

— Raconte, suggéra Tansy. Je peux encaisser des trucs tordus.

Les mots se déversèrent de la bouche de Kelli comme si elle avait rompu un barrage.

— Je me suis lancée dans l'événement en pensant que nous pourrions avoir une aventure secrète à court terme, mais les gens là-bas pensaient que nous étions fiancés. Luke nous avait inscrits en tant que couple. Je me suis mise en colère contre lui pour ça, mais ensuite je l'ai en quelque sorte *forcé* à faire de nous un couple quand même, et il ne s'est pas mis en colère contre moi. Et nous avons passé une semaine incroyable, pas seulement notre aventure – même si, *oh mon Dieu*, c'était dingue –, mais les gens étaient tellement gentils, et Diane était fantastique ! Tu l'adorerais, et elle t'adorerait, mais elle pense que Luke et moi sommes fiancés, mais nous ne le sommes pas. Seulement, raconta Kelli avant d'inspirer profondément, quand nous sommes rentrés, Luke a dit que nous *sortions* ensemble maintenant et j'ai emménagé chez lui, ce qui semble impossible quand je dis ça comme ça. Ça ne peut pas être réel, et pourtant ça l'est.

L'expression de Tansy était indéchiffrable, mais ses yeux brillaient, et elle hocha vivement la tête avant de répondre.

— Tordu me paraît exact. Et je vois bien que tu es en train d'essayer de trouver tous les nœuds pour pouvoir débrouiller cette pagaille. Tout comprendre. Mais ça n'a vraiment pas d'importance, tu sais.

Kelli marqua une pause.

— Qu'est-ce qui n'a pas d'importance ?

— Que toute cette situation soit terriblement embrouillée. Parce que les points importants sont clairs, expliqua Tansy en se penchant en avant, son regard perspicace, pénétrant et vif. Tu as l'air heureuse. Genre, *super* heureuse. Et à la base tu es une personne généralement heureuse, alors ce qui se passe avec Luke ne te fait pas de mal.

— Je déteste que nous ayons menti aux gens. Et tu dois promettre que tu ne diras pas un mot au sujet de ces fiançailles à qui que ce soit. Nous devons vraiment trouver comment nous allons justifier ça, réfléchit Kelli, sentant sa bulle de bonheur disparaître. Comme je l'ai dit, c'est tordu et une vraie pagaille. Comment puis-je être aussi heureuse et quand même me sentir misérable ?

— Parce que les gens sont compliqués et capables de ressentir plus d'une émotion à la fois ? répondit Tansy en haussant les épaules. Enfin, vraiment. Et ça m'agace sérieusement.

Habituellement, ça aurait été le cas de Kelli aussi.

Elle marqua une pause en y réfléchissant bien. Cette fois, Kelli parla plus lentement, mais avec autant d'honnêteté que lors de son épanchement précédent.

— J'ai prétendu que tout ce que je voulais, c'était une aventure, mais c'était pour me protéger au cas où je n'aurais pas ce que je voulais vraiment. Mais je ne sais pas si ce que je *crois* vouloir est ce que je veux vraiment, et jusqu'à ce que je démêle cette partie-là, je vais rester confuse.

— Tu ne veux pas d'une aventure, répéta Tansy, gardant le visage immobile de concentration. Tu veux davantage. Tu veux être avec Luke pour de vrai ? Tu veux être avec les St... *Oh...*

Son amie était bien trop maligne. Kelli laissa sortir sa détresse.

— Tamara m'a dit qu'elle me considérait déjà comme un membre de la famille. Et je craque pour Luke depuis toujours. Mais quelle partie de mes sentiments pour lui vient de ce que je suis dingue de Silver Stone et de la famille Stone ? Quelle partie est due au fait que je ne peux pas imaginer vivre ailleurs ? Parce qu'ils sont ma famille depuis si longtemps maintenant ? J'avais tellement besoin d'une famille quand je suis arrivée ici !

— Bien sûr que tu en avais besoin. C'est le cas pour nous tous, répondit Tansy, ses yeux brillants d'indignation. La femme qui était ta mère biologique n'était pas ta famille. Ce n'est pas une question de sang partagé. La famille est une affaire de choix. À cent pour cent. Tu le sais.

— Ta famille en est un bon exemple, oui. C'est juste que... s'interrompit Kelli, marquant une pause. Je pense que je ne veux pas faire foirer ça pour qui que ce soit. Lui, moi ou Silver Stone.

— Oh, chérie.

Tansy se rapprocha, s'asseyant sur la table basse et prenant les mains de Kelli entre les siennes.

— Est-ce que tu l'aimes ?

— Je ne sais pas si j'ose l'aimer, admit Kelli. Parce que s'il ne m'aime pas en retour...

Elle ne put terminer.

Tansy n'allait pas laisser tomber.

— Parce que s'il ne t'aime pas en retour... *quoi* ?

— Je pourrais rester quand même avec lui parce que ça signifierait que je serais aussi avec la famille Stone.

Sa voix se réduisait à un chuchotement. Un aveu de ses peurs.

— Et même si ce n'est pas exactement la même chose que ma mère, qui restait avec des mecs qui lui faisaient du mal, cela revient à rester pour de mauvaises raisons.

— Eh bé, dit Tansy en lui serrant étroitement les doigts avant de la lâcher et de reculer. Tu as bien emmêlé tout ça, copine.

— Bien faire mon boulot est une chose dont je suis fière.

Kelli s'était forcée à sortir la blague.

Elles se sourirent. Puis Tansy se leva.

— Tu sais quoi ? Tu te donnes trop de mal. Cette relation est toute nouvelle pour toi et pour Luke, et même si elle est compliquée parce que tu travailles avec lui et que tu as une relation avec sa famille, arrête de te concentrer là-dessus.

Plus facile à dire qu'à faire.

— Pour faire quoi ?

— Concentre-toi sur *lui*. Sur le fait d'être un couple, conseilla Tansy en posant les poings sur les hanches pour la toiser du regard, le visage en mode sermon. Penses-tu vraiment que tu craquerais pour un homme qui soit une ordure ? Parce que moi non. Tu es trop intelligente pour ça.

— Ma mère restait avec des ordures…

— Bon sang, non, meuf. Ne fais pas ça. La seule chose que tu partages avec cette femme est un bout d'ADN. Tu as été assez intelligente pour te barrer.

— Je suppose.

Kelli inspira profondément, reprenant espoir.

Tansy poussa son avantage.

— Tu sais ce qui est bien et ce qui est mal, et c'est pour ça que tu t'es enfuie quand tu l'as fait. Donne-toi du temps. Profites-en et découvre les prochaines étapes avec lui. Au fond, tu as une grande famille que tu as choisie. Tu as les Stone, tu m'as moi et les Fields… alors quoi qu'il arrive, tu n'es pas seule. Mais tu mérites également d'être aimée de manières que nous ne pouvons pas te donner, mais peut-être que Luke le peut.

— Je veux qu'il le fasse, je pense, réfléchit Kelli en plissant le nez. D'accord, je serai patiente et je me concentrerai sur nous en tant que couple à partir de maintenant. Je peux le faire.

— Bien sûr que tu le peux. Je n'ai que des personnes intelligentes pour amies.

Kelli se mit à rire.

— Nous devons te trouver un petit ami.

— En temps voulu. Je m'amuse en étant célibataire, affirma Tansy en hochant fermement la tête. Je suis sérieuse, Kelli. Je sais d'expérience que le véritable amour, c'est plus que faire ce qui est juste. La vraie famille, les gens qui ont un amour *véritable* en eux… ce sont ceux qui t'aiment malgré tes travers. Ils te veulent et continuent à t'aimer, même quand tu foires. Tu le mérites, et j'espère que Luke est celui qui pourra te l'offrir.

— Moi aussi, répondit Kelli en s'écroulant sur le canapé. Ça suffit. Je suis émotionnellement épuisée. Tu dois me donner des pâtisseries et me tenir au courant de tous les potins que j'ai ratés cette semaine.

Tansy sortit les friandises, et Kelli baigna dans le bonheur de l'amitié. Et à la fin de la soirée, une fois qu'elles eurent terminé les chaussons et les chips, et eurent parlé et mangé autant qu'elles le voulaient, quand elle rentra à la maison, une graine d'espoir avait été plantée.

Même si elle s'inquiétait toujours des problèmes qui devaient être réglés, avoir un nouvel intérêt était une bonne chose. Elle allait le faire. Elle tenterait d'obtenir l'amour dans l'espoir que ça en vaudrait la peine, au final.

Elle aurait aimé qu'une bonne « citation de Kelli » lui vienne à l'esprit. Quelque chose qu'elle aurait pu réciter encore et encore comme un mantra personnel, mais la seule chose à laquelle elle pouvait penser, c'était au conseil de Diane sur la méthode à utiliser avec Pepper. Se détendre et laisser la confiance se construire avec le temps.

Le temps. Kelli devait attendre.

Donc, comme elle l'avait déjà fait pendant de nombreuses années, elle attendrait.

19

Le samedi, Kelli fit irruption dans l'écurie et fonça vers Luke et Caleb, interrompant leur discussion.

— Désolée, mais tu dois voir ça *tout de suite.*

Elle fourra un morceau de papier entre les mains de Caleb.

Il le regarda d'un air méfiant.

— Qu'est-ce que c'est ?

— Un contrat de droits de saillie, répondit-elle en passant le doigt le long du titre comme si c'était évident.

Luke passa un bras autour de sa taille et se pencha par-dessus l'épaule de Caleb pour lire le papier.

Caleb chuchota doucement alors qu'il pointait du doigt un chiffre qui semblait avoir des zéros en trop.

— Est-ce une faute de frappe ?

— Non.

Kelli déploya un autre tas de papiers pour montrer qu'il y en avait une demi-douzaine d'autres dans le même genre.

— Regarde. Regarde-les tous, dit-elle en sautillant d'excitation.

— Mais ce n'est pas ce que nous facturons pour les droits de Nemo...

Le sourire de Kelli s'élargit.

— Tu as raté les résultats de la Pegasus World Cup[1].

— Kelli, nous n'avons pas de chevaux représentés, signala Caleb en vérifiant sa montre. Et l'événement n'a même pas encore eu lieu.

— Ça s'est fini il y a une heure et demie. Tu as oublié le décalage horaire. Et nous n'avons pas les détails, mais d'une manière ou d'une autre, un des chevaux de quatre ans inscrits était une pouliche de Nemo. Tu te souviens d'Outside Darling ? Elle est arrivée par derrière avec des pronostics de fou et s'est placée en *deuxième* position. Tamara et moi regardions en direct sur YouTube, et dès que les résultats sont sortis, Tamara a dit à Lisa d'ajuster les droits de Nemo. Et le site Internet est *quand même* devenu fou.

Luke lança un coup d'œil sur les pages, jurant doucement devant les chiffres scandaleux sur chacun des contrats.

— S'ils sont légaux, il est sur le point de gagner une tonne de fric.

— Complètement légaux, lui assura Kelli. Tu sais ce système automatisé que Lisa a mis en place sur le site Internet ? Presque toutes les dates de disponibilité de saillie sont réservées pour l'année à venir à *ce* droit plus élevé. Ces pages concernent seulement les gens que Silver Stone a déjà préapprouvés. Tu dois encore approuver les nouvelles juments, Luke, mais les écuries veulent *vraiment* Nemo. Des écuries avec des tonnes d'argent dans les poches.

Kelli bondit encore deux fois, son regard allant du visage de Luke à celui de Caleb.

— Est-ce que ça va aider ? demanda-t-elle. Est-ce que ça va aider Silver Stone à gérer la trésorerie un peu plus longtemps ?

Caleb l'attrapa, la surprenant joyeusement, et Kelli laissa échapper un cri perçant alors qu'il la faisait tournoyer.

— Ça va aider, acquiesça-t-il alors qu'il la reposait. Ça va vraiment beaucoup nous aider.

Puis ce fut au tour de Luke de la soulever, mais après un rapide tournoiement, il la tint contre lui, leurs nez se frôlant.

— Vous avez été brillantes, dit-il avant de baisser la voix. Et encore une fois, tu as fait plus que ta part, étant donné que ces noms que j'avais préapprouvés sont des éleveurs que nous avons rencontrés aux pays Kananaskis et que tu as réussi à persuader d'intégrer une présélection.

Le visage de Kelli illumina l'écurie.

— Je veux le montrer à Ashton. Je peux ? Je rapporterai les papiers à la maison quand j'aurai terminé.

Elle embrassa Luke ici même devant Caleb, lui serra le cou étroitement avant de le lâcher et de partir en courant.

Luke la regarda s'éloigner, le bonheur... et quelque chose d'autre... bouillonnaient en lui.

Il lui fallut un petit moment avant de comprendre. En fait, ce ne fut que deux jours plus tard que son cerveau lui offrit enfin l'information qui le hantait. Mais quand ce fut le cas, il n'hésita pas.

— J'ai enfin compris, dit-il à Caleb alors qu'il le retrouvait dans le bureau d'Ashton plus tard ce soir-là. Il faut qu'on parle de Nemo.

Ashton leva les yeux, son sourire s'élargissant.

— Il y met du sien, maintenant, n'est-ce pas ? Un bon gars. Content que nous ayons tenu le coup.

— Moi aussi, mais nous avons failli nous débarrasser de lui, n'est-ce pas ?

Ashton se pencha en arrière sur sa chaise. Un pli se forma entre ses sourcils alors qu'il y réfléchissait.

— En y repensant, tu as raison. Il était assez hargneux à un certain stade. Kelli était certaine qu'elle pouvait le dresser pour bien se tenir et nous a convaincus de tenir bon encore une saison.

Caleb hocha la tête.

— J'avais oublié ça.

Alors ce n'était pas le fruit de son imagination. Luke inspira profondément. Ce qu'il était sur le point de proposer était un énorme changement et affecterait l'impact qu'auraient les droits accrus de Nemo pour aider Silver Stone, mais ce devait être fait.

— Je pense que Kelli devrait être ajoutée sur les documents de propriété de Nemo.

Caleb s'arrêta net. Il tourna un regard perspicace vers Luke, l'examinant attentivement. Ashton s'était également tu.

— Ça veut dire qu'elle aura une part sur chaque paiement, signala Caleb. D'un côté, je n'ai aucun problème avec ça, mais… ?

— C'est la meilleure chose à faire, insista Luke.

Caleb réfléchit pendant un long instant en silence.

Luke connaissait son frère. Il *savait* ce qui se passait dans la tête de Caleb lorsqu'il considérait les besoins de la famille et ce qui était convenable.

Plus vite qu'il ne s'y attendait, son frère aîné haussa les épaules.

— Nous aurions dû faire ça il y a des années, mais je suppose que mieux vaut tard que jamais. Ce n'est pas juste que nous gardions tout l'argent alors que nous n'aurions rien eu sans elle.

Ashton posa une main sur l'épaule de Caleb.

— Ton père serait fier.

Caleb pesta.

— Il secouerait la tête en déplorant que ça ait pris aussi longtemps pour intégrer l'évidence. Maman aurait ri… Elle aurait apprécié Kelli.

— Toutes les deux intelligentes et têtues… Ce ne sont pas de mauvais traits de caractère chez une femme, surtout celles qui vivent avec nous, cow-boys indomptés, déclara Ashton, son regard passant d'un frère à l'autre. Vous devez parler au reste des Stone ?

— Nous devrions, confirma Caleb en vérifiant sa montre. Luke, tu peux appeler Walker. Je vais envoyer un e-mail à Ginny, puis retrouver Dustin pour avoir son vote, mais je n'imagine pas que l'un d'eux ait un problème avec ça. Même en donnant à Kelli une part des droits plus élevés, Silver Stone reste tout proche de passer le cap.

— Fais-moi savoir quand tu seras prêt, et je contacterai notre conseiller juridique. Il réglera ça correctement par contrat, notifia Ashton en croisant les bras, la touche d'argent sur ses tempes et les rides sur son visage étant les seuls indices qu'il n'était plus un jeune homme. Je l'ai déjà dit, et je vais le redire maintenant, Kelli est un atout pour Silver Stone depuis le jour où elle est arrivée.

Connaissant un peu plus les détails de ce jour-là, et la manière dont elle était entrée dans le ranch sans y être invitée, Luke laissa son sourire s'agrandir sans expliquer pourquoi.

Caleb et lui quittèrent Ashton, marchant dans un silence agréable à travers la neige sur le chemin gravillonné jusqu'à l'endroit où il bifurquait dans deux directions.

Ils marquèrent une pause comme si cela avait été prévu, tous deux levant les yeux. L'air était glacial, les étoiles brillaient dans le ciel d'un noir profond.

Caleb émit un son approbateur.

— Je ne m'en lasse jamais. Même si ça me donne l'impression que je suis aussi petit qu'une puce, c'est tellement beau que je me fiche un peu d'être plutôt insignifiant dans l'ordre des choses.

— Des pensées profondes pour une soirée de janvier, le taquina Luke.

— C'est bien d'en avoir une fois de temps en temps, reconnut Caleb.

Il regarda Luke droit dans les yeux.

— J'ai été un peu long à la détente. Je suis content que Kelli et toi soyez ensemble, mais cela rend les choses...

compliquées. Lui donner une partie de la propriété sur Nemo place un peu plus de pouvoir entre ses mains. Elle aura de l'argent qui ne dépend pas de toi ni de sa position ici à Silver Stone.

Cela répondait à tellement d'inquiétudes qui s'attardaient... Luke expira brusquement.

— Merci de le comprendre.

— Certains diraient que nous agissons bêtement, signala Caleb.

— Je tiens vraiment à Kelli, dit Luke en choisissant prudemment ses mots. Et je ne dirai rien de plus que ça parce que nous clarifions encore notre situation, mais je ne veux pas qu'elle reste à Silver Stone parce qu'elle n'a nulle part où aller. Bon sang, je ne veux pas qu'elle reste avec *moi* parce qu'elle n'a pas d'autres options.

Un petit rire bas échappa à son frère.

— Je pense que tu possèdes à ses yeux un attrait bien plus importante que tu ne le reconnais.

Ce fut au tour de Luke de hausser les épaules.

— D'accord, appelle ça un moyen de pression pour toutes les fois où je foirerai. Maintenant, elle aura de quoi m'atteindre
.

— Fais-moi confiance. Tu feras des choses qui mériteront qu'on te tape sur la tête.

Luke ne le nia pas.

— Tu me permets de lui dire ?

Caleb lui adressa un grand sourire.

— Bien sûr. C'est toujours mieux de faire annoncer de bonnes nouvelles à une femme par quelqu'un qui puisse vraiment apprécier les festivités qui s'ensuivent.

Ce qui était en gros bien l'idée de Luke.

— Je t'enverrai un texto dès que j'aurai des nouvelles de Ginny et Dustin, promit Caleb.

Luke serra l'épaule de Caleb puis s'en alla, espérant que la confirmation arriverait le plus tôt possible pour ne pas avoir à cacher ce secret à Kelli trop longtemps.

Il appela Walker alors qu'il avançait à grands pas dans les ténèbres vers sa porte de derrière, mais comme ils l'avaient suspecté, cette idée ne dérangeait pas Walker. Une autre vague de soulagement l'envahit, quand quelques instants seulement après que Luke eut accroché son manteau, Caleb lui envoya un texto.

Caleb : « Ginny est debout pour une obscure raison et a déjà répondu. Elle dit, et je cite : "Il est plus que temps." Je ne sais pas si c'est en rapport avec les parts de Nemo ou parce que Kelli et toi êtes ensemble. Je n'ai pas eu de nouvelles de Dustin, mais je sais qu'il considère qu'elle fait partie de la famille. Dis-le à Kelli si tu veux. »

Luke : « T'es sûr ? »

Caleb : « Oui. Nous avons l'accord de quatre des cinq actionnaires. Si Dustin a des inquiétudes, je les aplanirai avec lui. »

Son frère avait raison. Cela ne rendait pas Luke moins reconnaissant de recevoir le feu vert.

Luke : « Merci. Pour tout ça. »

Caleb : « Tu n'aurais pas quelque chose à faire ? J'en ai assez de taper avec mes pouces sur ce stupide téléphone. »

Kelli était enchevêtrée dans une position de yoga devant la cheminée de Luke. Cette vue le rendait heureux au souvenir du temps qu'ils avaient passé à parler durant le gala.

S'imaginer dans cette position le fit grimacer.

KELLI AVAIT SU qu'il était là à l'instant où il avait posé une botte sur les marches à l'arrière. Elle s'était efforcée de garder une respiration lente et régulière, et le temps qu'il entre dans la pièce, elle avait retrouvé autant de calme que possible.

Ses battements de cœur étaient toujours erratiques près de lui... quel homme sexy et dangereux.

— Tu vas te briser quelque chose, l'avertit-il, de sa voix grave douce et tentante comme du chocolat chaud avec de la chantilly.

— Seulement si tu te joins à moi, le taquina-t-elle en dénouant ses jambes pour se tourner vers lui. Monsieur Inflexible.

— Je suis très flexible. Je change d'avis quand je le veux.

Il se laissa tomber sur le sol près d'elle, étirant les jambes alors qu'il s'appuyait contre le canapé. Il avait retiré ses chaussettes, et ses pieds étaient nus.

Cela n'aurait pas dû sembler aussi sexy, mais ça l'était.

Elle ignora le bourdonnement d'excitation que déclenchait le simple fait de le regarder.

— Tu as travaillé tard. Ashton t'a encore fait nettoyer une deuxième fois des stalles ?

Un éclat de rire échappa à Luke.

— Mon Dieu, tu connais trop de secrets. Non, il n'y a pas eu de corvées à refaire parce que j'avais glandé la première fois. Mais j'étais bien avec Ashton. Et Caleb.

Elle hocha la tête d'un air entendu.

— Une réunion d'affaires.

— Ouais, absolument. Nous parlions de Nemo. Et de toi.

Kelli replia les jambes sous elle, s'asseyant près de lui.

— De moi ?

— Que tu es douée dans ton travail. Que c'est toi qui nous as convaincus de le garder, il y a quelques années.

Puis il se mit en devoir de l'époustoufler.

Le temps qu'il finisse d'expliquer ce que le ranch avait décidé de faire en termes de propriété et de pourcentage, l'esprit de Kelli tourbillonnait.

— Je... Je ne sais pas quoi dire.

Luke repoussa une mèche derrière son oreille, le regard fixé sur son visage.

— Tu n'as pas grand-chose à dire. Au contraire, nous sommes désolés que cela nous ait pris aussi longtemps de comprendre que tu méritais plus de reconnaissance.

— Mais Silver Stone...

— Ira bien, promit-il. Nemo est toujours là, il fait partie de notre entreprise. Et il n'est pas le seul à être prometteur. De plus, nous attendons une réponse de Jack, des Petrie, et d'un tas d'autres contacts du gala. Toi et moi savons tous les deux que ce sont des diamants bruts qui attendent de se manifester.

— Mais ils ne se sont pas encore manifestés, l'avertit-elle.

Il haussa les épaules.

— Nous sommes des ranchers, Kelli. Nous savons qu'il n'y a aucune garantie. Tu mérites cette reconnaissance, voilà tout. Purement et simplement. Et c'est logique.

Kelli était tentée de continuer à protester, mais l'expression sur le visage de Luke et ce dernier commentaire suffirent à l'en dissuader.

— Merci.

Ce n'était pas assez, mais c'était tout ce qu'elle trouvait à dire.

Luke lui fit un grand sourire.

— Il est trop tard pour sortir fêter ça mais j'ai quelque chose de caché en surprise. Tu as de la place dans ce trou sans fond que tu appelles ton estomac ?

Ça, c'était parler.

— Est-ce que ça implique du chocolat ?

Luke s'était levé, lui tendant la main pour la remettre elle aussi sur ses pieds.

— Est-ce que j'ai l'air du genre d'homme qui *ne* te fournirait *pas* de chocolat quand il est temps de faire la fête ?

— Non, tu es trop malin pour songer à de telles âneries.

Elle le suivit dans la cuisine et attendit qu'il sorte quelque chose du congélateur. Il déballa un lot de petites boules et un petit pot de sauce brun foncé et mit le tout dans le micro-ondes. Elle commença à baver.

— Oh mon Dieu, ce sont les bouchées orgasmiques de Tansy, reconnut-elle.

Luke cligna des yeux de surprise avant de se mettre à rire bruyamment.

— Bon sang, quand je les ai achetés, ça s'appelait des « mini-beignets à la sauce chocolat framboise », mais le nom que tu leur donnes est bien meilleur.

— C'est ce que j'ai dit à Tansy, mais elle a répondu que les plus coincés de ses clients se mettraient en rogne si elle mettait *ça* sur le menu.

— Tous les autres achèteraient le stock de ses étagères à l'instant où les portes ouvriraient.

Cinq minutes plus tard, il posa la sauce de chocolat brûlant et un tas de mini-beignets et de gâteaux Oreo sur une assiette, ils s'attablèrent côte à côte devant l'îlot et ils enfournèrent un million de calories pour fêter ça.

Trente minutes plus tard, elle était nue, allongée sous lui dans le lit pour passer à l'étape suivante des festivités.

La soirée fut mémorable pour tellement de raisons !

Kelli plana pendant des jours. Elle dressa Chili Pepper et travailla auprès d'Ashton et des gars. Des tâches familières, mais étrangement les journées étaient plus belles car elle passait ses soirées avec Luke, profitant de conversations tranquilles et de rires qui finissaient inévitablement au lit.

Le mardi, elle profita de sa pause-café pour grimper dans le grenier derrière un des chats de l'écurie. Elle finit par suivre la créature sur le côté où un flot de soleil s'amassait sur les bottes de foin, formant un lit parfait pour se coucher sur le dos, fixer les chevrons et rêvasser de Luke.

Tansy avait eu raison. Laisser le temps à leur relation de grandir n'était pas une épreuve.

C'était chaud et douillet, et les odeurs du grenier l'avaient presque entraînée dans le sommeil quand des voix attirèrent toute son attention. Le grondement grave de la voix Caleb et la version plus jeune de celle de Dustin résonnaient contre les murs silencieux.

Elle envisagea d'appeler pour leur faire savoir qu'elle était là, mais le soleil sur ses membres l'alourdissait et ralentissait ses réactions.

— Ça va ? demanda Caleb.

Un son métallique résonna… celui, familier, de seaux à mangeoire qui s'entrechoquaient. Dustin en portait habituellement trois au bout de chaque bras.

— Ouais. C'est juste… je veux que tout ça soit réglé. Tout avec Silver Stone et ses finances. Je déteste ne pas savoir ce qui se passe. Je déteste ne rien pouvoir faire pour arranger ça.

— Tu *fais* quelque chose, lui assura Caleb. Chaque jour quand tu viens travailler avec la famille, cela signifie que tu fais quelque chose qui compte.

Dustin avait dû laisser tomber les seaux sur le sol, parce qu'un fracas résonna, vif et aigu.

— Ça n'en donne pas l'impression. Faire les corvées, déplacer les animaux… ce sont toutes des tâches qu'on fait encore et encore et qui changent que dalle. Je ne suis doué pour rien en particulier. Pas comme toi ou Walker. Tout le monde travaille plus dur simplement parce que tous veulent impressionner la grande star du rodéo. *Toi*, tu vois ce qui doit être fait et sait qui est la meilleure personne pour le faire. Luke fait pratiquement danser les chevaux pour lui. Mince, Kelli a plus contribué pour la famille que moi, et elle n'en fait même pas encore officiellement partie.

— Arrête de te comparer aux autres.

C'était une vive réprimande. Plus vive que Kelli ne s'y attendait de la part de Caleb, et assez vive pour repousser de ses pensées sa stupéfaction d'avoir été mentionnée.

Puis Caleb continua, cette fois-ci de la manière qu'elle avait escomptée, avec de l'inquiétude et un humour têtu dans chaque mot.

— Nous n'avons pas besoin d'un autre Luke, d'un autre Walker, ni d'un autre Caleb dans cette famille. Un de chaque, c'est suffisant, merci. Parfois, un Luke c'est *plus* que nous n'en avons besoin.

Dustin renifla doucement.

— Mais je suis sérieux. Je comprends ce que tu ressens. Les premières années après le décès de papa, tu n'imagines pas combien de fois j'aurais pu m'asseoir sur le sol pour pleurer comme un bébé parce que je foirais si souvent. Je ne pouvais rien faire comme lui... et notre père était un homme vraiment très bien, alors ça me donnait l'impression d'être un minable de ne pas être à la hauteur de ses standards.

— Tu as été génial, insista Dustin.

— Silver Stone a des problèmes, et je suis aux commandes. J'ai foiré quelque part pour en arriver là, dit Caleb d'une voix traînante.

— Ce n'est pas ta faute. Tu as tout fait comme il fallait. Tu n'as pas provoqué les inondations, ni l'épidémie chez les voisins qui a signifié qu'il fallait abattre.

L'indignation de Dustin alors qu'il défendait son idole était évidente.

— Tu as toujours fait de ton mieux. Tu as fait ce que tu dev...

Il s'interrompit.

Un petit rire bas s'éleva de Caleb.

— Et voilà. *Maintenant* tu comprends de quoi je parle. Nous ne pouvons que faire de notre mieux, Dustin. Parfois ça fonctionne, parfois non. La seule chose que nous dirigions, c'est ce que nous faisons, au fil des jours. Peut-être que tu as raison. Peut-être qu'il n'y a rien de spécial pour quoi tu es doué que tu aies pour l'instant à offrir à Silver Stone. *Pour l'instant.* Quand j'avais vingt ans, c'était mon cas aussi. Découvre ce que tu adores et travaille là-dessus. Mais en attendant, fais le meilleur boulot possible dans ces tâches ennuyeuses et répétitives qui sont vitales pour Silver Stone. Crois-moi, tu crées une différence.

Kelli leva les yeux, restant silencieuse alors qu'un chat grimpait sur elle et s'installait sur sa poitrine.

— Je t'entends. Vraiment, mais et si… ?

Il s'interrompit. Baissa la voix.

— Et si ça ne marche pas ? Et si les ventes baissent, ou que les espoirs de Luke pour les nouveaux contacts échouent ? Et si Kelli et Luke se disputent et qu'elle rompt avec lui et veut partir ? Alors elle retirera ses parts de Nemo et nous devrons la payer ? Alors quoi ?

— Alors nous gérerons ça, répondit Caleb calmement. Mais je doute que cela arrive. Tu as une mentalité morbide, frangin. Tu devrais te mettre à écrire des polars ou un truc comme ça.

— Elle pourrait nous faire mettre la clé sous la porte, l'avertit Dustin.

— Si elle était le genre de personne à faire ça, je m'inquiéterais, mais ce n'est pas le cas. Si c'était Penny…

Kelli plaqua une main sur sa bouche pour étouffer le hoquet de son haut-le-cœur.

Dustin toussa assez fort pour eux deux.

— Dieu merci, Luke a retrouvé la raison. Tu as raison, Kelli est géniale. Jusqu'ici.

Caleb émit un petit rire.

— Tu te sens mieux, maintenant ?

— Ouais, répondit Dustin avant de se racler la gorge. Caleb ? Merci. Tu es vraiment le meilleur. Je suis sérieux.

Kelli put imaginer la scène en dessous aux sons qui suivirent. Une accolade masculine, et les tapes dans le dos qui allaient avec. Caleb s'en alla d'un pas vif et Dustin ramassa ses seaux. Le cliquetis qu'ils faisaient en se heurtant diminua tandis qu'il s'en allait vers les enclos.

La chatte calico qui se servait d'elle comme coussin se leva et s'étira, arqua le dos avant de s'en aller d'un pas raide, la queue bien haute. Kelli la regarda s'éloigner alors qu'elle réfléchissait à ce qu'elle avait appris.

Luke se moquait toujours d'elle en lui disant qu'un jour elle allait regretter d'écouter aux portes, mais cette conversation avait été particulièrement instructive. Elle ne s'était pas rendu compte de l'ampleur des répercussions pour Silver Stone du partage des droits de Nemo avec elle.

Un plan se dessina dans son esprit. Quelque chose qui ne rejetterait pas l'avantage qu'on lui avait accordé, mais qui aiderait Silver Stone en même temps. Un geste qui pourrait donner à tout le monde une preuve positive que Luke ne s'intéressait pas à elle seulement parce que cela avait du sens pour eux de rester ensemble.

Une preuve que l'amour de Kelli pour Silver Stone et son amour pour Luke étaient deux choses séparées.

Cela signifiait contacter l'avocat qui avait préparé les papiers pour le partage de propriété. Elle devait le faire en douce, mais en attendant, elle appréciait vraiment que le dressage ait été ajouté à sa liste de travail. Luke lui avait demandé de prendre en charge un autre des nouveaux chevaux, ce qui était incroyable.

Mais Chili Pepper restait sa priorité.

Luke se joignit à elle le mercredi après-midi. Le dressage se passait bien, et ils ramenaient la jument à sa stalle quand un message fit vibrer son téléphone, et Pepper remua anxieusement.

Luke embrassa rapidement Kelli puis la laissa descendre. Il marchait à ses côtés dans l'écurie, vérifiant son téléphone au passage.

Son pas ralentit, et Kelli le laissa là pour guider Pepper dans sa stalle.

— Oh ouais.

Luke garda son commentaire discret pour éviter d'effrayer les chevaux, mais il était excité.

Kelli tapota Pepper sur le dos et ferma la porte de la stalle derrière elle alors que Luke se tournait vers elle.

— Quoi de neuf ? demanda-t-elle, parce que d'après l'expression sur son visage, c'était quelque chose de gros.

Luke lui lut le message à haute voix.

« J'espère que vous allez bien.

J'aimerais venir à Silver Stone la semaine prochaine pour discuter d'un sujet important.

Sincèrement,

Timothy Carlyn »

20

Luke était presque sûr que quelqu'un avait dû commettre une erreur quelque part. L'enfer, ce n'était pas que ce soit brûlant, désespéré et plein d'excitation, parce que cela ressemblait affreusement à ce qui se passait quand Kelli et lui se retrouvaient au lit.

L'enfer, c'était d'attendre.

Les jours passaient, sans que Luke puisse rien faire pour les accélérer et se précipiter. Il y avait de la besogne à accomplir, des animaux desquels s'occuper. Des factures à payer et de longues conversations emplies de préoccupations et d'inquiétudes.

Et d'espoir – parce que l'événement devenait plus visible alors qu'il barrait les jours sur le calendrier jusqu'à la visite de Timothy Carlyn à Silver Stone.

Celui-ci arriva enfin dans leur cour, avec un haut chapeau de cow-boy et tout le toutim, un parfait gentleman du Sud. Walker se tenait près de Luke, serrant la main de Carlyn et acceptant les louanges pour ses prouesses de rodéo sur taureau.

Timothy se tourna vers Luke, son sourire s'élargissant. Ils se serrèrent chaleureusement la main mais, au même moment, il regarda derrière Luke, comme s'il était déçu.

— Où est votre charmante fiancée ?

Walker se raidit visiblement, et Luke se dépêcha de répondre avant que quelque chose de fâcheux ne soit prononcé.

— Elle est dans les champs à vérifier les sites de regroupement pour le bétail au cas où cette tempête que nous attendons nous touche.

Timothy s'affaissa puis fronça les sourcils.

— Je vous ai dit que cela ne me gêne pas de parler affaires en sa présence.

— Je m'en souviens, lui assura Luke, mais je ne m'occupe pas de son emploi du temps. Je ne vais pas critiquer notre contremaître quand il assigne la meilleure personne à un boulot.

Luke ne savait pas si cela était une sorte de test, et si Silver Stone avait échoué sans même savoir qu'il allait être jugé.

Mais Carlyn hocha fermement la tête. Son regard passa de Luke à Walker.

— Ce n'est pas la plus aisée des conversations, mais elle est importante. Je vous fais confiance pour que ce que je vais vous dire reste entre nous. Ce qui doit rester privé.

Tout cela ressemblait bien plus à un film d'espionnage qu'au simple achat d'une partie du troupeau de Silver Stone.

— Vous pouvez parler librement, lui assura Luke.

Walker lançait des coups d'œil significatifs à Luke. Il avait parfaitement saisi l'affaire concernant la fiancée et il allait remonter les bretelles de Luke à la première occasion.

Puis Luke ne s'inquiéta plus de Walker parce que Timothy Carlyn avait sorti une photo et la leur présentait.

— Elle vous dit quelque chose ?

— C'est Kelli, le soir du gala... commença Luke avant de s'interrompre.

Ce *n'était pas* elle, parce que cette femme ne portait pas ce que Kelli avait mis cette soirée-là. La robe de Kelli avait de fines bretelles et des lignes épurées, et là, la robe avait des bretelles un peu plus larges et des bords à froufrous, avec un petit bouquet accroché sur la poitrine.

Le visage de Carlyn s'était figé.

— À vous aussi ça saute aux yeux.

Le regard de Walker passa de l'un à l'autre.

— Ce n'est pas Kelli ?

— Non.

Carlyn sortit une seconde photo et tint les deux côte à côte. Elles étaient presque identiques, mais clairement, c'était deux femmes distinctes. Leurs cheveux étaient légèrement différents, et l'étincelle dans les yeux de Kelli lui donnait l'air beaucoup plus heureux que l'autre femme.

— Je ne comprends pas, avoua Luke honnêtement.

— J'en ai pris une de Kelli auprès du photographe officiel de l'événement, expliqua Carlyn en levant la photo plus ancienne en l'air. Celle-ci ? C'est ma fille lors de sa soirée de remise des diplômes.

— Mince.

Walker se rapprocha d'un pas de Luke et posa une main sur son épaule.

C'était impossible. Luke regarda dans les yeux de Carlyn et y lut sa question. Il se souvint du moment où il lui avait demandé des informations sur la famille de Kelli.

— Vous pensez que Kelli est de votre famille ?

— Je pense que c'est plus que probable, admit-il. En fait, je suis presque sûr que Kelli est ma petite-fille, et je suis prêt à faire ce qui est nécessaire pour la ramener dans ma vie. C'était déjà assez grave de perdre sa mère, mais si c'est réel – si ce que je soupçonne est vrai –, elle est la seule famille qu'il me reste.

Walker serra l'épaule de Luke pour le soutenir silencieusement.

— Je n'essaie pas de gâcher quoi que ce soit pour vous, dit Carlyn. J'ai juste besoin de savoir.

— Nous comprenons, lui assura Walker.

Carlyn parla brièvement, partageant des informations concernant sa fille, et tout était logique. Tandis que Luke l'écoutait, abasourdi, il était soulagé de ne pas avoir besoin de parler car il lui était impossible de pouvoir sortir un mot.

Il avait la tête qui tournait, et il semblait qu'il n'y avait qu'une seule issue possible…

Mais ce genre de confusion n'était pas acceptable. Ce n'était pas ce dont Kelli avait besoin de sa part, alors il se secoua.

— Appelle Kelli, ordonna-t-il à Walker

Son frère hocha vivement la tête. Il sortit son téléphone et tourna le dos, entrant en contact avec l'équipe dans les champs.

Luke tint tête à Carlyn, le ton de sa voix ne cédant pas d'un pouce.

— Je vais lui parler d'abord. Ça va être un énorme choc, et je dois savoir ce qu'elle veut.

Pendant un bref instant, Carlyn sembla prêt à protester avant de céder dans un soupir.

— Vous la protégez, et je ne vais pas m'en offusquer. C'est ce que je voudrais pour n'importe quelle femme, pas seulement quelqu'un de ma famille.

— Vous séjournez en ville ?

Carlyn hocha la tête.

— Appelez-moi quand vous serez prêts. Je peux revenir, ou vous pourrez venir. Comme vous préférez.

— Merci.

Luke prit les deux photos, les glissa dans sa poche intérieure et accepta une dernière poignée de main avant que Carlyn ne tourne les talons et ne retourne au parking.

Luke resta à fixer l'homme, le cerveau chamboulé.

— J'ai tellement de questions que je ne sais même pas par où commencer, dit Walker en s'avançant devant lui, l'inquiétude inscrite dans son allure même. Mais, d'abord, frangin, c'est quoi ce bazar ? Ta *fiancée ?*

Il fut submergé par la culpabilité.

— J'ai commis une erreur, d'accord ? Kelli me l'a déjà fait remarquer, et même si nous ne sommes pas dans une situation parfaite, d'une certaine manière, rien n'aurait pu mieux me réussir que de m'être comporté en idiot.

— Il pense que tu es son fichu *fiancé*, rugit Walker. Et même si je trouve que c'est génial que vous ayez décidé d'arrêter de tourner autour du pot au sujet de votre attirance, passer de zéro au mariage est un peu excessif, même pour toi.

Luke secoua la tête, jetant un coup d'œil à sa montre.

— On ne tournait pas autour du pot. J'étais complètement inconscient du fait qu'elle était sous mon nez depuis toujours.

— Peut-être que tu veux te dire ça, mais il était plutôt évident pour moi qu'une partie de toi tenait déjà à elle l'été dernier, quand tu as pété les plombs parce qu'elle était amochée, répliqua Walker avant de soupirer lourdement, quoique son langage corporel soit enfin plus détendu. Nous gérerons le reste plus tard. Tu as assez de soucis comme ça.

— Est-ce qu'elle arrive ? demanda Luke.

Walker hocha la tête.

— Ashton la renvoie sur un quad. Si tu veux la retrouver, tu peux probablement l'intercepter près des Heart Falls.

C'était une journée assez chaude pour qu'ils ne se gèlent pas les miches.

— Super idée.

Walker posa une main sur son épaule.

— Sois gentil, l'avertit-il. Je ne pense pas qu'elle imaginait ça.

— Je sais. Je ne vais veiller à ne pas la heurter, promit Luke. Écoute, notre relation a peut-être démarré parce que j'ai agi sans réfléchir, mais être avec elle est la meilleure chose qui me soit jamais arrivée.

Ce qui rendait cette sensation terrible, car elle arriva avec un tressaillement percutant. Il semblait que tout ce qu'il avait commencé à espérer lui glissait encore entre les doigts.

KELLI TROUVA un des quads du ranch garé sur le sentier, lui bloquant le passage.

Elle s'arrêta et éteignit son propre moteur, suivant un lot d'empreintes de pas dans la neige vers les rochers à la base du bassin des Heart Falls.

Son agacement involontaire disparut quand elle remarqua la haute silhouette de Luke qui fixait l'eau gelée.

Il avait les bras croisés sur le torse, le regard fixé sur la surface gelée vers un petit coin d'eau visible. Le filet des chutes qui continuait à couler tout l'hiver suffisait à maintenir toute la surface trop fine pour patiner dessus.

C'était magnifique et hypnotisant en même temps. L'eau qui cascadait sur la gauche s'était figée en un rideau allant d'un bleu profond au blanc scintillant.

Elle attendit d'être assez près pour parler sans crier.

— J'avais peur qu'il y ait une urgence quand Ashton m'a dit de rentrer à la maison, mais je ne pense pas que tu serais ici à te détendre si quelque chose allait mal avec la famille.

Il se retourna et lui lança un sourire qui ne se reflétait pas dans ses yeux.

— Tout le monde va bien, lui assura-t-il. Mais il faut qu'on parle.

Un million de problèmes préoccupants défilèrent dans le cerveau de Kelli.

— Je ne vais pas me provoquer un ulcère en essayant de deviner, alors crache le morceau.

Luke l'attrapa par la main et l'entraîna avec lui vers la piste du gibier.

— Tu sais, quand tu m'as raconté que tu t'étais enfuie de chez ta mère ? Qu'elle avait de mauvaises fréquentations, prenait de mauvaises décisions, et que tu ne voulais pas en faire partie ?

Tout ce qui avait inquiété Kelli s'effaça alors qu'il abordait le seul sujet qu'elle n'avait jamais imaginé.

— Oh mon Dieu ! Est-ce que ma mère s'est pointée ?

Il lui serra étroitement les doigts.

— Non. Et si elle l'avait fait, j'aurais été tenté de l'envoyer promener sans même te le faire savoir. Mais quelque chose…

Il s'interrompit, s'installa sur un rondin et l'attira entre ses genoux pour qu'ils soient face à face.

Une telle inquiétude habitait dans ce geste !

— Tu me fais peur et déclenches des instincts maternels que j'ignorais avoir. Je veux faire tout ce que je peux pour que tu cesses d'être aussi triste.

— Il semble que nous fassions la même chose, parce que j'essaie de te protéger, admit Luke. J'ai découvert des informations aujourd'hui et je ne sais pas comment tu vas les prendre.

— Est-ce que ça implique de me mettre à la porte de Silver Stone ?

Vu son air sérieux, il fut surprenant d'entendre un petit rire s'échapper de Luke.

— Puisque tu m'as déjà informé que je *ne pouvais pas* te mettre à la porte, ce n'est à l'évidence pas le problème, répondit-il en passant une main dans son dos, la serrant contre lui. Une des photos que nous avons prises au gala était géniale. Tu y es magnifique. Et tu es presque identique à une autre femme que quelqu'un d'autre connaît, et il se demandait s'il était possible que vous soyez de la même famille.

Elle essaya de démêler ça.

— Quelqu'un dit qu'il connaît une femme qui me ressemble ? Je n'ai pas de sœur, Luke. Je suis enfant unique.

— Je me suis mal exprimé. Tu as l'air identique à cette

femme telle qu'elle était il y a vingt ans. Il est possible qu'il pense à ta mère. Tu m'as raconté une partie de son histoire, mais pas assez pour que je ne me demande pas si je dois dire à cette personne de partir ou pas. Tu as dit que ta mère avait quitté la maison et n'y était jamais retournée... elle se plaignait de ses parents trop sévères. Mais est-ce qu'elle avait également une bonne raison de partir ?

Oh. Maintenant les inquiétudes de Luke s'expliquaient.

— Tu essaies de comprendre si elle se tirait d'une mauvaise situation, comme moi ?

Kelli repensa à son enfance et à ce qu'elle avait surpris. Elle secoua doucement la tête.

— Elle aimait se plaindre et dire qu'elle était traitée injustement, mais même quand j'étais adolescente, ça me paraissait être un prétexte. Comme si elle avait espéré que la vie serait plus facile si c'était elle qui commandait, mais qu'à la place ça n'avait pas été aussi génial qu'on voulait nous le faire croire. Elle était probablement trop fière pour admettre qu'elle avait commis une erreur et rentrer chez elle. Mais honnêtement, Luke, même si j'ai quelques bons souvenirs de mon enfance, je suis très consciente du fait qu'elle n'était pas une *bonne* mère, et que c'était son choix. À cent pour cent. Je ne veux rien avoir à faire avec elle.

Luke hocha lentement la tête.

— Permets-moi de te demander ceci : s'il t'était possible de rencontrer ton grand-père, est-ce que *ça*, ça te ferait envie ?

Kelli se pencha contre lui, luttant pour faire fonctionner sa langue. Waouh. On pouvait dire que c'était inattendu.

— Je ne sais pas comment répondre à ça. Je n'y ai jamais réfléchi.

Elle se retrouva entourée par deux bras forts alors que Luke l'attirait contre son corps. Utilisant sa main pour amener la tête de Kelli contre lui, il la serra fort. Leur respiration ralentissait alors même que l'esprit de Kelli s'emballait.

Il y avait quelqu'un qui pourrait être de sa famille ? C'était choquant, et pourtant...

Et pourtant, ça ne lui donnait pas l'impression de changer sa vie autant que cela l'aurait peut-être dû. Comme Tansy et elle en avaient parlé, Kelli avait déjà une famille... des gens à qui elle tenait et qui à l'évidence tenaient à elle.

Elle se tourna pour pouvoir lever les yeux vers Luke.

— Qu'est-ce que tu en penses ?

— Non, non. Je ne vais pas prendre cette décision pour toi.

Il avait l'air bien trop sérieux, si on considérait que ce devrait être un moment heureux.

N'est-ce pas ?

Il passa les doigts sous le menton de Kelli et releva son visage vers lui. Puis ses lèvres se posèrent sur les siennes en un tendre baiser empli d'inquiétude et d'autre chose qui avait un goût très sucré.

Il recula, lui souriant.

— Tu veux voir les photos ?

Kelli hocha la tête.

Il lui tendit la première et le cœur de Kelli rata un battement avant qu'elle ne baisse les yeux et ne se voie.

— Je n'avais pas l'air ridicule, admit-elle. Et, nom d'une pipe, mes nichons ont l'air géniaux.

Un énorme rire échappa à Luke, dans une explosion bien plus conforme à ce qu'elle attendait de sa part.

— Tes nichons ont toujours l'air géniaux, lui assura-t-il. Voici l'autre photo.

Il était facile de voir pourquoi ils avaient conclu qu'elle et cette mystérieuse femme étaient de la même famille. C'était comme regarder dans un miroir légèrement déformant. Juste assez de changement pour que Kelli puisse dire que ce n'était pas son visage, mais celui d'un sosie.

Puis ses yeux tombèrent sur le médaillon qui pendait autour du cou de cette femme, et tout en elle s'immobilisa.

— Nom d'une pipe. *C'est* ma mère.

— Sérieusement ?

Luke se redressa, tournant la photo vers lui comme s'il essayait de voir ce qui la rendait aussi sûre d'elle.

Elle pointa le collier du doigt.

— Maman le portait tout le temps. Elle ne le retirait jamais jusqu'à...

Un souvenir la percuta.

— Il s'est cassé un jour, quand un des petits amis a été brutal. Je me souviens l'avoir ramassé sur le sol et l'avoir caché jusqu'à ce que je puisse le lui rendre.

Luke se raidit, son corps se tendant de colère à ces mots.

— C'était une des seules fois où je l'ai vue vraiment pleurer. Elle m'a dit que c'était un cadeau de Noël quand elle avait treize ans.

Luke croisa son regard alors que la tristesse et l'émerveillement se mêlaient en elle.

— Alors c'est probablement ton grand-père, l'homme qui dit connaître cette femme.

Kelli hocha la tête.

— Est-ce que tu veux le rencontrer ?

Non. Oui.

— Peut-être ? Je n'ai pas désespérément cherché le passé toutes ces années. J'essaie d'avoir une bonne vie ici et maintenant.

Il la serra de nouveau contre lui, la force de ses bras la recentrant.

— Ça dépend de toi. Vraiment.

Quelque chose n'allait toujours pas. Elle repoussa son torse jusqu'à pouvoir regarder son visage.

— Qu'est-ce qui se passe ? Tu as tendance à avoir des opinions très arrêtées, l'informa-t-elle.

Luke se raidit.

— C'est ta vie, c'est ta décision.

— Je comprends ça, et c'est vrai. Mais ça ne t'a jamais empêché avant de me dire ce que tu pensais que je devais faire. Qu'est-ce qui t'en empêche maintenant ?

Il fit la grimace.

— Je suis dans une position délicate pour te donner des conseils, parce qu'il est impossible que ça ne donne pas l'impression que je ménage mes intérêts.

Juste au moment où elle pensait avoir tout compris, il l'avait encore déstabilisée.

— Tes intérêts ? Est-ce que tu as prévu de me vendre aux enchères à ce membre de ma famille perdu depuis longtemps ?

L'expression d'horreur sur le visage de Luke se mêlait à bien trop d'inquiétude.

— Oh mon Dieu, dis-moi simplement qui c'est ! exigea-t-elle.

— Timothy Carlyn.

21

———————

Kelli attendait devant la porte du motel, jetant un coup d'œil au délabrement du lieu tout en le comparant à l'hôtel extravagant où ils avaient rencontré cet homme pour la première fois. Le motel était le plus souvent occupé par des gens du service de l'équipement qui cherchaient un endroit où dormir, et pas des gens habitués au luxe ni même au confort.

M. Carlyn était à l'évidence sincère pour être prêt à supporter ces conditions.

Kelli serra les doigts de Luke un peu plus fort.

— Tu aurais dû lui dire de nous retrouver chez toi.

Luke ne répondit pas, parce que la porte s'ouvrit devant eux, et les traits plus ou moins familiers du gentleman plus âgé qu'elle avait rencontré au pays Kananaskis apparurent.

Timothy Carlyn la fixait avec quelque chose dans les yeux qui ressemblait suspicieusement à des larmes.

— Kelli. Merci d'avoir accepté de venir.

Il recula et leur fit signe d'entrer.

La pièce dans laquelle ils pénétrèrent contenait une petite

cuisine et un salon avec un canapé usé, une télé ancienne, et une table de cuisine avec quatre chaises.

Un autre homme, assis à table, se leva, s'avançant pour tendre la main.

— Dean McCoy.

Kelli se présenta, et Luke en fit autant avant que Timothy ne fasse un geste vers les sièges.

Luke prit une chaise, attendit que Kelli s'installe avant de se rapprocher d'elle. Kelli s'agrippa à ses doigts comme à une bouée de sauvetage.

M. Carlyn la fixait encore, mais il se secoua et fit un geste vers Dean.

— À Silver Stone, vous avez votre... Ashton, je crois ? Voici l'homme qui m'aide pour tout ce qui est nécessaire. Sur le terrain et en dehors.

Kelli regarda le nouveau venu. Il lui filait les jetons, avec son regard critique, il semblait à deux doigts de renifler comme s'il avait senti du crottin sur leurs chaussures. Malgré sa nervosité, son attitude la mit en boule.

— Je doute que vous nettoyiez beaucoup de stalles dans ce costume, dit-elle simplement.

Luke dissimula un rire en toussant.

Dean réussit étrangement à avoir l'air encore plus désapprobateur, mais il répondit :

— Il semble que nous ayons des domaines de compétences différents, Mlle James.

Pardon ?

— Ça suffit, Dean. Je ne voulais pas de toi ici, d'abord, mais tu as insisté. Fais encore un commentaire cinglant ou une critique impolie à l'un de nos invités, et je me trouverai quelqu'un d'autre avec qui travailler.

Bien, alors.

Kelli ignora Dean et se concentra à la place sur l'homme

qui était peut-être son grand-père. Ce mot à lui seul suffisait à créer une pagaille impossible dans son cerveau.

— Luke m'a montré les photos, et je suis presque certaine que la femme de la seconde photo est ma mère.

— Facile à dire sans preuve…

Dean s'interrompit, toussant sévèrement avant de continuer.

— Excusez-moi. Il serait important, si vous possédez la moindre preuve *matérielle*, de la partager avec nous.

M. Carlyn tendit la main comme s'il allait attraper celle de Kelli avant de se reprendre, croisant à la place les doigts sur la table.

— Quand Dean ne joue pas les crétins, il fait de son mieux pour protéger mes intérêts. Mais puisque c'est moi qui vous ai approchée, la situation me semble complètement différente de celle où un inconnu se présenterait à ma porte en prétendant être un membre de la famille perdu depuis longtemps.

— Je ne crois pas avoir quoi que ce soit qui puisse être une preuve. Et je ne sais pas où est ma mère en ce moment. Cela fait de nombreuses années que je ne l'ai pas vue, et ça me va comme ça. Quand je suis partie, je n'ai rien pris qui lui appartenait.

L'argent ne serait pas mentionné. Kelli repoussa la photo sur la table.

— Je peux seulement vous dire qu'à l'intérieur de ce médaillon, il y avait un morceau de verre violet. Il était poli…

Timothy Carlyn blêmit.

Luke se leva à moitié.

— Monsieur ? Vous allez bien ?

M. Carlyn lui fit signe de se rasseoir, pressa les mains contre la table et prit quelques respirations pour se calmer.

— Je suis désolé. Continuez, s'il vous plaît.

Kelli lança un coup d'œil à Luke. Il hocha la tête.

— Le verre ne brillait pas, il était poli mais de façon irrégulière, comme une gelée d'hiver. Il était en forme de cœur, et quand le médaillon était fermé, la pierre était suffisamment petite pour se déplacer et bouger. J'avais l'habitude de secouer le médaillon, parfois, et maman riait en disant que c'était les battements de son cœur.

C'était un des rares doux souvenirs qui lui restaient.

L'homme en costume au visage sérieux jura doucement, l'expression sévère et impitoyable de son visage se transforma en incrédulité.

Dean se tourna vers M. Carlyn.

— Je voudrais insister sur la nécessité d'un test ADN, juste à des fins juridiques, mais c'est plutôt convaincant.

— Je ne pense pas qu'elle ait dit ça pour essayer d'être convaincante, dit Timothy Carlyn d'une voix traînante.

Il tendit la main par-dessus la table, et Kelli se pencha pour accepter une troisième photo.

— Mon épouse. Elle est décédée subitement l'année dernière.

Kelli était presque sûre que c'était à ça qu'elle ressemblerait dans quarante ou cinquante ans.

— Waouh. C'est probablement un peu égoïste si je dis qu'elle était magnifique.

— Elle était magnifique, confirma Mr Carlyn.

— Tu *es* magnifique, annonça Luke en même temps.

M. Carlyn chercha dans sa poche et en sortit quelque chose qu'il posa sur la table.

C'était un médaillon. Identique à celui qu'elle se rappelait de son enfance, et quelque chose se serra dans la gorge de Kelli alors qu'elle lui lançait un coup d'œil pour avoir la permission de le prendre.

Quand il lui fit signe de ne pas hésiter, elle glissa le médaillon dans sa main, le métal lisse était un écho de ses souvenirs d'enfance. Elle ferma les yeux et le tint contre son oreille, agitant le poignet.

Dans la paume de sa main, un doux *toc, toc, toc* résonna... comme un battement de cœur.

Elle prit une inspiration, surprise de se rendre compte que ses mains tremblaient alors qu'elle éloignait le médaillon de son oreille, appuyant automatiquement sur le fermoir pour l'ouvrir. Elle baissa les yeux et découvrit, non pas un cœur violet, mais bleu turquoise, comme le ciel d'Alberta lors d'une journée d'été sans nuages.

— C'est magnifique.

— Il était à votre grand-mère.

Aucun doute ne perçait dans la voix de M. Carlyn lorsqu'il prononça ces mots.

— J'ai offert ces colliers assortis aux êtres qui me sont le plus chers lors d'un Noël. Elles ont choisi la couleur de la pierre. Danielle a dit qu'elle voulait du violet pour être assortie aux cloches de Virginie qui sortaient de terre au début du printemps. Et ma Toni voulait du bleu parce qu'elle disait que c'était la couleur de la joie.

La gorge de Kelli se serra davantage, mais les bras de Luke l'entouraient et elle était en sécurité.

— Elle a l'air d'une femme merveilleuse. Je suis désolée de n'avoir jamais pu la rencontrer.

— J'en suis désolé aussi, dit M. Carlyn. Nous n'avions aucune idée que tu existais. Quand Danielle a fugué, au début, j'ai réussi à la localiser plusieurs fois. Elle m'a dit énergiquement de la laisser tranquille. J'ai essayé de garder le contact au cas où elle changerait d'avis...

Il laissa lentement sortir un long soupire.

— J'ai été malade pendant un moment, et j'ai perdu sa trace. Je n'ai jamais pensé qu'elle viendrait au Canada. J'aurais aimé avoir fait plus d'effort.

Le regret dans sa voix était réel, et cette émotion perturba encore plus Kelli.

Elle se leva brusquement. Tous les hommes autour de la

table se dépêchèrent de l'imiter, mais elle reculait de la table, soudain désespérée de pouvoir s'échapper.

— J'ai besoin de temps, dit-elle. Enfin, c'est très excitant, et je suis très contente de vous avoir rencontré. Même vous, je suppose.

Elle indiqua Dean avant de se rapprocher encore plus étroitement de Luke.

— Mais je dois y aller, termina-t-elle.

— Bien sûr, mon ange, dit Luke en hochant la tête vers Timothy Carlyn. On se parle demain ?

— Appelez-moi quand vous serez prêt. J'aimerais venir à Silver Stone si ça vous convient. Je *suis* intéressé par ce que vous y faites, en dehors de trouver Kelli.

Luke serra brièvement Kelli tout en regardant par la fenêtre.

— Il neige beaucoup. Reste ici une minute, je vais aller faire chauffer la camionnette et dégager le pare-brise.

Luke attendit qu'elle hoche la tête, mais quand il s'en alla, Dean disparut et elle resta seule avec son grand-père.

— Je ne vais rien exiger, dit M. Carlyn doucement. Mais je veux que vous sachiez à quel point je souhaite que vous rentriez à la maison.

Pas *M. Carlyn...* Son *grand-père*, supposa-t-elle, même si cela allait lui demander un effort de penser à lui ainsi.

Kelli le regarda fixement, lisant la sincérité dans ses yeux, et l'espoir.

— Vous ne me connaissez pas. Vous ne savez rien de moi, alors pourquoi dites-vous une chose pareille ?

— Parce que lorsque je vous regarde, je vois Toni. Je vois Danielle avant qu'elle ne se rebelle et ne décide que, quoi que nous disions, elle ferait l'exact opposé. Je vois une jeune femme pleine de vie et d'énergie, qui est simplement charmante à côtoyer, et j'aimerais beaucoup avoir de la famille chez moi. Alors réfléchissez-y, Kelli. C'est une option pour vous. Vous et Luke, bien sûr. Il y a un foyer qui vous attend.

Kelli hocha lentement la tête. Mais elle devait dire la vérité, et ça, elle *n'avait pas* besoin d'y réfléchir ne serait-ce qu'une minute de plus.

— J'ai déjà un foyer, et j'ai une famille. Alors je ne dis pas non, mais je dis que je ne suis pas prête à abandonner ce que j'ai déjà.

— C'est équitable, dit-il, l'air un peu déçu, mais il hocha la tête avec approbation. Vous avez peut-être été élevée dans un monde loin du nôtre, mais vous seriez surprise de savoir à quel point vous me rappelez votre grand-mère.

La porte s'ouvrit derrière elle, et Luke entra et l'escorta dehors.

Un brouillard de flocons de neige se mêla au brouillard dans son cerveau. Kelli posa la tête sur l'épaule de Luke et n'essaya même pas de réfléchir. Elle était engourdie à l'intérieur, ce qui semblait étrange.

Luke restait silencieux à côté d'elle, son corps tel un roc de réconfort. Quand ils arrivèrent chez lui après le lent trajet du retour à travers la neige qui tombait, elle le suivit docilement dans le débarras extérieur.

Le manteau de Kelli disparut, ainsi que ses bottes, et elle se retrouva sur le canapé, assise sur les cuisses de Luke avant même de savoir vraiment ce qui se passait.

— Merci, commença-t-elle avant de devoir s'interrompre.

— Tu n'as pas à me remercier, chérie. Maintenant, chut. Tu trembles pratiquement. Laisse-moi te serrer dans mes bras.

Elle se blottit contre lui et ne lutta pas. Le corps puissant de Luke forma une cage de protection autour d'elle. Comme un mur la protégeant de ce qui lui aurait fait du mal, de ce qui lui aurait posé trop de problèmes en cet instant.

— Je ne sais pas pourquoi j'agis comme un bébé, se plaignit-elle quelques minutes plus tard. C'est une bonne chose, je suppose. Trouver de la famille. Seulement... je ne m'y attendais pas. Et je n'en voulais pas vraiment... enfin, je n'en cherchais pas.

— Autant de bonnes raisons de ne pas être sûre de savoir où donner de la tête, lui assura Luke en lui caressant les cheveux. Du côté positif, M. Carlyn est un homme fiable. Je n'ai jamais rien entendu de négatif.

— Moi non plus. Je l'ai apprécié au gala, même si je suppose que ça explique pourquoi il me fixait autant.

Elle inspira profondément, se pelotonnant plus fort contre Luke.

— Je ne veux pas penser en ce moment, se plaignit-elle.

Un petit rire doux échappa à Luke.

— Vraiment ? Est-ce que tu as autre chose à faire plus haut sur ta liste ?

Kelli glissa les doigts le long de sa chemise, dessinant des cercles autour de chaque bouton, l'un après l'autre.

— Peut-être. Si tu as un peu de temps à tuer.

Luke émit un « hum » alors qu'elle défaisait le bouton du haut, puis le suivant.

— Du temps ? J'ai quelques minutes.

— C'est tout ? Dommage...

Elle laissa ses doigts dériver vers le bas jusqu'à ce que le bout de ses doigts effleure le bouton de son jean. Elle aurait caressé sa verge, mais elle était assise tout contre. Ce qui était évident, parce qu'à chaque instant qui passait elle devenait plus épaisse et dure sous sa hanche.

— Peut-être un peu plus que quelques minutes, grogna Luke, passant les bras sous les jambes de Kelli et la soulevant.

Elle passa les bras autour de son cou et frotta son nez dessus, l'embrassant et le taquinant de sa langue alors qu'il la portait vers sa chambre.

Luke lui retira son chemisier, repoussa le tissu sur ses épaules et s'arrêta pour embrasser la peau qu'il venait de dévoiler.

— Il faut que je te voie nue, lui dit-il. J'ai besoin de toi sous moi, j'ai besoin de te sentir m'entourer.

— J'ai besoin de toi aussi, chuchota-t-elle.

Elle ferma les yeux et s'abandonna à ses sensations.

Chaque centimètre qu'il exposait, Luke prenait son temps pour l'explorer avec ses lèvres, avec sa langue. Il l'embrassa, la lécha, la taquina et la mordilla jusqu'à ce que la moindre parcelle du corps de Kelli lui semble vivante et tellement sensible qu'elle approchait de la combustion spontanée.

Quelque chose était différent. Quelque chose tremblait, au bord de la rupture. Comme une journée printanière trop chaude, quand le soleil sur la glace près des chutes la faisait craquer et gémir au cours des secondes avant qu'une fissure apparaisse,et que tout s'écroule, volant en éclats, se désagrégeant... disparaissant. Une inversion totale par rapport à quelques instants auparavant.

Seulement, est-ce que cela se brisait ou se renouvelait ? Le printemps était toujours synonyme de développement, et alors que Luke la touchait, Kelli sentit le changement se produire dans chaque partie de son être.

Il l'avait allongée. Elle était nue et il la regardait tout en retirant le reste de ses vêtements. Puis il la rejoignit, s'allongea à ses côtés et la serra contre lui alors qu'il la caressait. Ce contact était doux, possessif et parfait.

Plongeant les doigts entre ses cuisses, la bouche posée sur ses seins, il recula pour pouvoir la recouvrir de son corps et l'embrasser à lui en faire perdre la raison.

Elle s'était déjà envolée une fois, Luke la propulsant dans l'orgasme avant de s'enrouler autour de son corps et de glisser en elle. Son membre épais l'ouvrit alors qu'elle écartait les jambes pour l'accueillir, frottant leurs corps l'un contre l'autre et s'embrassant.

Luke murmurait des mots doux contre ses lèvres alors qu'il

allait et venait, lentement et profondément. Chaque mouvement était délibéré et plein de désir comme si...

Comme s'il rentrait chez lui.

Kelli luttait pour empêcher les larmes de monter, mais c'était trop parfait, trop magnifique.

Il ralentit, marqua une pause au fond d'elle, effaçant de ses doigts les larmes sur ses joues.

— Kelli ? Ça va ?

Elle hocha la tête, attrapa ses doigts entre les siens et les porta à ses lèvres.

— Je vais parfaitement bien. Ne t'arrête pas. S'il te plaît, ne t'arrête pas.

Il ajusta leur étreinte, posant leurs mains jointes sur le matelas au niveau de sa tête, puis reprit ses mouvements lents et doux, qui lui donnaient l'impression qu'il aimait chaque centimètre de son corps, qu'ils étaient unis au-delà du physique.

Les larmes coulèrent, mais Kelli était prête à admettre que c'étaient de bonnes larmes. Elles concernaient la famille et le fait d'avoir un foyer, et même si elle ne pouvait pas encore prononcer les mots, elles concernaient le fait d'être amoureuse.

Parce qu'elle aimait Luke. Elle l'avait probablement toujours aimé, et il avait fallu trouver un grand-père surprise pour savoir que, quoi qu'il arrive à Silver Stone, *Luke* était son foyer.

Elle allait devoir trouver comment le lui dire.

— Kelli, chuchota Luke. Tu es ce qu'il me faut. Tu es simplement...

Elle ouvrit les yeux et regarda fixement son visage.

— Aime-moi, ordonna-t-elle, feignant que ce ne soit pas tout à la fois une exigence, un souhait, un rêve et une promesse.

Les doigts de Luke enserrèrent les siens, et il la pénétra plus durement, un peu plus vite. Puis il glissa une main entre leurs corps, la toucha pile où il fallait, et tout vola en éclats. Comme la chute d'eau gelée, elle se désintégra, tombant en morceaux, serrée entre ses bras.

Prête pour son propre renouveau printanier. Peu importe à quoi cela ressemblerait, elle pouvait survivre. Elle savait qu'elle le pouvait.

Surtout si Luke la serrait dans ses bras.

IL SE DÉBARRASSA RAPIDEMENT du préservatif, puis la ramena contre lui. Leurs corps nus se retrouvèrent entremêlés comme s'ils étaient des arbres plantés au même endroit.

Elle s'endormit dans ses bras, les traces de larme marquant toujours son visage.

Comment était-il possible que tout change aussi radicalement mais lui donne pourtant l'impression que sa vie avait toujours été censée être ainsi ?

Luke changea de position pour pouvoir dégager les mèches de cheveux du visage de Kelli, baissant les yeux vers elle avec une sensation hors du commun dans la poitrine.

Il se souvenait d'avoir simplement accompli une chose après l'autre toute sa vie. Il avait fait cela quand il était jeune homme, grandissant sous la tutelle ferme de son père. Il avait appris toutes les tâches requises pour continuer à faire tourner la machine et savoir prendre soin des animaux du ranch de Silver Stone.

Entre son père et Ashton, Luke savait qu'il avait disposé d'exemples masculins forts en grandissant. Il avait vu son frère aîné gérer le chagrin jusqu'à enfin tomber amoureux de la femme parfaite. Il avait vu Walker surmonter la peur et l'inquiétude pour finir solide comme un roc avec Ivy, les années où ils avaient été séparés effacées comme si elles n'avaient jamais existé.

Durant tout ce temps, Luke avait accompli une chose après

l'autre. Il se levait le matin, faisait son travail. Il dressait les chevaux, gérait les clients. Il s'amusait bien, il avait même une sensation de fierté, mais il avait toujours eu cette impression de suivre machinalement un chemin tout tracé.

Ce n'était pas qu'il avait hâte de se lever le matin, il le faisait simplement. Ce n'était pas qu'il avait hâte de travailler avec les chevaux. Même s'il appréciait ses tâches, il n'avait aucun désir urgent qui le rendait impatient de commencer. Même sa relation avec son ex-fiancée avait plus été une réponse aux attentes qu'un véritable désir d'établir un lien.

La seule chose – le *seul* fil commun de joie au cours des dernières années – était cette femme allongée dans ses bras. Une femme qui, quand il l'avait vue aux chutes et surprise en lui donnant des nouvelles très importantes, avait été plus inquiète de son confort à lui que du sien.

Kelli était le seul élément parfait de sa vie, et maintenant qu'il y réfléchissait vraiment, elle en était également la seule partie irremplaçable.

Cela lui avait pris jusqu'à cet instant pour le comprendre.

Elle était la raison pour laquelle il avait hâte de se lever et d'aller dresser les chevaux, parce que son enthousiasme et son excitation infinis débordaient dans sa vie avec joie. Ses plaisanteries et ses folles habitudes, comme de sauter d'assez haut, ou d'écouter aux portes aux moments les plus gênants... il savait *à quoi* s'attendre de sa part, mais il ne savait jamais quand.

Elle apportait de la spontanéité dans son monde, à travailler ensemble, à se disputer, ou durant ce bref moment, à se rendre fous par des facéties sexuelles.

Il n'y avait rien qui ressemblait à de la routine quand il s'agissait de Kelli. Elle était tellement plus que ça !

Alors qu'il baissait les yeux sur elle, ses longs cils posés contre ses joues, il en fut frappé aussi violemment que lorsque le sol l'avait heurté quand il avait été désarçonné par Chili Pepper...

Il l'aimait. Complètement. C'était la plus merveilleuse des choses à réaliser, même si elle répandait en même temps un frisson glacé le long de sa colonne vertébrale.

Parce que... tous ces hommes dans la vie de Luke ? Son père, ses frères, ses amis ? Ils lui avaient tous enseignés à quel point il était important de choisir ce qu'on voulait.

Il était impossible que Kelli puisse le faire à ce moment-là. C'est-à-dire le choisir lui.

Elle avait un tout nouveau monde devant elle, et ce ne serait pas bien de la forcer à rester. Pas maintenant. Pas avant qu'elle n'ait eu la chance de déployer ses ailes et d'entrer dans le monde de Timothy Carlyn.

Est-ce qu'il voulait qu'elle s'en aille ? Bien sûr que non. Et malgré la douleur en lui alors qu'il luttait pour faire ce qui était juste, il savait qu'il était incapable de la laisser partir. Pas pour toujours.

Mais en cet instant ? Elle était tellement submergée qu'elle n'avait probablement aucune idée de ce que cela signifiait d'être liée à Timothy Carlyn. De pouvoir disposer des ressources et des contacts qui étaient les siens.

Luke devait la laisser temporairement partir pour vivre tout ça, pour la laisser montrer ses talents ailleurs qu'à Silver Stone si elle le voulait. Il n'avait aucun droit de la garder à ses côtés même s'il avait enfin – *enfin* – compris qu'il la voulait.

Leur respiration avait ralenti. Encore une fois, elle le surprit, ouvrant les yeux pour le regarder fixement.

— Tu réfléchis si bruyamment que je peux l'entendre.

Les doigts de Kelli se levèrent vers son visage puis au-delà, caressant ses cheveux, descendant ensuite vers son cou, dessinant encore et encore un cercle régulier.

— Ça a été une grosse journée. Beaucoup de choses auxquelles réfléchir, admit-il.

Les lèvres de Kelli s'incurvèrent.

— Il est assez tard pour s'autoriser une pause jusqu'à demain. Endors-toi, Luke.

— Tyran, se plaignit-il, même si c'était *exactement* ce qu'il voulait.

Kelli dans sa vie, lui donnant des ordres, le taquinant et le tourmentant.

Elle posa une main sur son torse et appuya dessus, le poussant sur le dos. Alors même qu'elle bougeait, elle se réveillait, et l'espièglerie apparut sur ses traits.

— Étant donné que nous sommes nus, ce qui est très pratique, peut-être que ce dont tu as besoin, c'est d'un peu d'aide pour te détendre.

Certaines parties de son anatomie étaient pleinement emballées par cette suggestion, se tendant et durcissant alors que Kelli ondulait des hanches sur lui.

— Si tu es fatiguée...

Kelli haussa un sourcil.

— Tu ne refuses pas sérieusement une partie de jambes en l'air, n'est-ce pas ? Ce n'est pas le Luke que j'ai appris à connaître durant ces dernières semaines.

Il n'aimait pas qu'elle relègue le temps qu'ils passaient ensemble à du sexe.

— Tu n'as pas besoin de faire quoi que ce soit que tu ne souhaites pas, admit-il. Ça a été une journée difficile.

Elle hocha la tête pensivement.

— C'est vrai, et ça m'a vraiment laissée comme deux ronds de flan tout à l'heure. Mais quelque chose dans le fait de revenir ici m'a aidée à me recentrer. J'apprécie ça. Je t'apprécie, *toi*.

Kelli posa les lèvres contre les siennes, l'avant de son corps entrant en contact avec son torse nu. Il ne pouvait mettre en doute ce qu'elle désirait. C'était clair dans son baiser, son contact et le mouvement de son corps.

Luke ne pouvait pas dire non. Et il ne raterait pas un instant du présent, puisqu'il ne savait pas ce qui arriverait le lendemain. Peut-être qu'il allait devoir lui dire au revoir temporairement pendant qu'elle irait vivre de nouvelles aventures.

Mais alors qu'il se redressait pour la rejoindre, de corps et d'esprit, il se promit de nouveau que, si elle partait bien, ce ne serait que pendant une courte période. Pendant qu'elle élargirait ses horizons, il allait leur construire des racines. Il construirait un endroit pour l'accueillir, et il allait faire de son mieux pour la convaincre que sa place était à Silver Stone.

Il devrait lui donner de l'espace pour qu'elle se sente libre de partir.

Mais en cet instant ? Il allait l'aimer avec tout ce qu'il avait. Comme il avait toujours été censé le faire.

22

———

L e dimanche, Kelli erra dans l'écurie, s'interrogeant toujours sur la meilleure réponse à donner à la stupéfiante proposition de Timothy Carlyn.

Ce n'était pas comme si elle allait subitement quitter Silver Stone. Elle avait rejeté cette option, mais il devait y avoir un moyen pour elle d'apprendre à connaître davantage cet homme. Pas pour quoi que ce soit qu'il pourrait lui offrir, mais parce que c'était ce qu'il fallait faire.

Pourtant, penser à son grand-père suffisait à ramener tant de souvenirs de l'époque où elle vivait avec sa mère et tout ce que Kelli avait dû fuir...

Ouais, elle avait un peu la tête en pagaille en ce moment, et il n'y avait pas de voie claire à suivre.

Normalement, quand Kelli était comme ça, elle allait trouver Luke et passait la matinée à le suivre. C'était un peu surprenant de se rendre compte que, malgré ses efforts considérables pour cacher son attirance pendant toutes ces années, elle avait établi un tas d'habitudes dans sa vie qui tournaient autour de cet homme.

Lui parler quand elle résolvait un problème avait constitué

l'une d'elles. La seule exception notable avait concerné sa manière de porter secours aux femmes maltraitées, parce que cela avait été trop proche d'une partie de son monde dont elle ne voulait parler avec *personne*.

Elle lui aurait parlé en cet instant, seulement cet homme têtu avait mystérieusement disparu de leur lit quand elle s'était réveillée. Une assiette l'attendait dans le frigo et la cafetière était prête à se mettre en marche quand elle appuierait sur le bouton, alors il avait pris soin d'elle avant de disparaître.

Maudit soit cet homme ! Aussi gentil que ce soit, ce dont elle avait besoin, c'était d'une longue discussion, et il n'était nulle part.

Elle ne voulait pas parler à Tamara ni à Ashton, et pourtant ses pensées étaient prêtes à exploser sous l'urgence de comprendre tout ça.

Alors que cette journée s'écoulait, puis la suivante, Luke passa de l'absence exaspérante à une inaccessibilité super agaçante. Il rentrait tard et partait tôt, évitant toute conversation parce qu'il avait « ce truc qui devait vraiment être fait » en ce moment.

Il « se fiait à son jugement » et « serait là quand elle aurait besoin de lui » mais ensuite, il disparaissait pendant des heures sans que personne sache où il était passé.

Elle n'était pas idiote. Kelli avait compris ce qui se passait… Luke l'évitait, même si elle ne savait pas pourquoi.

À moins que ce soit pour l'énerver. Dans ce cas-là, il avait réussi. Au centuple.

Kelli entra dans l'écurie le mardi après-midi. Elle avait pris un autre petit déjeuner seule, et le gentil petit mot qu'il avait laissé l'avait mise encore plus en colère parce que ce qu'elle voulait c'était lui, pas son mot.

Une porte claqua au loin. Un instant plus tard, Josiah Ryder apparut soudainement, les joues rouges et les sourcils froncés. Il s'arrêta brusquement quand il la vit.

Une seconde plus tard, il souriait et avait retrouvé tout son sang-froid.

— Kelli. Content de te voir.

Elle renifla moqueusement.

— Mec. Tu es le meilleur menteur que j'aie jamais rencontré. Oh attends… on n'appelle pas ça mentir, n'est-ce pas ? C'est *jouer un rôle*.

Josiah posa un doigt contre ses lèvres.

— Tu es une des seules personnes de cette ville à qui j'aie parlé de mon époque au théâtre, alors ne grille pas ma couverture.

Alors c'était comme ça qu'il voulait la jouer ? Kelli décida de le laisser s'en tirer pour cette fois. Plus ou moins.

— D'accord, Superman. Seulement, je pensais que le héros affable était reporter le jour, pas vétérinaire, dit-elle en regardant derrière lui. Qui t'a énervé ?

— Personne, répondit-il en la dépassant. Je dois filer. Dis à Ashton que je reviendrai demain pour un suivi sur Thunderbolt.

— Pas de problème.

Kelli le regarda s'éloigner précipitamment, l'amusement montant quand elle se retourna et découvrit Lisa Coleman qui se dirigeait vers elle.

C'était peut-être une coïncidence que cette femme arrive de la direction que Josiah venait de fuir comme s'il était poursuivi par des dragons.

Mais le fait que Lisa était préoccupée, vérifiant toutes les stalles qu'elle passait, semblait un petit peu suspect.

Kelli se racla la gorge, et Lisa redressa brusquement la tête, ses yeux étincelant.

— Hé.

— Hé, toi-même, répondit Kelli, ne pouvant pas résister. Tu cherches quelqu'un ?

— Josiah, admit Lisa, quelque peu à contrecœur.

— Quelque chose ne va pas ? Enfin, je viens de le voir. Je pourrais courir et...

— Ne t'inquiète pas, ça va, l'interrompit Lisa, son regard s'aiguisant. Qu'est-ce qui ne va pas ?

Au temps pour garder l'avantage. Lisa n'était pas quelqu'un avec qui on pouvait faire l'idiot.

— Je n'ai jamais dit que quelque chose n'allait pas.

— Bien sûr que non. Maintenant, dis-moi.

Kelli roula des yeux.

— Bien. Luke semble m'éviter. Genre, il tourne littéralement les talons et va dans une autre direction pour éviter de me parler.

— Ah, ah.

Eh bien, c'était agaçant aussi, ça.

— *Ah, ah* ? C'est vraiment tout ce que tu vas dire ?

— C'est moins énervant que « Diantre, j'ai compris ! » Je pense que Luke te donne de l'espace pour trouver ce que tu veux.

— Bon sang, ce que je veux c'est lui parler de ce que je veux, se plaignit Kelli.

Lisa se mit à rire.

— Ouais. Mais il joue les nobles âmes ou quelque chose d'aussi agaçant. J'ai raison ?

— C'est possible. Mais je n'en sais rien puisque je n'arrive pas à le *trouver* pour lui demander.

Mais l'agacement de Kelli disparaissait.

— Ce n'est pas si compliqué, je suppose, continua-t-elle. Je veux simplement y réfléchir encore un peu. Quelle est la bonne chose à faire ?

Lisa eut l'air pensive.

— C'est une question qui a l'air tellement simple, n'est-ce pas ? On pourrait penser que la bonne réponse serait tout en haut, visible et marquée en gras. La plupart du temps, c'est l'inverse. La vérité se cache, pas parce qu'elle essaie d'être difficile à trouver, mais parce qu'elle est suffisamment importante pour que tu aies besoin de creuser. Tu dois vraiment la vouloir.

Elle n'est arrivée que depuis très peu de temps, et pourtant Lisa était entrée dans la famille et avait rejoint Silver Stone comme si c'était sa place, ce qui était logique puisqu'elle faisait pleinement partie intégrante de la vie de Tamara.

Seulement, maintenant Kelli se demandait…

Elle l'examina attentivement.

— Qu'est-ce que *toi* tu veux, Lisa ?

Lisa cligna intensément des yeux. Puis son visage s'illumina, et un énorme sourire apparut.

— Je savais que je t'appréciais pour une bonne raison. *D'accord.*

— C'est bien, mais ce n'est pas une réponse.

Lisa croisa les bras et s'appuya contre la stalle.

— Il n'y a pas grand monde qui m'ait demandé ça, tu sais. Beaucoup de gens m'ont donné leur opinion sur ce que je devrais faire, et il y en a encore plus qui m'ont donné leur opinion sur ce que je ne devrais pas faire.

— On me fait ça souvent aussi, mais tu ne réponds pas à la question, signala Kelli. Si j'ai dépassé les bornes ou quoi que ce soit…

— Non, tu n'as pas dépassé les bornes, mais je dois admettre que c'est une chose à laquelle je n'ai pensé très sérieusement que lors de ces derniers mois, admit Lisa en haussant les épaules. Je veux être heureuse. Je pense que c'est le cas de la plupart des gens, mais habituellement ce qui me rendait heureuse par le passé, c'était de rendre heureux *les autres*. Ce n'est pas mal, mais à partir de maintenant, j'ai l'intention de me concentrer un peu plus sur moi. Divulguer quelques-uns des secrets que j'ai dissimulés non seulement aux autres, mais peut-être même à moi-même.

— C'est profond.

— Très. Je pense que je vais finir sur un parcours initiatique, parce que je ne sais pas de quoi demain sera fait. Il y a un sacré bout de temps entre l'instant présent et l'éternité. Je veux que ça compte. Quoi que je fasse. Je veux que ça compte pour les autres, mais surtout pour moi.

Faire ce qui comptait. Faire ce qui rendrait vraiment Kelli heureuse.

C'était comme avoir percuté un mur de briques. Ou comme la fois où elle avait reçu une ruade pile dans le plexus solaire qui l'avait fait voler dans les airs, ébranlée par l'impact du sabot et celui du sol.

— Tu n'es pas aussi simple que tu aimes le laisser croire, n'est-ce pas ? la taquina Kelli avec un sourire pour adoucir ses paroles. Je suis contente que tu veuilles être heureuse.

— Je suis contente que tu aies compris que toutes mes élucubrations se résument à cette vérité.

La porte piétonne de l'écurie s'ouvrit brusquement, et Lisa fit un signe de tête vers une haute silhouette qui s'avançait vers elles.

— Il semble qu'il soit sorti de sa cachette. Si ton unique vérité est semblable à la mienne, tu veux être heureuse aussi. J'ai le pressentiment que quelqu'un *d'autre* veut vraiment la même chose, surtout avec toi.

— Pourtant, il me semble qu'il fait tout ce qui est possible pour faciliter mon départ, se plaignit Kelli.

— Les hommes, dit Lisa en levant les yeux au ciel pendant un instant, puis son visage s'illumina presque dangereusement. Je te parie vingt dollars qu'il déclenchera une dispute avec toi à propos d'une bêtise avant...

— Lisa Coleman, je t'ai dit de ne plus faire de paris concernant mes relations.

Kelli posa les poings sur ses hanches et foudroya Lisa du regard, gardant la bouche pincée aussi longtemps qu'elle le put avant d'éclater de rire.

Luke les avait presque rejointes. Lisa recula, lançant un clin d'œil à Kelli.

— Bien, je ne vais pas prendre ton argent. Je pense quand même que vous finirez dans la sellerie d'ici peu. Parce que je sais ce qui se passe quand vous avez fini de vous disputer et que vous passez à la réconciliation.

— Kelli ?

Luke passa à côté de Lisa, qui agita les doigts avant de s'en aller d'un pas léger.

Kelli se glissa dans le box de Chili Pepper.

— Je sors dans une seconde.

— Je vais attendre.

Elle n'avait rien à faire. Pas vraiment, mais le moment pour rassembler ses pensées l'aida. Kelli pressa son front contre celui de Pepper, lui parlant avec le plus léger des chuchotements alors qu'elle rassemblait son courage.

— Peut-être que tu pourrais partager un peu de ton obstination pour t'assurer que je fais ça bien.

La jument renâcla, ébouriffant les nattes de Kelli, et elle se mit à rire, serrant affectueusement Chili Pepper avant de sortir du box et de fermer la barrière derrière elle.

Luke s'éloigna du mur où il s'était appuyé et s'avança vers elle.

— Il faut qu'on parle.

Luke avait essayé de garder ses distances. Vraiment, mais cela était devenu de moins en moins possible. Même chevaucher ce matin-là pendant deux heures n'avait rien fait pour calmer les fichus pois sauteurs dans ses tripes.

Il s'était arrêté sur le flanc de coteau où ses parents étaient enterrés, mais la seule chose que cela lui avait rappelée, c'était qu'ils avaient vécu leur vie à fond. Chaque jour jusqu'à leur décès, ils avaient ri, aimé et donné généreusement à la famille.

Il avait peut-être dit à Kelli qu'elle devait prendre sa propre décision et que, quoi qu'elle désire, il la soutiendrait, mais une partie de cette promesse était un mensonge.

Si elle choisissait de s'en aller, il mourrait à l'intérieur. Il ne voulait pas qu'elle le quitte.

Pendant qu'il rêvassait, Kelli était entrée dans la stalle vide à côté de celle de Chili Pepper, râteau à la main, pour lisser la terre compacte. Travaillant pendant qu'ils parlaient, comme ils le faisaient depuis des années ensemble.

Mais cette fois, il lui prit le râteau des mains et le posa contre le mur, il avait besoin de toute son attention.

— Ton grand-père a appelé. Il veut ton numéro de téléphone, et je voulais d'abord savoir si ça t'allait. Il aimerait venir au ranch ce week-end.

Elle hocha rapidement la tête avant qu'une expression d'incrédulité n'apparaisse sur son visage.

— Ça ne va pas disparaître quand je clignerai des yeux, n'est-ce pas ?

Il secoua la tête.

— Non. C'est réel.

— Bien sûr, tu peux lui donner mon numéro. C'est bien qu'il ait un moyen d'entrer en contact...

Les yeux de Kelli s'écarquillèrent comme des soucoupes, et elle jura doucement.

— Oh mon Dieu, il croit toujours que nous sommes fiancés, n'est-ce pas ?

Le dos de Luke se raidit.

— Ouais.

Le visage de Kelli se tordit, et son nez se plissa.

— Je me demande ce qu'il dirait si nous lui disions la vérité.

Au diable ses bonnes intentions. Le cœur de Luke martelait si fort qu'il le sentait dans sa gorge.

— Tu ne veux vraiment pas de moi à ce point-là ?

L'expression de Kelli exprima une pure confusion.

— Quoi ?

— Tu es prête à m'abandonner tout simplement.

— Qu'est-ce que tu… ?

— Et si ce n'était pas un mensonge ?

Sa colère montait, hors de contrôle, avec une aisance déconcertante, et il se passa une main dans les cheveux, faisant les cent pas.

— Il n'y a rien que je puisse faire pour te prouver que j'en vaux la peine. Il n'y a rien que je puisse abandonner pour te montrer ce que tu représentes tout pour moi. Tu as de l'argent maintenant, et tu as des contacts. Nous n'avons plus besoin l'un de l'autre comme c'était le cas en allant au gala. Mais si tu n'es pas avec moi, à mes côtés, tout ça est sans intérêt.

Les mots s'écoulaient de lui comme un vent chinook attaquant le froid glacé de l'hiver : implacable, chaud et inexorable.

Les yeux de Kelli s'étaient agrandis et elle restait bouche bée.

Ce qui lui convenait, parce qu'il était loin d'avoir terminé.

— Peut-être que c'est mal, mais je me contrefiche de Silver Stone si tu n'es pas à mes côtés chaque matin quand je me réveille.

Sa voix monta, et il se rapprocha d'elle.

— Bon sang, je déménagerai dans le Kentucky si c'est ce qu'il faut pour pouvoir te tenir dans mes bras chaque nuit. Si c'est là que tu penses que tu dois aller.

— Holà, mon gars.

Le bras de Kelli jaillit contre son torse, et elle se pencha contre lui, le prenant suffisamment au dépourvu pour qu'il s'emmêle les pieds et tombe en arrière contre le mur du box. C'était la seule raison pour laquelle elle avait pu utiliser son léger poids pour le clouer sur place.

Désormais, elle le foudroyait du regard, le fixant avec tellement de détermination qu'il comprenait totalement comment elle contrôlait les chevaux.

— Tu as bu un peu trop de café ce matin, Luke Stone. Tu dois sérieusement ralentir.

— Comment puis-je me calmer quand tu prévois de me quitter ?

Seigneur, il donnait l'impression de la supplier de rester, ce qui n'était pas loin de la vérité.

Un pli se forma entre les yeux de Kelli. Le feu et la chaleur le foudroyaient.

— Tu as promis de me laisser le champ libre, alors recule et *tais-toi* une minute.

— Mais je...

Le regard noir de Kelli s'intensifia, et il la boucla, soudain conscient que les mots s'étaient vraiment déversés de sa bouche sans que son cerveau participe.

Puis elle se déchaîna sur lui, aussi fort que lui un instant plus tôt.

— Pourquoi est-ce que tu devrais abandonner quoi que ce soit pour faire tes preuves ? L'intérêt de tenir à quelqu'un, c'est bien de faire des choses pour lui plutôt que de ne rien faire pour lui, non ?

Il attendit d'être certain d'avoir le droit de parler.

— Je suppose.

— Je sais que tu tiens à moi en tant qu'amie depuis des années. Je suis presque sûre que tu tiens aussi à moi depuis ces dernières semaines, car nous sommes devenus amants. Je *pense* que c'est ce que signifie toute cette histoire de me tenir dans tes bras la nuit et te réveiller avec moi le matin.

— Et si je veux plus ?

Elle croisa les bras sur sa poitrine.

— Peut-être que tu devrais me demander si c'est ce que je veux moi aussi. Est-ce que tu penses vraiment que je ne te croirai pas si tu dis que tu en veux plus ?

— Pourquoi est-ce que tu te disputes avec moi, meuf ? demanda Luke d'un ton sec.

— C'est toi qui as commencé, cria Kelli.

— Tu as demandé ce que ton grand-père dirait s'il découvrait que nous n'étions pas vraiment fiancés.

— C'était une question rhétorique, espèce d'imbécile.

— Pas pour moi.

La seule chose qui se soit imprimée dans son cerveau au cours des dernières minutes était son « tu devrais me le demander ».

C'est pourquoi il tomba sur place à genoux devant Kelli et lui prit les mains, levant les yeux vers elle, en plein milieu de la stalle à chevaux, alors qu'il la tenait bien pour l'empêcher de s'échapper.

Alors qu'il la tenait parce qu'il ne pouvait pas la lâcher.

— Kelli James, épouse-moi.

Elle était de nouveau sans voix, la bouche ouverte, le fixant comme s'il avait perdu l'esprit. Elle resta silencieuse pendant si longtemps que la peur s'entortilla dans l'estomac de Luke.

Avait-il *tout* mal interprété ?

— Pourquoi ? demanda Kelli.

Il lisait tellement d'espoir sur son visage.

— Et il vaudrait mieux que ce ne soit pas parce que c'est logique pour toi et moi d'être ensemble, conclut-elle.

Et il comprit enfin – *enfin* – ce qui lui avait manqué.

— Nom d'un chien, Kelli. Ce n'est pas une question de logique, il est question d'à quel point je t'aime, bon sang, et j'ai besoin de toi...

Kelli se jeta sur lui. Elle passa les bras et les jambes autour de Luke alors qu'elle parsemait son visage de baisers, un rire montant autour d'eux. Les genoux de Luke s'enfoncèrent dans la terre alors qu'il l'étreignait contre lui.

Elle recula assez pour prendre ses joues entre ses paumes, l'amusement illuminant son expression.

— C'est un peu perturbant. Que nous soyons ici, dans une stalle, et que tu fasses ta demande.

— Il n'y a pas de fumier, et en ce moment le seul mot que je veuille entendre de ta part est oui, marmonna Luke.

— Je n'ai pas vraiment besoin de répondre, n'est-ce pas ? répondit Kelli en prenant une inspiration profonde avant de la laisser sortir lentement. Je t'aime aussi.

C'était la partie qu'il avait oubliée avant, mais bon sang, elle continuait à être parfaite pour lui.

— C'est là depuis très, très longtemps, même quand j'étais trop stupide pour le dire. Je t'aime, répéta-t-il, mettant tout ce qu'il ressentait dans ces mots. Je pense que je t'ai toujours aimée.

— Je suis vraiment adorable, signala-t-elle.

Il se mit à rire tout en la relevant, et l'embrassa avidement alors qu'il la pressait contre le mur du box.

De l'autre côté, Pepper hennit, et Kelli se mit à rire contre les lèvres de Luke.

— Elle dit : « Félicitations. »

— Je te crois.

Seulement, Luke n'avait pas besoin d'un cheval, ni de qui que ce soit d'autre, comme témoin de ce qu'il voulait ensuite.

Il porta Kelli dans le couloir, se glissa dans la sellerie et ferma la porte.

— Nous devons parler de tellement de choses...

Les mains de Kelli étaient posées sur le bouton de son pantalon, aussi enthousiaste qu'il l'était de lui retirer ses vêtements.

— Plus tard. Pas beaucoup plus tard, mais pour l'instant je dois m'assurer d'en avoir pour mes vingt dollars.

Il se raidit avant de faire le rapprochement.

— Bon sang. Lisa a fait un pari avec toi.

— Tu aurais dû m'emmener dans le fenil, le taquina Kelli.

Puis ses mains furent sur lui, enfilant une protection qu'elle avait sortie d'un endroit ou d'un autre, Dieu merci. Et ils dansèrent ensemble, pleins de vie, d'énergie et de bonheur alors qu'elle indiquait très clairement que sa réponse était un oui complètement engagé, à cent pour cent, approuvé et accepté avec enthousiasme.

Les ongles de Kelli s'enfoncèrent dans les épaules de Luke et ses jambes s'enroulèrent autour de ses hanches alors qu'il prenait son postérieur et la déplaçait contre lui. Ensemble, dans cet endroit où ils s'étaient trouvés un million de fois.

Et même s'il ne savait pas ce qui allait se passer à l'avenir, quelque part en route, que ce soit ici à Silver Stone ou dans un autre ranch, il était presque sûr qu'ils trouveraient des endroits où faire l'amour où qu'ils soient.

— Je t'aime.

Il chuchota les mots contre son oreille alors qu'ils se balançaient, physiquement unis. Les yeux de Kelli brillaient dans la faible lueur filtrant à travers la petite fenêtre latérale. Il le redit, parce que le goût était parfait sur sa langue.

— Je t'aime, Kelli James.

— Heureusement, chuchota-t-elle en réponse. Parce que c'est bien plus facile, cette affaire d'amour, quand nous avons tous les deux les mêmes problèmes.

23

Tout n'avait pas changé du jour au lendemain, mais pour ce qui comptait vraiment, ce fut tout comme.

Kelli vivait dans la maison de Luke. Pas parce que c'était pratique d'avoir un endroit où ils pouvaient facilement trouver un lit, mais parce que c'était *leur* coin. Il avait apporté toutes ses affaires du dortoir, ce qui était loin d'avoir rempli le nouveau logement, spacieux.

Avoir ses affaires dans un tiroir à côté du sien plaçait un sourire sur le visage de Kelli chaque fois qu'elle s'en rendait compte.

C'était réel. Ce n'était pas simplement un rêve enfiévré où les choses montaient d'un cran sous le coup de la passion et du plaisir, c'était une succession d'instants, de jours qui mèneraient à une année.

À des années. Et toujours une chose après l'autre, et cela lui convenait très bien.

Des moments difficiles pointèrent le nez dans son bonheur parfait, mais ça les rendait plus faciles que Luke soit là, à ses côtés.

Comme en cet instant. Timothy Carlyn se tenait sur le pas

de la porte, chapeau à la main alors qu'il attendait d'être invité à entrer.

Kelli hésita brièvement avant d'ouvrir ses bras et de lui offrir une accolade, l'émotion l'étreignant aussi étroitement que les bras de son grand-père avant qu'il ne lui tapote maladroitement le dos et ne se tourne pour serrer la main de Luke.

Elle repéra l'humidité dans les yeux de Timothy.

Ils s'installèrent à la nouvelle table de salle à manger, la grande surface en bois brillant de tout son éclat. Elle contrastait vivement avec les chaises aux formes aléatoires qu'elle et Lisa avaient dégotées chez le brocanteur du coin la veille.

Luke s'assit sur la chaise à côté d'elle, son sourire s'agrandissant.

— Vas-y, dis-moi : « Je te l'avais bien dit. »

Son grand-père haussa un sourcil interrogateur.

Kelli se mit à rire.

— Ce n'est pas aussi divertissant que ça. J'ai simplement dit à Luke que, puisque nous avions la deuxième maison sur les terres de Silver Stone, il serait juste d'accueillir certains des dîners de la famille. Cela requérait une table et des chaises et, expliqua-t-elle en faisant un geste d'une main vers lui, nous avons déjà une raison d'être reconnaissants d'avoir un endroit où nous asseoir.

Il hocha fermement la tête.

— Luke s'est trouvé un vrai trésor en toi, ma petite.

Luke passa un bras autour des épaules de Kelli, rapprochant leurs corps.

— Je suis entièrement d'accord.

Voilà qui aurait dû être plus stressant, recevoir M. Carlyn – son *grand-père* – ici, sachant la différence que ça pourrait faire, de tellement de manières, mais Kelli avait déjà décidé ce qui était le plus important pour elle.

Luke était d'accord, et quoi qu'il arrive, ils étaient dans le même bateau.

Kelli inspira profondément.

— Nous avons parlé de votre invitation. Nous serions très heureux de venir visiter votre ranch, mais notre foyer est ici. On a besoin de nous ici, et c'est là que nous passerons le plus clair de notre temps.

— Mais nous voulons que vous sachiez que vous serez toujours le bienvenu, ajouta Luke. Et rien ne dit que Kelli ne puisse pas vous rendre visite seule parfois. À l'occasion.

Son grand-père se mit à rire.

— Mais pas trop souvent, si je comprends bien.

Kelli avait les joues cramoisies.

— Il y a beaucoup de travail à faire, commença-t-elle avant de céder et d'admettre la vérité. Et nous sommes deux amoureux qui ne veulent pas rester bien longtemps séparées.

Autour de ses épaules, le bras de Luke la serra fort, comme s'il ne pouvait s'en empêcher, comme s'il ne la lâcherait jamais, et cela convenait à Kelli.

Timothy Carlyn leva un doigt puis mit la main dans sa poche pour en sortir une enveloppe.

— J'avais oublié. Dean voulait que je m'assure de vous donner ça. Oui, nous avons fait accélérer le test, mais c'est la preuve que vous êtes vraiment ma petite-fille. Non pas que j'aie eu des doutes, mais tous les ronchons pourront aller voir ailleurs pour leurs récriminations.

Kelli hocha la tête, ne sachant pas si elle était assez courageuse pour la suite. Mais elle en avait parlé à Luke, et cela lui semblait approprié.

Difficile, mais très approprié.

Elle parla rapidement, avant de se dégonfler.

— Quand vous le voudrez, je vous donnerai tous les détails que je connais sur ma mère si vous voulez essayer de la retrouver. Pour être claire, je ne suis pas intéressée du tout par des retrouvailles, mais ça ne veut pas dire que vous ne devriez pas avoir une chance de la retrouver.

Son grand-père attrapa les doigts de Kelli dans sa main rugueuse et les serra étroitement.

— Ce qui me préoccupe pour l'instant, c'est vous. Nous avons beaucoup d'années à rattraper. Je ne m'attends pas à ce que cela se fasse du jour au lendemain, mais j'espère que vous me laisserez profiter de votre compagnie autant que possible.

Le monde de Kelli devenait plus riche et rempli d'espoir à chaque instant qui passait.

— Bien sûr. Comme Luke l'a dit, vous serez toujours le bienvenu ici. Ce n'est pas grand-chose, mais Luke a suggéré de vous installer une chambre d'ami quand vous voudrez venir.

« Papy Timothy », comme elle devrait s'habituer à penser à lui, avait l'air ravi de cette nouvelle.

— Et je sais que c'est beaucoup demander, mais j'espère vraiment que je pourrai assister à votre mariage.

Les pois sauteurs dans l'estomac de Kelli se transformèrent en un two-step.

— Nous devons fixer une date, mais nous serions honorés que vous participiez, dit Luke doucement.

Encore une chose qui était réelle. Ils étaient vraiment fiancés, prévoyant *vraiment* de passer le reste de leurs vies ensemble.

Elle deviendrait vraiment un membre permanent de la famille Stone.

Luke et papy Timothy se mirent à parler de lignées et du futur voyage dans le Kentucky. Kelli lança quelques commentaires ici et là, mais elle écouta surtout, son regard passant de l'un à l'autre. L'un son passé inconnu, l'autre assurément son futur, d'une manière dont elle n'avait jamais osé rêver.

Quand son grand-père s'en alla, Luke plaça son bras autour d'elle, et elle se tourna vers lui et l'embrassa aussi tendrement qu'elle le put.

Il recula, une étincelle dans les yeux alors qu'il souriait.

— Je ne me plains pas du tout, mais c'était en quel honneur ?

Kelli entrelaça ses doigts aux siens et les serra fort.

— Parce qu'il y a toutes ces années, quand je t'ai aperçu la première fois, je n'aurais jamais rêvé que ce jour viendrait. Tu avais l'air si incroyable sur ton cheval ! Tu travaillais dur, pourtant tu ne te plaignais jamais. Tu faisais simplement ce qui devait être fait, toujours avec des mots d'encouragement pour tous ceux qui étaient autour de toi. Et même après toutes ces années où je t'ai regardé et où j'ai pensé que tu étais incroyable, et que je t'admirais... ce sentiment en moi n'a pas cessé de grandir, comme si je puisais dans un puits sans fond, et qu'il inondait tout.

Il l'attira contre son corps, la maintenant fermement alors qu'il lui faisait un grand sourire.

— Je suis content. C'est bon de savoir que je ne suis pas le seul à être dépassé.

— Tu n'es clairement pas le seul.

Une vague de froid s'installa. Les ténèbres hivernales reposaient sur les congères profondes, glaçant leurs mains, et emplissaient le temps qu'ils passaient en extérieur de nuages de vapeur qui se formaient autour de leurs têtes chaque fois qu'ils respiraient.

Mais dans l'écurie, il faisait chaud. Et dans la maison, devant le feu, Kelli et Luke passaient des heures à parler de tous les sujets possibles : de la mère de Kelli, des parents de Luke et de leurs espoirs pour l'avenir.

Ils parlaient, s'embrassaient, et parlaient encore un peu.

— Je veux toujours savoir comment tu as atterri à Silver Stone, dit Luke quand ils firent une pause dans leurs baisers.

— Grâce aux potins, l'informa Kelli. Il *se peut* que j'aie écouté aux portes.

Il renifla moqueusement.

— Vraiment ? Je suis choqué.

Elle lui tira brièvement la langue avant de continuer :

— Quand j'ai fugué, j'ai sauté dans un bus pour Calgary. J'avais l'intention de loger pendant un moment dans une auberge et de regarder les petites annonces pour trouver du travail en Alberta. J'avais cette pièce d'identité qui certifiait que j'avais dix-huit ans, alors je n'avais pas l'impression que ce serait difficile. Je savais chevaucher et m'occuper des corvées… je les faisais depuis des années dans le ranch où nous vivions.

— Tu savais certainement ce que tu faisais, dès la première fois que je t'ai vue, acquiesça Luke.

— J'aime les animaux, dit-elle en haussant les épaules. Je n'étais pas chère comme employée, mais j'étais douée.

— Tu étais *géniale*, insista Luke avant d'interrompre son histoire pour l'embrasser encore.

Kelli avait la tête qui tournait légèrement quand il la laissa reprendre son souffle, et le sourire de Luke disait qu'il savait exactement ce qu'il lui faisait.

— Silver Stone ? Après la gare routière ? l'encouragea-t-il.

Elle hocha la tête, plongeant dans ses souvenirs.

— Il y avait un groupe de cow-boys qui s'affairaient à l'arrêt de bus quand je suis arrivée avec celui de nuit. Certains d'entre eux étaient en piteux état après une nuit au bar. Ils discutaient pour savoir s'ils devaient aller à Silver Stone sans les gars qui étaient encore en train de cuver.

Luke écarquilla les yeux.

— L'équipe de l'oncle Franck qui ne s'est pas pointée.

— Celle-là même. Ça ne les enchantait pas de devoir expliquer à qui que ce soit pourquoi ils étaient en sous-effectif. L'un d'eux a mentionné qu'ils allaient faire du marquage, ce que je savais faire, alors j'ai tenté ma chance et j'ai pris un ticket pour prendre le bus qu'ils attendaient. Se glisser dans une des camionnettes que Silver Stone avait envoyées a été facile – il y avait d'autres travailleurs temporaires venant d'autres ranchs qui attendaient à l'arrêt de bus de Heart Falls, alors j'ai agi comme si c'était ma place. Tu connais la suite.

— Une adolescente effrontée, dit Luke avec affection.

— Ouais, acquiesça-t-elle. Tu n'es pas content ?

— Très content, répliqua-t-il.

C'était bien de pouvoir enfin partager cette histoire avec lui.

Il y eut d'autres conversations. Les préférences en matière culinaire, les films et la musique. Kelli en apprit davantage sur ce qui motivait Luke à un niveau plus profond et intime...

Après toutes les années qu'ils avaient passées à côté l'un de l'autre, c'était incroyable tout ce dont ils avaient à parler de nouveau et de frais, tant être amoureux modifiait la perspective.

Ce qui changeait tout, c'était la portée différente de la discussion sur des sujets qu'ils n'avaient jamais vraiment abordés jusqu'à ce qu'ils tombent amoureux.

Kelli leva les yeux vers lui alors qu'elle se prélassait sur le dos. Luke lui taquinait la taille d'une main, et le plaisir s'éleva alors qu'il caressait sa peau, la lumière du feu se reflétant sur eux.

— Et les enfants ? demanda-t-il.

— Un jour. Je les aime bien, c'est évident, étant donné à quel point j'adore Sasha et Emma. Mais je ne pense pas que Tamara et Caleb prévoient d'en avoir d'autres après celui qui va arriver, alors ce n'est pas comme si nous avions besoin de nous précipiter.

— Ça me convient, acquiesça-t-il. Mais, n'attendons pas trop longtemps.

Kelli ricana.

— Ouais, je suppose que nous ne devrions pas attendre *trop* longtemps, ou tu seras trop vieux pour...

Il lui couvrit la bouche de la sienne et stoppa ses taquineries de la meilleure manière possible.

Le seul problème qui pesait à Kelli était celui auquel ils avaient fait face quand tout ceci avait commencé. Et même si Caleb ne se promenait plus avec un visage tourmenté, il était évident qu'il avait toujours une arrière-pensée.

Est-ce que les finances s'étaient suffisamment améliorées grâce à leur travail pour remettre Silver Stone sur les rails ?

Le mois de février passait rapidement. Des projets de voyage chez son grand-père allaient bon train. Ils jonglaient avec les dates parce qu'Ivy et Walker allaient se marier en mars, et que l'accouchement de Tamara était en avril. Tout le ranch bourdonnait d'excitation.

Y compris, apparemment, son téléphone. Kelli baissa les yeux avec joie et vit un message de Diane.

Diane : « J'ai hâte. »

Kelli n'avait aucune idée de ce qui se passait, alors elle choisit de répondre : « D'accord ? »

Diane : « Tu plaisantes. Tu veux dire qu'il ne t'a encore rien dit ? »

Kelli : « Je présume que ça signifie que Luke a des problèmes. »

Diane : « Je t'appelle. »

Une seconde plus tard, le téléphone sonna, et Kelli répondit instantanément.

— Je ne sais pas de quoi tu parles, alors crache le morceau.

La voix douce et familière de Diane glissa dans son oreille comme du miel chaud.

— Peut-être que je ne suis pas censée dire quoi que ce soit. Je vais gâcher la surprise.

— Considère ça comme deux cadeaux. *Maintenant*, la surprise, c'est de me parler de ce qui se passe, puis je pourrai profiter de ce dont tu m'auras parlé.

Un rire bas résonna.

— Tu sais, ton voyage pour aller rendre visite à ton grand-père, et est-ce que je peux encore dire à quel point c'est excitant que Carlyn soit ton grand-père ? En tout cas, il nous a appelés, et Jack et moi serons là, alors nous pourrons nous voir pendant votre visite. Il a dit que vous ne vouliez pas rester loin de chez vous trop longtemps, alors comme ça, nous pourrons nous voir et passer du temps ensemble et quand même vous ramener.

Waouh.

— C'est incroyable !

Arrivant de nulle part, une vague d'émotion et ce qui ressemblait suspicieusement à des larmes lui montèrent aux yeux. Kelli lutta pour retrouver son sang-froid pendant que Diane babillait à l'arrière pendant une minute avant de finir par avoir des soupçons.

— Kelli, qu'est-ce qui ne va pas ?

Elle ne savait pas si l'exprimer ferait s'évanouir ce rêve.

— Ça n'arrive pas dans la vraie vie. Tout ce bonheur. Trouver des amis comme toi et Jack, découvrir que j'ai un grand-père qui s'intéresse à moi et tient à moi. Tomber amoureuse de Luke... cela semble trop parfait pour être vrai.

— Oh, chérie. Tu as raison. Peut-être que ça n'arrive pas à tout le monde, mais ça t'arrive sans aucun doute. Tu le mérites. Maintenant, tu dois bien t'accrocher des deux mains et profiter du manège.

Kelli essuya ses larmes, s'efforçant de se reprendre.

Mais il était trop tard pour cacher à Luke les émotions qui se déversaient en elle. Il reculait déjà tout en parlant à certains des ouvriers, le visage inquiet alors qu'il se frayait un chemin vers elle.

Elle se dépêcha de terminer son appel.

— Je ne sais pas si je le mérite, mais je resterai assurément collée sur la selle aussi longtemps que je pourrai. Merci. Merci d'être entrée dans ma vie et d'être une si bonne amie.

— Ça continuera à s'améliorer, promit Diane. Je dois filer, mais j'ai hâte de te revoir, chérie. On se parle bientôt.

Elle raccrocha après lui avoir soufflé un baiser, et Kelli rangea son téléphone à temps pour lever le visage vers celui de Luke et accepter son baiser.

Les doigts de Luke posés sous son menton la calmaient alors qu'il l'examinait avec soin.

C'était là dans ses yeux. C'était là dans son geste.

Ce qu'il ressentait pour elle... ils le disaient régulièrement, « je t'aime », mais pour autant qu'elle ait besoin et veuille entendre ces mots, la vérité était là à chaque instant.

Dans chaque contact.

— Tout va bien ? demanda-t-il.

— Je t'ai toi, répondit Kelli honnêtement. Tout est parfait.

Au début du mois de mars, ils se rassemblèrent dans la cuisine de la maison du ranch.

Les signes de préparation pour le grand événement d'Ivy et Walker le lendemain remplissaient la pièce. Mais malgré l'emploi du temps chargé, Luke était reconnaissant à Caleb d'avoir rassemblé les quatre frères avant le mariage pour partager les bonnes nouvelles.

Luke fixait les chiffres devant lui, le soulagement et la joie l'envahissant.

— S'il te plaît, dis-moi que je lis ça correctement.

Walker répondit le premier.

— C'est ce que j'ai dit aussi, mais c'est réel. Bon sang, toi et Kelli avez tenu vos engagements envers nous.

— Les contacts que vous vous êtes faits au gala nous ont aidés. Beaucoup, acquiesça Caleb. Mais, Walker, nous n'aurions pas tenu aussi longtemps sans ce que tu as fait pour nous en automne. Ça a suffi à nous faire passer l'instant critique.

— Et Nemo. Et Kelli…

Luke avait été déconcerté de découvrir qu'elle était retournée voir l'avocat et avait effectué quelques changements concernant sa part sur les gains de Nemo.

— Elle n'avait pas à partager sa part avec les autres femmes, conclut-il.

— Tu penses que tu aurais pu l'arrêter ? demanda Walker en riant. Toutes trois l'appellent « le fonds Silver Heart ».

Chaque fois que Nemo gagnait des droits de saillie, une partie allait désormais sur un compte joint devant financer ce que les trois femmes de Silver Stone considéreraient comme nécessaire. Et toutes, Tamara, Ivy et Kelli, avaient voté pour que le pourcentage retourne droit dans les affaires du ranch pour le moment.

Kelli avait organisé cela avec les autres avant même que Luke ne la demande en mariage. Elle avait déjà décidé d'aider à sauver Silver Stone. Pour qu'il continue à exister pour la famille qu'elle avait choisie.

Luke se reprit avant de se mettre à pleurer.

Dustin avait les mains sur la table, et il les regardait fixement.

— Caleb a dit que j'en faisais partie, et je suis d'accord, mais ce serait une erreur de ne pas reconnaître *à quel point* vous avez tous assuré, dit-il en levant les yeux pour les regarder chacun à leur tour. Je ne sais pas comment, mais je promets qu'un jour je trouverai un moyen de faire bouger les choses, moi aussi.

Caleb posa une main sur son épaule.

— C'est toute la famille, y compris toi, Dustin, et ce ne sont pas que des mots. Nous avons travaillé ensemble et, cette fois, nous nous sommes imposés. C'est Ashton, et les ouvriers. C'est Tamara et les filles faisant ce qu'elles pouvaient quand elles pouvaient.

À l'extérieur, devant la fenêtre, une tête grise au long museau apparut et les regarda comme si elle voulait être impliquée dans la réunion. Le nœud papillon débonnaire de la chèvre était penché impertinemment sur le côté. Il semblait que Sasha était déterminée à continuer à les remplacer aussi vite que les créatures les perdaient, et celui-ci était d'un rouge festif en l'honneur du mariage.

Dustin ricana.

— Bien. Nous avons tous contribué, mais si tu essaies de me dire que les chèvres avaient quoi que ce soit à y voir, je vais m'inquiéter pour toi.

— Dustin, je suis choqué. Tu ne penses donc pas qu'elles sont une partie importante de notre famille ? le taquina Luke alors qu'il se levait et regardait par la fenêtre.

Bon sang. Il fit signe à ses frères de se joindre à lui.

— Ce n'est pas seulement Meany. Les trois sont dehors, et si nous ne les récupérons pas maintenant, elles vont probablement se pointer en plein milieu de ton mariage, Walker.

— Ça serait bien accueilli, marmonna Walker en enfilant son manteau et en tendant la main vers son chapeau.

— Les filles adoreraient ça.

— Ne va pas leur donner des idées, ou elles voudront que les chèvres soient les porteuses d'alliances, l'avertit Dustin. En ce moment, Sasha prévoit d'attacher un coussin sur le dos de Demon.

— Pas de chèvres, et pas de chiens. Et il semble que notre réunion de famille soit terminée, annulée pour cause de chèvres, dit Caleb d'une voix traînante. Mais la bonne nouvelle, c'est que Silver Stone a plein de réunions de famille qui l'attendent.

Ils sortirent, l'air mordant et le magnifique ciel bleu indiquant clairement que, même lorsqu'ils poursuivaient les chèvres, ils étaient chez eux.

Quand une corde tomba autour de son torse, l'enserrant sèchement et l'immobilisant sur place, Luke lança un coup d'œil par-dessus son épaule et ne fut pas surpris de découvrir qu'il avait été entravé par sa cow-girl préférée au monde.

— J'ai entendu dire que des animaux sauvages étaient en liberté, alors je me suis dit que je devrais aider à les rassembler, expliqua Kelli en tirant sur la corde, le rapprochant de son cheval.

— Les rassembler et les marquer ? la taquina Luke.

Les yeux de Kelli glissèrent sur lui avec appréciation.

— Eh bien, ça me paraît approprié puisque c'est le marquage qui m'a fait commencer ici à Silver Stone. Mais je ne veux poser ma marque que sur une bête sauvage en particulier.

Luke se tenait à présent à côté d'elle, levant les yeux alors qu'elle détendait la corde, l'enroulait et la pendait à sa selle.

— Fais-moi confiance, Kelli. Tu as déjà posé ta marque sur moi. Sur mon cœur et mon âme. Maintenant et pour toujours.

Elle repoussa son chapeau de cow-boy en arrière, retira son pied de l'étrier, lui faisant signe de la rejoindre.

— Allons, cow-boy. Ce genre de marquage requiert de l'intimité.

— Ça me plaît.

Il monta derrière elle. Tous deux lancèrent un dernier coup d'œil vers le reste de la famille, Caleb, Walker, Dustin et maintenant Lisa, qui avaient été rejoints par Sasha et Emma.

Tamara était appuyée contre la barrière de l'enclos à chèvres, son manteau très étiré sur le renflement de son ventre. Ivy était près d'elle, emmitouflée dans son manteau bleu vif, toutes deux riant alors que les trois chèvres bondissaient partout, presque à portée de leurs poursuivants.

Luke passa les bras autour de Kelli alors qu'elle tirait sur les rênes pour se diriger vers sa maison... leur maison. Il se pencha en avant pour placer ses lèvres près de son oreille.

— Alors, comment fonctionne exactement cette affaire de marquage ?

Elle se tourna jusqu'à ce qu'il puisse voir son sourire.

— Eh bien, je vais préparer le feu, ouvrir la grille, et attendre que le fer soit chauffé à blanc. Tu pourras décider si tu la veux sur la fesse droite ou la gauche...

Il la serra au niveau de la taille.

— Laisse mon postérieur en dehors de ça.

Kelli se mit à rire bruyamment puis s'appuya plus fort contre lui.

— Encore une fois, peut-être que des baisers seront inclus. Des baisers longs, lents et très chauds.

Il émit un « hum » d'approbation.

— Ça me paraît être mon genre de marquage.

Silver Stone était encore à eux et le serait pour de nombreuses années. Kelli faisait partie de sa famille, de plus d'une manière. Ils avaient un grand-père auquel rendre visite, des amis avec qui passer du temps, mais par-dessus tout ça, la sensation la plus profonde que ressentait Luke était la paix.

Il s'accrocha bien à la femme qui était la parfaite future épouse, et la parfaite partenaire et la parfaite *juste Kelli* pour lui.

Ensemble, ils chevauchaient vers l'avenir.

ÉPILOGUE

Réveillon de Noël, plus d'un an et demi plus tard

Ginny Stone était enfin rentrée chez elle. Et ce foyer, le ranch de Silver Stone, était un véritable cirque.

Elle était arrivée juste à temps pour le dîner et avait trouvé la maison pleine à craquer. Ce qui était parfait, d'une certaine manière. Elle ne voulait pas qu'on fasse tout un plat de son arrivée et, avec autant de gens qui circulaient, à la fois les amis et la famille, il n'y avait aucune chance qu'un de ses frères aînés tente de l'embarquer dans une conversation profonde sur les objectifs à long terme avant qu'elle n'ait eu l'occasion de se remettre les idées en place.

Le repas bruyant et joyeux fut suivi d'un moment passé avec ses nièces qui lui racontèrent avec enthousiasme tout ce qu'elles avaient fait au cours du mois écoulé depuis sa dernière brève visite. Quand elle les convainquit enfin de s'endormir, Ginny rejoignit le reste des adultes toujours dans la maison et les aida à installer le sapin et à le décorer, avec des cadeaux placés en dessous pour la surprise du matin de Noël.

Le seul bémol de la soirée fut d'être informée que sa

chambre habituelle dans le sous-sol était déjà prise. En fait, *tous* les endroits habituels étaient occupés.

Tamara était vraiment désolée, mais elle avait une solution.

— Est-ce que ça te dérangerait de dormir dans un des vans ? Celui à côté de l'écurie sud est propre, et il y a des draps, expliqua-t-elle avant de faire la grimace. Mais je ne sais pas si quelqu'un a pris le temps de faire le lit.

— Je peux gérer ça, promit Ginny.

Elle posa une main sur le bras de sa belle-sœur.

— C'est bon. Je suis de la *famille*. Tu n'as pas besoin de me traiter comme une invitée.

Tamara la serra dans ses bras.

— J'ai vraiment hâte d'apprendre à mieux te connaître.

— Moi aussi, répondit Ginny honnêtement. De plus, nous devons rappeler en présence de Caleb que tu l'as envoyé au sol la première fois que tu l'as rencontré.

L'éclat de rire de Tamara était sincère, et l'optimisme de Ginny revint. Peut-être que retrouver le giron familial serait plus facile qu'elle ne l'avait craint.

Mais elle fut contente de pouvoir s'éclipser quelques minutes plus tard. Loin du grondement des rires et de la présence des gens, pour retourner au silence de la nuit hivernale. Ginny attrapa son sac à dos dans sa camionnette et erra lentement, absorbant tous les changements visibles dans le lieu où elle avait grandi mais dont elle était restée éloignée pendant des années.

Le van dans lequel Tamara l'avait envoyée dormir était récent, en effet garé près de l'écurie sud. Les trois chèvres dans leur enclos à proximité la regardaient avec une grande curiosité, et Ginny les salua en passant.

— Reprenez vos positions, compagnons fauteurs de troubles.

Elle ouvrit et referma la porte du van aussi discrètement que possible. Inutile de faire savoir aux chèvres qu'elles avaient une voisine, ou les perturbatrices trouveraient un moyen de s'échapper et de venir la tourmenter pendant la nuit.

Le van sentait étonnamment bon. Elle s'attendait à ce que ça sente légèrement le renfermé, alors l'odeur inhabituelle était à la fois un soulagement et un mystère. De la bergamote ? Du café ? Ces deux-là c'était sûr, mais avec quelque chose d'autre de familier dont elle se souvenait vaguement...

Suffisamment fatiguée pour simplement vouloir dormir, Ginny s'arrêta dans le petit espace de vie pour se préparer. Elle enleva son pantalon, retira son soutien-gorge sous son haut, ne gardant que son débardeur trop grand pour dormir avec.

— Soyez libres, marmonna-t-elle doucement.

Elle prit une profonde inspiration et savoura la disparition de la pression sur ses épaules sous les bretelles de soutien-gorge. Les gros seins l'irritaient parfois, littéralement.

— Je m'éclate toute seule.

Ses yeux s'étaient habitués à la pâle lueur de l'éclairage de la cour arrivant par la fenêtre, alors elle ne se donna pas la peine d'allumer le plafonnier. Elle traîna les pieds vers la chambre, soudain méfiante quand un son étrange et incongru résonna dans sa direction.

Ginny lança un coup d'œil prudent au coin.

Nom d'un chien.

Le lit avait en effet des draps, comme Tamara le lui avait dit, mais ils étaient en désordre, froissés en petits plis sur la longue silhouette musclée d'un homme. Il était sur le ventre, ses fesses bien en évidence. Le début de peur qui avait surgi disparut.

Ginny connaissait son homme mystère.

Allongé devant elle se trouvait Tucker Stewart, le neveu du vieux contremaître de Silver Stone, le complice de son frère aîné Luke durant les étés de leur enfance, sa kryptonite personnelle.

Ce qu'elle aurait dû faire était de reculer et de trouver un autre endroit où dormir.

Ce qu'elle fit fut de se tenir immobile pendant bien trop longtemps, le fixant simplement du regard.

Le temps n'avait fait que le rendre plus délicieux. Son visage était essentiellement enfoui dans l'oreiller, mais ses lèvres étaient visibles. Pleines, entrouvertes elles laissaient échapper un léger grondement que seule une personne désobligeante aurait décrit comme un ronflement.

Elle n'avait pas besoin de voir ses yeux pour se souvenir de leur teinte bleu pâle. Elle n'avait pas besoin de le voir réveillé pour pouvoir se rappeler ses bien trop brefs sourires, toujours accompagnés d'une étincelle dans ses yeux, comme s'il était stupéfait qu'elle lui ait soutiré une expression qui ne soit pas son habituelle mine bourrue.

Non, sa mémoire peignait plein de tableaux de ce qu'elle ne pouvait pas voir. Celles qu'elle pouvait ? *Sainte Vierge*. Tucker avait pris du muscle pendant les quatre ans où elle ne l'avait pas vu.

Avec des triceps définis même dans le sommeil, son avant-bras visible était couvert d'une fine couche de poils châtain clair. Sa grande main était posée sur le matelas, où ses doigts forts étaient écartés comme s'ils étaient prêts à prendre l'un de ses seins.

Ses grandes mains *talentueuses*. Des mains que Ginny avait apprécié de sentir passer sur tout son corps. De larges épaules dans lesquelles elle avait enfoncé ses ongles alors qu'ils s'envolaient ensemble, transpirant, vers un orgasme, obscène et extrêmement agréable.

La courbe de sa hanche la taquinait, une de ses cuisses était remontée pour protéger les parties de son corps plus délicates. Le creux ombré qui cachait son aine la fit sourire et déplacer son attention vers la star du spectacle : son postérieur. Le drap était assez écarté pour souligner chaque creux musclé et la rangée de cicatrices rondes marquant sa fesse droite.

C'était comme ça qu'elle l'avait reconnu. *Hum hum.*

Elle avait non seulement profité de la vue intime de son postérieur auparavant, mais elle avait été là quand son frère Luke avait fait cette cicatrice à Tucker. À douze ans, et prétendant qu'ils organisaient un duel de magie, Tucker avait réagi au *sort* de Luke avec détermination, se projetant en arrière, seulement pour atterrir involontairement en force sur un râteau.

Il n'était plus ce jeune garçon. Ni l'adolescent qu'elle avait suivi comme un chiot fou amoureux. Pas même le sérieux jeune homme qu'elle avait enfin convaincu qu'elle était assez adulte pour savoir ce qu'elle voulait... ce qui incluait du sexe déchaîné et vigoureux avec lui.

De longues lignes minces, une peau nue qu'elle voulait toucher. Elle avait dû émettre un son parce qu'il se réveilla. Son corps se tendit, ce qui fit des choses merveilleuses à son postérieur.

Tucker roula sur le côté. Ginny força son regard à quitter les petits bouts tentants – les parties ; ce n'était *pas* un « petit » bout – apparaissant bien en évidence. Il se déplaçait pour croiser son regard.

Tucker cligna des yeux, puis les cligna de nouveau, alors qu'un sombre regard de braise apparaissait.

— Ginny Stone. Eh bien, eh bien, *eh bien*. Joyeux Noël à moi.

Découvrez la famille Stone. Ils luttent pour préserver le ranch de Silver Stone depuis qu'un accident a fauché leurs parents lorsqu'ils étaient encore jeunes.

Caleb, Luke, Walker, Ginny et Dustin. Ils sont quatre frères et une sœur, propriétaires et gérants de leurs terres aux abords de la petite ville canadienne de Heart Falls, dans le sud de l'Alberta. Il y a de nombreuses leçons à apprendre en chemin vers le bonheur éternel.

Le Ranch de Silver Stone
tome 1: Au cœur du ranch
tome 2: Retour au ranch
tome 3: La Fiancée du ranch
tome 4: Le Ranch de l'amour
tome 5: Promesse au ranch

Vivian fait actuellement traduire ses nombreuses séries. Merci de consulter son site web pour toutes les dernières informations.
www.vivianarend.com/fr

À PROPOS DE L'AUTEUR

Avec plus de 3 millions de livres vendus, Vivian Arend est une auteure de best-sellers figurant aux classements du New York Times et de USA Today. Elle a écrit plus de 70 romances contemporaines et paranormales.

Ses livres sont des romans intégraux qui peuvent se lire indépendamment de toute série et ne se terminent pas sur un suspense. Ce sont des histoires pleines d'humour et d'émotions, avec des moments sensuels et des fins heureuses. Vivian estime avoir le plus beau métier au monde. Elle habite en Colombie-Britannique, au Canada, avec son mari depuis plusieurs années (l'inspiration de chacun de ses héros et un compagnon volontaire pour toutes sortes d'aventures).

NOTES

Chapitre 1

1. NdT : Réseau de parcs situés à l'ouest de Calgary, en Alberta, au pied des montagnes Rocheuses canadiennes.

Chapitre 3

1. NdT : En anglais, « piment » se dit « *chili pepper* ».

Chapitre 4

1. NdT : Référence à la chanson des Eagles où le chanteur parle d'un hôtel dont on ne peut jamais partir.
2. NdT : On pourrait traduire ça par « Mon tendre sucre d'orge ».

Chapitre 7

1. NdT : Référence à une réplique de Dorothy dans *Le Magicien d'Oz*.

Chapitre 19

1. NdT : Course hippique américaine qui existe depuis 2017 et qui est la mieux dotée au monde.

www.ingramcontent.com/pod-product-compliance
Lightning Source LLC
Chambersburg PA
CBHW030758210726
48290CB00002B/325